REALISTIC BRAVE

도조마루
일러스트 ✢ 후유유키

Contents

Re:CONSTRUCTION
THE ELFRIEDEN KINGDOM
TALES OF
REALISTIC BRAVE

III

─────대륙력 1546년 10월 3일 밤, 수도 파르남

구름이 적고 달이 환한 밤.

며칠 전에 이 나라 [엘프리덴 왕국]과 이웃나라 [아미도니아 공국] 사이에서 큰 전투가 벌어졌다는 사실 따위는 전혀 느껴지지 않을 정도로 적막한 밤이었다. 일련의 전투에서 승자가 된 엘프리덴 왕국의 수도 파르남은 승전 보고를 받고 한때 축제 분위기였지만, 며칠이 지난 지금은 상당히 차분해진 상태였다.

젊은 엘프리덴 국왕(대관식 전이라서 잠정) 소마 카즈야는 공국의 수도 반과 그 주변 영토를 점령한 시점에서 전투 중단을 선언, 지금은 공국과의 교섭을 기다리는 상황이었다. 국민들은 그 교섭의 행방을 마른침을 삼키며 지켜보고 있었다.

그런 적막한 파르남의 밤. 소마 일행이 반으로 가서 군주가 없는 파르남 성안. 국왕 부부의 침실에 딸린 테라스에서는 선대 국왕 알베르토와 그 아내 엘리샤가 달빛 아래에서 차를 즐기고 있었다.

"⋯⋯조용한 밤이구먼."

"후후후. 그러네요."

차를 마시며 두 사람은 온화한 얼굴로 미소 지었다.

"사위도 리시아도 없는 이 성은 마치 불이 꺼진 것 같군. 애당초 얼마 전까지는 이런 분위기가 일반적이었지만."

"당신이 사위에게 왕위를 물려주었기 때문이라지만 어수선한 나날이 이어졌으니까요. 대신(大臣)에 관료, 근위병에 시녀들까지 분주하게 일하고 있었죠."

엘리샤가 그리 말하자 알베르토는 "음······." 하고 고개를 끄덕였다.

"그런 가운데서도 가장 열심히 일한 사람은 사위였지. 이 나라를 위해 국왕으로서 해야 할 일, 국왕이기에 해야만 하는 일이 그렇게까지 많았다니······. 선대 국왕으로서는 참으로 부덕의 소치이지만, 왕위를 물려준 것은 절대 잘못된 일이 아니었다고 생각하네."

소마에게 갑작스레 왕위를 선양한 알베르토.

갑작스러운 국왕의 교대극에 처음에는 반발도 있었지만, 소마가 내세우는 정책이 착실하게 성과를 거두고 알베르토의 딸인 리시아 공주가 소마의 약혼자가 되어 그와 함께하는 모습을 보이며 차차 받아들여졌다.

그리고 며칠 전, 내우(內憂)였던 삼공을 굴복시키고 외환(外患)이었던 아미도니아 공국을 무찌르며, 소마는 명실상부한 국왕으로서 국민에게 인지되기에 이르렀다.

"다들 내 혜안에 놀랐겠구먼."

「노래는 세상에 이끌리고 세상은 노래에 이끌린다.

시대를 뛰어넘어서 계속 전하고 싶은 노래가 있다」

「그, 그 대사는

뭔가요?!」

소마 카즈야
Souma Kazuya

아이샤
Aisha Udgard

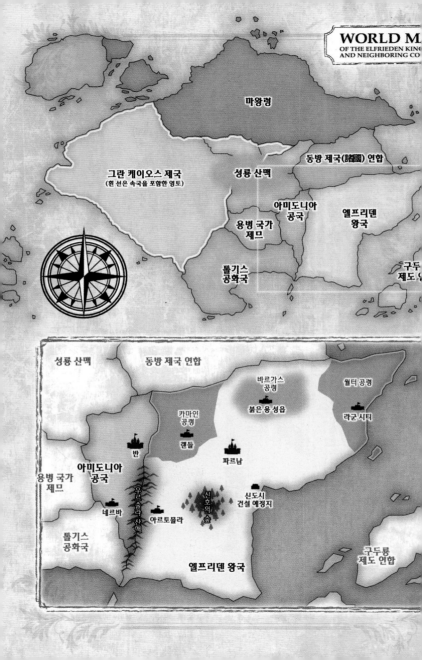

마왕령

그란 케이오스 제국
(흰 선은 속국을 포함한 영토)

성룡 산맥

동방 제국(諸國) 연합

아미도니아
공국

엘프리덴
왕국

용병 국가
제므

톨기스
공화국

구두
제도

성룡 산맥

동방 제국 연합

바르가스
공령

붉은 용 성읍

월터 공령

라군 시티

카마인
공령

랜들

파르남

아미도니아
공국

용병 국가
제므

반

용금숲라산맥

네르바

아르토물라

신호의숲

신도시
건설 예정지

엘프리덴 왕국

구두룡
제도 연합

톨기스
공화국

알베르토는 그리 말하며 유쾌하게 웃었다.

소마가 인정받으면서 좋든 나쁘든 평범한 국왕이었던 알베르토의 평가 저울도 [좋은 왕] 쪽으로 조금씩 기울었다. '선대 국왕은 눈에 띄는 업적은 없는 분이셨지만, 마지막에는 자신의 지위에 집착하지 않고 능력이 있는 자에게 왕위를 양보한다는 영단을 내린 것이다.' ……라고.

한바탕 웃고, 알베르토는 컵을 봤다. 차에 비치는 자신의 얼굴은 조금 지친 듯한, 적적한 듯한. 어쩐지 그늘이 있는 미소였다.

"이걸로…… 바꿀 수 있었던 걸까."

불안이 뒤섞인 알베르토의 말에 엘리샤는 눈을 내리깔았다. 그리고,

"괜찮겠죠. '그때' 와 달리 이번엔 처음부터 '그 애' 가 있어요."

엘리샤는 알베르토를 안심시키는 듯한 음색으로 말했다.

"두 사람이라면 반드시, '그때' 와는 다른 결과를 이끌어낼 거예요. 그리고 지금은 두 사람만이 아니에요. '그때' 보다도 훨씬 떠들썩해졌잖아요."

"허허허…… 그렇구먼. 우리한테도 딸이 하나 더 생겼으니."

알베르토는 자신의 새로운 딸이 된 요랑족 소녀를 떠올리고 싱긋 웃었다. 엘리샤도 그에 이끌리듯 만면의 미소를 띠었다.

"정말로 귀여워요. 귀랑 머리카락이 폭신폭신해서."

"리시아가 그 정도 나이였을 때는 말괄량이였으니까. 그건 그것대로 귀여웠지만, 저렇게 순수한 아이도 참 괜찮구먼."

"정말이에요. 조심스럽게 [어머님]이라고 불러주는 모습이

정말이지, 참을 수 없이 사랑스러워요. 아아, 토모에. 빨리 돌아오지 않으려나."

원래 난민이었지만 특유의 능력을 높이 평가하여 보호를 위해 알베르토, 엘리샤의 양녀가 된 요랑족 소녀 토모에를 두 사람은 친딸처럼 아꼈다.

"사위한테 말해서 이상한 벌레가 들러붙지 않도록 주의해야겠구먼."

"왕족이나 귀족 가문에서는 정략결혼의 도구로 양녀를 맞이하는 일은 자주 있지만, 토모에는 그렇게 하고 싶지 않아요."

"그래, 정말이야."

……그리고 리시아가 들었다면 "나 때는 본인의 승낙도 없이 멋대로 약혼을 결정했으면서!"라며 분개할 법한 이야기를, 두 사람은 즐겁게 나누었다.

그후 그들은 토모에가 얼마나 사랑스러운지로 이야기꽃을 피웠다.

""에취!""

같은 시각, 반 성에서는 리시아와 토모에가 완전히 똑같은 타이밍에 재채기를 했다. 얼굴을 마주 본 두 사람은 똑같은 동작으로 고개를 갸웃거리는 것이었다.

'"누가 우리 이야기라도 하는 걸까?"'

──────대륙력 1546년 10월 5일, 공국의 수도 반

아미도니아 공국과의 결전 이후 며칠이 경과했을 무렵.

점령한 공국의 수도 반에 있는 성안의 작전실에서 나, 리시아, 근위기사단장 루드윈, 육군대장 대리 그레이브 그리고 붉은 용 성읍의 징계를 마치고 돌아온 재상 하쿠야까지 다섯 명이 커다란 테이블에 펼친 주변 지도를 둘러싸고 있었다. 지도를 보면 왕국측은 공국의 수도와 그 주위만을 제압하여, 북서쪽의 국경선을 아주 살짝 서쪽으로 물려 놓은 것에 불과했다.

그 바깥쪽은 아직 아미도니아 공국령이었다. 나는 루드윈에게 물었다.

"아미도니아 공국 측에 반격의 움직임은 있나?"

"아니오, 눈에 띄는 움직임은 없는 듯합니다."

루드윈은 그리 말하고는 [반]을 둘러싸는 듯한 위치에 있는 공국 측의 도시에 자그마한 말을 올려놓았다. 이것이 현재 공국군의 배치 상황이겠지.

"보시는 대로 공국 측은 반 주변 도시의 방비를 굳히고는 멈춘

상태입니다. 아마도 지난번 전투에서 소모가 극심했던 거겠죠. 자력으로 탈환하는 것을 포기하고…….”

“제국군의 도래를 기다리려는 건가.”

그란 케이오스 제국. 마왕령을 제외하면 최대 영토를 자랑하는 대국이다. 그런 제국이 아미도니아 공국의 요청에 따라 중재에 나설 것으로 여겨졌다. 나는 하쿠야에게 물었다.

“그러면 제국과 왕국의 전력 차이는?”

“제국은 우리 나라를 국력, 인구, 병력수, 기술, 풍요로움에서 능가합니다. 단순한 병력수라면 다섯 배. 장비 등을 포함한 전력으로 계산한다면 거기서 다시 두 배입니다.”

“전력 차이는 열 배인가…… 현재 우리 상태로는 상대가 안 되겠군.”

제국과 대등하게 겨룰 생각이라면 좀 더 강해져야 한다. 이제까지는 가지고 있는 것으로 어떻게든 해 왔지만, 앞으로는 새로운 것을 만들어 내어야만 한다.

“안타깝군요. 지금이라면 아미도니아 전역을 장악하는 것도 가능할 텐데.”

그레이브가 아쉽다는 듯 어깨를 축 늘어뜨렸다. 그러나 내 생각은 달랐다.

“그런가? 딱히 그럴 필요도 없잖아.”

나는 의자에 앉아서는 턱을 괴었다.

“풍부한 광물 자원은 매력적이지만 나라가 너무 가난해. 우리도 간신히 식량난을 빠져나왔을 뿐이야. 이 도시 주위만이라면 모를까, 아미도니아 전역을 먹여 살릴 여유는 없어. 그렇다고 이익을 거두는 광산만 빼앗으려고 들면 쓸데없이 원한을 사게 되고."

"그리 말씀하시니…… 확실히 매력은 없군요."

"그렇지?"

뭐, 제국이 나선다면 어차피 마찬가지겠지만. 아무리 노력해서 국토를 빼앗아도 제국이 나선다면 반환할 수밖에 없을 테지. 그건 이곳 반도 마찬가지였다.

"게다가 아미도니아 공국민의 원한은 깊어. 몇 대나 걸쳐서 사상교육을 받은 모양이니. 이런 상태로는 점령해 봐야 안정된 통치는 불가능하겠지."

"그러네. 여기 반에서도 지금은 대군이 들어온 상태니 그렇지, 후에 대관을 두고 통치하려고 해도 이 땅의 사람들은 따르지 않을 거야."

리시아의 지적에 나는 고개를 끄덕였다.

"그래. 그러니까 우선은 그 원한부터 '길들이고' 갈까 해."

"원한을 길들인다?"

"응. 그걸 위한 인재는 이미 불렀어."

그러자 누군가 작전실 문을 노크했다. 내가 "들어와."라고 말하자 그 문이 열리고 푸른 머리카락의 미녀가 "실례합니다."라며 인사와 함께 들어왔다.

"해군대장 엑셀의 부하 주나 도마. 부르심을 받고 왔습니다."

그리 말하고 주나 씨는 내 앞에 서더니 경례가 아니라 예의 우아한 인사를 했다.

오늘은 평소 라이브 카페 [로렐라이]에서 입는 옷이 아닌, 해군의 하얀 군복을 입고 있어서 늠름한 분위기였다.

"수고했어요. 군복 차림도 훌륭하네요."

"이런 모습을 폐하께 보여드리고 말아 부끄럽기 그지없습니다."

"무슨 소리를. 늠름한 주나 씨도 무척 아름답다고……."

"……소마?"

우리의 대화를 가로막듯 리시아가 끼어들었다.

"지금은 회의 중이야. 그런 건 나중에 해 주지 않을래?"

그리 말하는 리시아의 표정은 미소를 짓고 있었지만 묘한 박력이 있었다. 어쩐지 심상치 않은 불온한 오라가 흐르기 시작했으니 슬슬 이야기를 진행하자.

딱히 이런 대화를 나누고 싶다는 이유만으로 주나 씨를 남부 국경지대에서 불러낸 것은 아니니까 말이지.

어른스러운 주나 씨는 그런 나와 리시아의 모습을 싱글싱글 웃으면서 흐뭇하다는 듯이 보고 있었다. 아니, 그런 것보다 말이지.

"어흠. 주나 씨를 부른 건 다른 이유가 아니라."

"소마의 눈 호강?"

"……말 끊지 말고. 그럴 리가 없잖아."

"흥이다."

삐친 듯 고개를 홱 돌리는 리시아.

그런 여자아이다운 행동을 귀엽다고 생각해 버렸지만…… 아까 리시아도 말한 것처럼, 지금은 회의 중이었다. 주위를 둘러보니 주나 씨 외에 다른 사람들이 쓴웃음을 띠고 있었다. 리시아는 나중에 잘 달래 주기로 하고, 지금은 이야기를 진행하자.

"엇흠…… 이야기를 되돌리자고. 주나 씨를 부른 건 다른 게 아니고, 전부터 생각하던 어느 계획을 실행하기 위해서지."

"계획?"

고래를 갸웃거리며 묻는 리시아를 향해 나는 자신만만하게 대답했다.

"그래. 이름하여 [프로젝트 로렐라이]야."

작전실에서 알현실로 장소를 옮기자 이미 여성 셋이 바닥에 머리를 조아린 채로 기다리고 있었다.

여성들은 종족도, 외모도, 연령도 제각각이었다. 한 사람은 옅은 갈색 머리카락의 라이트 엘프. 한 사람은 사랑스러운 초등학생 정도의 여자아이. 그리고 마지막 한 사람은 슬렌더한 고양이 귀의 수인 소녀. 셋 모두 미녀나 미소녀라고 해도 될 외모였다.

내가 옥좌에 앉은 것을 확인하고 주나 씨는 가슴께에 손을 대고서 인사했다.

"폐하께서 요청하신 인재를 데려왔습니다."

"딱딱하게 굴 필요는 없어. 모두 편안히 있도록 해."

내가 그리 말하자 세 여성들은 일어나서,

"""잘 부탁드립니다."""

나란히 머리를 숙였다. 응, 활기도 있고 호흡도 잘 맞는 듯했다. 만족스레 끄덕이자니 옆에 선 리시아가 또다시 '멋진 미소'로 이쪽을 보고 있었다.

"저기, 소마?"

"어, 왜?"

"설마 [반]을 함락했다고 잔뜩 들떠서는 이 아이들을 거느리고 '꺄꺄 우후후' 하려는 생각은 아니겠지?"

앗, 이거, 얼굴은 웃고 있으면서도 마음속으로는 절대로 웃고 있지 않는 거구나.

"아니라니까! 그녀들은 이번 계획에 필요해서 불렀을 뿐이라고!"

"흐~응……."

"정말이야. 그보다도 전에 왕비는 리시아를 포함해서 여덟 명까지 허락한다느니 어쩌느니 그랬잖아?"

"그건 그렇지만. 하지만 신뢰할 수 있는 아이샤나 외교상 어쩔 수 없는 경우라면 모를까, 권력을 사용해서 그저 예쁜 사람만 긁어모으는 짓을 하는 건 말이지……."

"그러니까 아니라고 했잖아. 전에 인재 모집을 한 적이 있었잖아?"

그 인재 모집 당시 아이샤를 포함한 다섯 명이 대대적으로 선전되며 등용되었지만, 한편으로도 인재를 많이 등용하고 국가에서 작성한 인재 리스트에 이름을 올렸다.

가령 계산에 능한 자는 관료로 채용했다든지, '책을 읽기를 수백 년. 서적의 지식이라면 누구에게도 지지 않을 것이다.'라고 말했던 귀인족(龜人族, 추정 연령 800세)는 건설 중인 신도시에 만들 예정인 도서관장으로 임명했다든지.

또한 다른 사람과 같은 재능으로 경쟁하여 패배한 자일지라도 확실한 재능이 있다면 등용했다.

무예의 재능을 겨룬 [왕국 제일 무술대회] 우승자는 아이샤였지만, 아이샤에게 패배한 자들 중에도 확실한 무예를 지닌 자는 금군 직속군으로 채용했다든지. 다만 당시의 직속군은 장식용 부대로 보였으니 응해 주는 사람은 적었지만…….

그리고 이곳에 모인 그녀들은 노래를 시작으로 하는 예술의 재주를 경쟁한 [킹덤 오브 탤런트]와 아름다움의 재주를 경쟁한 [엘프리덴 미소녀 그랑프리]에서 주나 씨에게 패배했지만, 두 대회에서 확실한 노래와 아름다움의 재능을 선보인 자들이었다.

"그 인재 모집 후에 주나 씨를 통해서 이 사람들을 스카우트해 뒀어. 왜, 국왕 방송을 사용한 오락 방송을 만들고 싶다는 이야기를 전에 했잖아?"

"으음…… 그런 이야기도 했지."

리시아도 생각이 난 듯했다. 그제야 험악한 분위기가 사라졌다는 사실에 안도하며 이야기를 계속했다.

"그 오락 방송 말인데, 우선은 [음악 방송]부터 시작할까 해. 아름다운 노랫소리를 듣고 기분이 나빠지는 사람은 없으니까. 이들은 그 방송에 출연하는 가수 후보야. 스카우트한 뒤로 오늘까지, 일단 주나 씨가 일하는 라이브 카페 [로렐라이]에서 노래랑 춤 등등의 훈련을 쌓도록 했지."

뭐, 당초의 예정과는 순서가 뒤바뀌어 버렸지만.

사실 [노래자랑] 수준으로 시작해서 국민에게 [음악 방송]이라는 것을 인지시키고, 익숙해졌을 무렵에 아이돌로 데뷔시킬 생각이었다.

참고로 여기서 말하는 아이돌은 [아름다운 여성이 멋지게 노래한다]라는 지극히 구세대 스타일의 존재였다. 아이돌이라는 개념조차 없는 상태에서 갑자기 한데 뭉쳐서 아이돌 그룹을 만들어 봐야 이해하지 못하겠지. 한 사람이 노래하는 형식이라면, 길거리에서 노래하는 음유시인이나 라이브 카페, 주점에서 볼 수 있는 가수의 연장선상에 있는 직업으로 인지될 것이다.

"과연, 그게 [프로젝트 로렐라이]인 거네. 하지만 그게 지금 할 일이야? 반을 점령하고 아직 혼란스러운 이런 시기에?"

리시아는 고개를 갸웃했다. 아미도니아 공국으로부터 수도를 빼앗았을 뿐인 지금 이 시기에 오락 방송을 시작하는 의미를 알 수 없는 거겠지. 하지만 그런 게 아니거든.

"바로 지금이니까 의미가 있어. 그럼 주나 씨, 소개해 주세요."

"알겠습니다."

주나 씨는 머리를 숙여 인사한 후 그녀들을 소개하기 시작했다.

가장 처음에 소개한 인물은 가장 오른쪽에 있는, 옅은 갈색 머리를 위로 올린 라이트 엘프 여성이었다.

이 세계에서는 그녀 같은 하얀 엘프족을 라이트 엘프, 아이샤처럼 갈색 피부인 엘프족은 다크 엘프로 구분한다. 원래 있던 나라에서 엘프라면 금발이라는 이미지였는데, 그러고 보니 외국 영화에서는 이런 머리카락의 엘프도 볼 수 있었지. 하얀 피부에 노란색 눈동자. 겉보기 나이는 20대 중반 정도일까. 거동도 의젓해서 커리어우먼 같은 인상이었다.

"그녀는 크리스 타키온 씨. 보시는 대로 라이트 엘프입니다."

"안녕하십니까, 폐하. 크리스 타키온입니다."

크리스 씨는 배 앞에 손을 대고 45도 정도까지 머리를 숙였다.

그 동작과 어른스러운 분위기는 저쪽 세계의 여객기 승무원을 연상케 했다. 주나 씨가 그런 크리스의 재능에 대해서 설명을 시작했다.

"그녀는 전직 음유시인으로 노랫소리도 아름답지만, 특히나 시를 낭독하는 실력이 훌륭합니다. 편안한 목소리에 발음도 좋아서 그녀가 자아내는 시는 마치 풍경을 그대로 잘라낸 것처럼 선명하지요. 제 개인적인 의견을 말씀드리자면, 그녀는 가수로서 데뷔시키기보다도 이전에 진행했던 방송처럼 정보를 전하는 역할이 어울릴 것으로 여겨집니다."

"과연. 가수가 아니라 아나운서로 기용한다는 거로군요."

확실히 들어보니 목소리가 귀에 잘 들어오고 발음도 좋은 듯했다. 여자 아나운서에게는 정보 방송의 아이돌 같은 측면도 있는데 그녀는 용모도 문제없었다.

나는 하쿠야에게 종이와 펜을 준비시키고는 거기에 한 문장을 적어서 그녀에게 건넸다.

"이 문장을 좀 읽어보지 않겠나?"

"이거 말인가요? 으음…… '이 이야기는 픽션입니다. 등장하는 인물, 단체, 장소, 사건 등은 실제와 전혀 관계가 없습니다.'"

"응, 괜찮은 것 같네. 주나 씨의 말대로 정보 방송에 기용하자."

"감사합니다."

크리스 씨는 미소를 지으며 또다시 인사를 했다. 옆에 있는 리시아가 작은 목소리로 물었다.

("아까 읽게 한 문장은 뭔데?")

("내가 있던 세계에서 '이것만 말해 두면 대부분은 허락되는 마법의 말'.")

그런 이야기를 나누는 사이에, 주나 씨는 다음 사람의 소개로 넘어갔다. 이번에는 사랑스러운 외모에 토모에와 거의 차이가 없는 또래의 여자아이였다.

하늘하늘한 장식이 달린 롤리타 패션의 복장이 잘 어울렸다.

"그녀의 이름은 파미유 캐롤 씨. 아인족입니다."

꾸벅 머리를 숙이는 파미유. 그런 동작도 귀엽지만…….

"아인족(亞人族)? 유사인류 같은 말인가?"

"아니요. '아인족(亞人族)'이 아니라 '아인족(兒人族)'입니다. 엘프족처럼 일정 연령에서 용모의 변화가 멈추는 종족은 적지 않지만, 아인족은 그것이 특히나 더 현저한 탓에 단순히 체구가 작은 소인족과는 달리 성인일지라도 12세 전후의 어린아이로밖에 안 보입니다. 파미유 씨는 이래보여도 저보다 훨씬 연상이죠."

"정말로?! 이 세계에는 그런 종족도 있나……."

궁극의 쇼타&로리 종족이잖아. 뭐라고 할까…… 무척 걱정되는 종족이었다. 어딘가에 보호구를 만들고 [YES 로리쇼타. NO 터치] 간판을 세워서 어떤 신사 숙녀 분들로부터 보호하는 편이 좋지 않을까.

그리고 흘려들을 뻔했지만, 이 세계에는 소인족(호빗족)도 있구나. 어딘가에 이상한 반지 같은 게 없다면 좋겠는데…….

내가 그렇게 생각하는 사이에도 주나 씨는 설명을 계속했다.

"그녀의 노랫소리는 방울이 울리는 것처럼 아름답습니다. 특히 귀여운 노래를 귀엽게 잘 부르죠. ……저는 아무래도 실제 나이보다 더 들어 보이는 모양이라 도저히 그런 노래는 어울리지 않아서 그런 재능이 조금 부럽네요."

"저로서는 주나 씨가 부러워요. 오늘도 폐하 앞에 나오는 거니까 어깨가 드러나는 드레스를 입고 싶었는데, 옷이 걸릴 곳이 없으니까 무리라는 이야기를 들었죠."

주나 씨와 파미유는 둘이서 어딘가 저 먼 곳을 보는 듯한 눈을 했다. 파미유는 제쳐 놓더라도, 주나 씨도 실제 연령보다 어른스럽게 보이는 것을 신경 쓰고 있었나. 외모라면 모를까, 그 어른스러운 행동거지는 도저히 열아홉 살로는 보이지 않으니까 말이지.

그러고 보니 옛날에 본 영화에서 "연상인 여성은 연하처럼, 연하인 여성은 연상처럼 다루어야 한다."라는 대사가 있었지. 주나 씨는 나나보다 나이가 한 살 많으니까 그녀의 다정함에 응석만 부리지 말고, 가끔은 그녀에게 의지가 되는 도량을 익혀야겠구나.

주나 씨는 마음을 다시 다잡듯 헛기침을 한 번 하고는 소개를
계속했다.

"마지막 한 사람인데, 이쪽은 난나 카미즈키 씨. 보시는 대로
수인족입니다.

"안―녕― ♪ 난나라구 해 ♪"

그리 말하고, 고양이 귀 소녀 난나는 씨익 웃었다.

나이는 열대여섯 정도일까. 다른 두 사람과 비교해서 치장을
한 모습이 아니라 튜브 같은 옷을 입고, 얼굴에는 축구팀 서포
터처럼 페인팅을 했다. 외모만 따지면 어업을 생업으로 삼고 있
는 민족의 소녀라는 느낌이었다.

왕 앞인 터라 그녀의 천진난만한 행동에 그레이브가 주의를
주려고 했지만, 나는 손을 들어 그것을 막았다. 그녀의 말에 독
특한 억양을 느꼈기 때문이었다.

"혹시 대륙 언어가 익숙하지 않나?"

그리 묻자 주나 씨가 황급히 보충했다.

"말씀하시는 대로입니다. 그녀는 5년 정도 전에 구두룡 제도
에서 엘프리덴으로 이주한 모양인데, 그 이후로는 해안가의 마
을에서 우락부락한 어부들과 섞여서 생활했다고 합니다. 그래
서 무례한 행동이 있을지도 모르겠지만 부디 용서해 주시길."

과연…… 구두룡 제도에서 온 이주민인가.

이 나라를 시작으로 대륙의 많은 나라들은 자국어 이외에 국
제공통어 같은 것을 사용하지만, 구두룡 제도처럼 폐쇄적인 나

라 중에는 자국어만 사용하는 곳도 있는 모양이었다.

"사정은 알겠지만…… 그런데도 노래를 할 수는 있나요?"

"그건 괜찮습니다. 낚시를 할 때에는 뱃노래를 불렀다는데, 그 노랫소리는 힘찬 데다가 여성스러움과 남성스러움을 겸비해서 멋진 느낌의 노래를 부르게 하면 저보다도 훨씬 실력이 위입니다. 폐하께서 가르쳐 주신 '애니메이션 노래'라는 것과 상성이 맞을 것으로 여겨지는군요."

"호오…… 뭔가 부를 수 있나?"

"예. 시험 삼아 한 곡 가르쳐줬습니다. 난나 씨, 부탁드려도 될까요?"

"물론 ♪ 난나한테 맡겨―."

주나 씨가 재촉하자 난나는 신이 나서 노래하기 시작했다. 그 노래는 여성 보컬이 부르는 로봇 애니메이션 오프닝이었다. 선곡은 제쳐 놓고, 약동감 있는 곡조가 난나의 노랫소리에 잘 어울렸다.

"그런데 다른 사람들한테는 가사의 의미까지 잘 전달이 되나?"

"모르겠어. 모르는 언어로 된 노래를 듣고 있는 느낌이네. 하지만 멋있는 노래라는 건 알겠어."

"뭐, 그게 전해진다면 된……걸까."

나중에 주나 씨한테 이 세계의 말로 가사를 붙여 달라고 하면 될까. 한 곡을 끝까지 부른 뒤에 난나는 내 쪽을 보고 싱긋 웃었다.

"폐하 ♪ 어땠어―?"

"……응. 굉장했어.

"그럼 잘됐고♪"

난나는 팔랑팔랑 손을 흔들고는 "이제 내 차례는 끝이지?"라는 듯 스르륵 물러났다. 개성적인 아이지만…… 겁이 없고 독창적이며 움직임도 커서 화면에도 잘 나올 것 같았다. 어쩌면 이 중에 가장 아이돌에 맞을지도 모르겠다.

자, 이것으로 모두의 소개는 끝났다. 나는 주나 씨에게 감사 인사를 전했다.

"좋은 인재를 모아 줬네요. 감사합니다."

"과분한 말씀이십니다."

"좋아, 이걸로 배우는 모였군. 이 셋에 차분한 어른의 노래가 어울리는 주나 씨를 더해서, 엘프리덴 왕국 최초의 [오락 방송]을 만들겠어. 그걸 엘프리덴 왕국만이 아니라 아미도니아 공국에도 방송하는 거지."

"아미도니아 공국에도?"

얼굴에 물음표를 띄운 리시아를 향해 나는 크게 고개를 끄덕였다.

"그래. 마침 아미도니아 공국의 보옥도 손에 들어왔으니까 말이지."

아미도니아 공국 수도 [반]을 함락하면서 손에 들어온 물건 중에서 가장 나를 기쁘게 한 것은 국왕 방송의 보옥이었다. 이것은 아미도니아가 유일하게 소유한 보옥으로, 이 나라에 있는 모든 수신 장치에 영상을 전달할 수 있는 물건이었다.

듣자 하니 국왕 방송의 보옥은 고대문명의 유물, 즉 아티팩트로 아직 생산할 수는 없지만 발견된 숫자는 그럭저럭 되는지 동방 제국(諸國) 연합 같은 소국가 집단이나 지혜가 있는 드래곤의 자 치령인 성룡 산맥을 제외하면 보유한 나라는 많다는 듯했다.

다만 기본적으로 다른 나라의 방송을 수신할 수는 없다나. 그 것이 가능해져 버리면 국내를 대상으로 하는 정보가 다른 나라 에 알려지고 말 테니 당연하겠지. 일단 수신기랑 보옥의 파장을 다시 설정하면 쓸 수 있다고 그러니까 라디오 주파수 같은 것일 지도 모르겠다.

즉, 아미도니아 공국의 유일한 보옥이 손에 들어왔다는 말은, 아미도니아 공국령 안에 있는 모든 수신 장치의 방송권을 독점 할 수 있다는 의미였다.

이것에 엘프리덴 왕국에서 가져온 보옥을 더하면, 엘프리덴 첫 [오락 방송]을 두 나라에서 동시에 방영할 수 있다. 이 방송 이 아미도니아 공국에 어떤 변화를 초래할 것인가, 또는 초래하 지 않을 것인가.

실제로 방송해 보면 알게 되리라.

공국의 수도 [반]에는 수도 [파르남]처럼 국왕 방송 관람용으 로 설비된 [분수 광장]은 존재하지 않았다. 수신 장치는 반 끄트 머리에 있는, 이름만 광장인 들판에 덩그러니 놓여 있었다.

애당초 이 나라에서는 국왕 방송 자체가, 한 해가 시작될 때에

공왕이,

'엘프리덴을 향한 원한을 잊어서는 안 된다. 국토 탈환이야말로 국시이다.'

……라며 나라의 방침을 늘어놓는 일에만 사용되었던 것이다.

한 해의 첫 방송을 보러 모이지 않으면 국가에 대한 불경죄로 처벌을 받기에, 국민들은 설령 병에 걸렸을지라도, 몸져누운 노인은 의자에 동여매어 옮겨지는 한이 있더라도 방송을 시청해야만 했다. 그리고 오늘, 이곳 [반]을 함락한 그 젊은 엘프리덴 왕이 바로 그 국왕 방송을 진행한다고 한다. 몇십 년에 걸쳐서 사상교육을 받았던 영민들 대부분은 국왕에게 좋은 인상을 지니지 않았다.

그러나 지금, 들판에는 이 방송을 보기 위해 많은 영민들이 모여 있었다. 아마도 방송을 시청하지 않으면 죄가 될 것이라고, 오랜 습관을 바탕으로 생각한 것이리라. 병자를 짊어지고 온 자들마저 있어, 광장의 위병은 무리하지 말라며 이들을 돌려보내기까지 하는 상황이었다.

해도 완전히 저물어 어스름한 가운데, 모여든 [반] 사람들의 얼굴은 곤혹스러움이 절반, 분노가 절반씩 담겨 있는 참이리라. 귀족 및 기사 계급 이상의 사람은 반에서 철수해 버렸기에, 대부분 달리 갈 곳이 없는 일반시민이 남겨졌다.

군중들 쪽에서는 소곤소곤, 앞으로 벌어질 일을 걱정하는 목소리가 들렸다.

"엘프리덴 국왕 자식…… 모두를 모아서 대체 뭘 하려는 거냐."

"입성할 때 얼핏 봤는데 딱히 강해 보이지는 않더라고……."

"겉모습에 속지 마. 가이우스 폐하를 제멋대로 농락한 상대라고."

"국왕 방송을 사용하는 거잖아? 우리한테 대체 무슨 소리를 하려는 걸까."

변변한 정보가 없는 탓에 이야기는 점점 엉뚱한 방향으로 진행되고 있었다.

"설마…… 지금부터 아미도니아 전역을 정복하기 위해서, 남자는 모두 징병해서는 전선으로 보내려는 건 아니겠지……."

"무슨 말도 안 되는 소리! 가장인 내가 징병되면 남겨진 가족들은 어쩌라고?!"

"우리는 점령당한 나라의 인간이야. 그리된다고 해도 이상할 건 없지."

"아니, 그렇다면야 아직은 차라리 나을 거야. 어쩌면 여자들을 노예로 내놓으라고 그럴지도 모른다고. 아니면 이 영내의 미녀를 바치라든지."

"강한 녀석은 그쪽 욕구도 강하다고 들었으니까 말이지."

"정말이냐. 애들 엄마를 숨겨 놓고 왔어야 했나."

"멍청이. 아무도 너네 마누라 따윈 원하지 않는다고."

"뭐라고?! ……윽! 이봐, 시작된 모양이야."

갑자기 들판 중앙에 있는 수신 장치가 영상을 투영하기 시작했다. 사람들은 군복 차림의 젊은 왕의 모습이 비칠 것이라 생각했지만, 그 예상과 달리 그곳에 비친 것은 옅은 갈색 머리카락의 젊은 엘프 여성이 의자에 앉아 있는 모습이었다.

앞에 놓인 긴 테이블에 깍지 낀 양손을 얹은 그녀를, 방송은 어째선지 정면이 아니라 그녀를 기준으로 비스듬히 왼쪽 전방에서 비추고 있었다. 당연히 그녀는 고개만 비스듬히 돌린 상태였다.

[모나리자의 미소] 같은 바로 그 포즈가, 그녀의 품위 있는 아름다움을 연출하며 특히나 반 남자들의 마음을 사로잡았다. 마치 술집 카운터석에서 자기 옆에 앉은 그녀가 자신에게 말을 거는 듯이 느껴진 것이었다. 그런 그녀가 입을 열었다.

[여러분, 안녕하십니까. 크리스 타키온입니다.]

"이 방송은 [NEWS 엘프리덴], 엘프리덴 왕국 및 주변국의 정세를 국민 여러분께 전하는 정보 방송입니다. 우선 첫 뉴스는……."

반 성의 집무실에 급히 설치된 간이 뉴스 스튜디오에서 크리스가 원고를 읽기 시작했다. 스튜디오라고는 해도 긴 테이블과 의자를 준비했을 뿐이지만, 다른 집기들도 놓여 있어서 그럴싸하게 보였다. 그런 크리스를 나와 아이샤는 보옥에 비치지 않는 방 한편에서 보고 있었다. 그러자 아이샤가 내 소맷자락을 잡아당겼다.

"저기…… 어째서 크리스 경을 비스듬히 찍는 겁니까?"

"으음…… 양식미?"

저쪽 세계에 있던 여자 아나운서가 이런 자세로 뉴스를 읽던 것을 떠올렸기에 도입해 본 것이었다. 다만 본방송 전의 리허설 중에 크리스가 "모, 목에 쥐가 날 것 같아요……."라고 울며 매달렸기에, 비스듬히 찍는 촬영은 이것이 처음이자 마지막이 되겠지.

지금 크리스가 읽고 있는 뉴스는, 이제까지의 전쟁 경위에 대한 내용이었다.

그녀는 왕국 안의 혼란을 틈타 왕국령으로 침공한 가이우스 8세와 율리우스, 이 부자지간을 정벌하고자 엘프리덴 국왕 소마는 공국으로 역침공을 진행, 가이우스 8세를 베고 수도 [반]을 공격해 점령했다는 사실을 담담하게 설명했다. 아이샤는 고개를 갸웃거렸다.

"이 정보 말인데, 폐하께서 직접 연설하시는 편이 더 좋지 않을까요? 식재료 모집 때처럼 이 나라에서의 명성을 드높일 수 있을지도 모르는데."

"그때랑은 상황이 달라. 이 방송은 점령 하에 있는 반 주변만이 아니라 아미도니아 공국 전역에 방송되고 있어. 적국의 왕이 무슨 소리를 하든, 공국의 백성은 귀를 막아 버릴 테니까 말이야. 제삼자의 입을 통해서 전하는 편이 제대로 전해지겠지."

뭐, 이 뉴스 원고 내용을 하쿠야를 포함한 다른 이들과 이야기할 때에 '경애하는 국왕 폐하께서 저희를 위해…….'라고 과장하는 방안도 나왔지만, 무슨 독재국가냐는 느낌이라 각하했다.

뭐, 그런 소리를 하는 동안에도 크리스는 주나 씨도 인정한 듣기 편하고 발음이 좋은 목소리로 뉴스를 계속 읽었다.

"지금 왕국군은 아미도니아 공국 수도 [반]에 머무르고 있습니다만, 현재 전투 행위는 정지된 상태입니다. 이 사실에 대하여 엘프리덴 왕국 국왕 소마 카즈야 폐하는 이하와 같은 설명을 발표하였습니다.

'이번 전쟁은 우리 나라를 침공한 가이우스 8세를 상대로 한 정벌전으로, 이 이상 전쟁의 불길이 번지게 만드는 것도 공국민을 상처 입히는 것도 바라지 않는다. 반 주위에 사는 자들에게는 빨리 본래의 생활로 돌아갈 수 있도록 지원하겠다. 또한 반을 왕국령으로 병탄한 이상, 왕국 내의 도시와 똑같이 식량 지원과 인프라 정비를 진행할 것을 약속한다.'

……이상입니다. 이에 앞서 반에는 내일부터 농림대신 폰초 이시즈카 씨의 식료품 배급이 진행됩니다. 반에 계신 여러분께서는 가족과 이웃에게 알려 함께 와 주시길 바랍니다."

"멋대로 무슨 짓을!"

공국 수도 반과 그리 멀지 않은 도시에서 이 방송을 보고 있던 아미도니아의 공태자, 율리우스 아미도니아는 거친 목소리를 쏟아 냈다. 지난번 전투에서 탈출한 율리우스는 잔존 공국군과 함께 반과 가까운 이 도시에서 그란 케이오스 제국군이 오기를 기다리고 있었다. 율리우스는 수신 장치를 검으로 쪼개 버리고는 곧바로 부하들에게 명령했다.

"당장 각 도시에 이 웃기지도 않은 방송을 보지 말도록 전령을 보내라."

"""옛!"""

부하들은 곧바로 전령병을 보내고자 흩어졌다. 그들의 뒷모습을 지켜보고 율리우스는 [반]이 있는 방향을 노려봤다.

'감언이설로 반의 영민만이 아니라 아미도니아 공국 전역의 백성을 끌어들이려는 속셈인가. 그런 짓은 결코 용납할 수 없다!'

율리우스는 결의를 굳혔다. 그러나 전령을 풀었다고는 해도 각 도시로 순식간에 전해지는 것도 아니고, 또한 전투에서 패배한 율리우스는 구심력을 잃었기에 명령이 실행되는 것은 현재 율리우스가 있는 도시와 근처의 지극히 일부 지역뿐이었다.

즉, 아미도니아 공국의 도시들 대부분은 소마의 이 방송을 보고 있었던 것이다. 이 방송을 보던 아미도니아 공국민의 반응은 크게 둘로 나뉘었다.

우선 공국의 수도 반에 사는 사람들은 징병되어 최전선으로 보내지거나, 재산이나 아내나 딸을 바치라고 하지 않았다는 사실에 안도하여 가슴을 쓸어내렸다.

한편, 반 이외의 도시나 시골마을 사람들이 집중한 부분은 '가이우스 8세의 붕어' 도 '소마가 내건 이 전쟁의 대의명분' 도 아닌, '엘프리덴 왕국령이 된 뒤에는 왕국 내의 도시와 똑같이 지원한다' 는 부분이었다.

물론 아미도니아 사람들은 이 말을 거의 믿지 않았다. 어차피 적국의 왕이 하는 말이었다. 그런 것은 회유책에 불과하다고, 모두가 그렇게 생각했다.

  ……그러나 소마의 말은 왕국 이상으로 식량난에 시달리는 아미도니아 공국 사람들의 마음에 깊이 파고든 것 또한 사실이었다. 현실이 괴로운 자일수록 깊이, 더 깊이.

◇ ◇ ◇

  "……그런 연유로 현재 우리 나라에서는 의료의 경우……."

  크리스의 정보 방송이 시작된 뒤로 대략 10분 정도가 흘렀을까. 발신하는 정보도 지금 읽는 것으로 마지막이었다.

  이 정보 방송 뒤에는 드디어 [음악 방송]이 시작된다. 옆에 선 아이샤가 긴장한 모습으로 내 팔을 붙잡았다. 오늘의 아이샤는 평소 같은 경갑옷 차림이 아니라 은색 칵테일 드레스를 입고 있었다. 나 역시도 지금은 턱시도를 입고 있었다.

  그리고 아이샤가 버려진 강아지 같은 시선으로 나를 쳐다봤다.

  "어, 어떻게 하죠, 폐하. 떨림이 멈추질 않아요."

  "진정해. 방송에 나오는 건 두 번째잖아?"

  "지난번에는 그저 먹는 것뿐이라서 괜찮았는데……."

  이번 음악 방송은 내가 사회를, 아이샤가 어시스턴스를 맡아 진행하기로 했다.

  나 역시 아무리 그래도 음악 방송 사회 같은 걸 할 생각은 없었지만, 이 일을 떠맡길 작정이었던 폰초는 식량 배급 준비로 바빴고 하쿠야는 격에 맞지 않는다며 거부했다.

나도 처음이니까 파트너인 아이샤가 얼어 있어서야 곤란했다.

"전장에서 그 든든하던 모습은 어디로 간 거야."

내가 어이없어하면서 말하자 아이샤는 "으으……." 하고 어깨를 늘어뜨렸다.

"무술로는 누구에게도 지지 않을 자신이 있습니다. 하지만 이런 화사한 장소에서는 자신이 없어요. 저보다 아름다운 사람은 잔뜩 있잖아요. 공주님도, 주나 경도 화사하고 하얀 피부에 아름다운 여성이라는 느낌이죠. 저는 피부도 검고 근육도 다소 붙어서……."

"그런가? 아이샤도 건강미가 느껴져서 좋다고 생각하는데."

근육이 붙었다고는 해도 보디빌더처럼 우락부락한 느낌도 아니고, 오히려 그 정도 근육으로 어떻게 그런 대검을 휘두를 수 있는지 신기할 정도로 날씬한 체형이었다. 게다가 모델 수준의 키, 갑옷 위로는 쉽게 알 수 없지만 평범한 수준 이상의 좋은 스타일은 도리어 리시아 쪽이 부러워하지 않을까.

"응. 아이샤는 아름다워."

"그, 그렇습니까?!"

칭찬을 받아서 부끄러워하는 아이샤. 그러나 이내 정신을 차렸다.

"하, 하지만 역시 사회는 역시 주나 경이나 공주님 쪽이……."

"주나 씨는 가수니까 사회까지 하면 바쁠 테고, 리시아를 어시스턴트로 하는 건…… 이번에는 그러지 않는 편이 좋다고 생각해서 말이지."

"? 무슨 일 있나요?"

"으음. 내가 사회가 되면서 살짝 불안요소가 생겼거든. 솔직히 말해서 아이샤를 기용한 것도 어시스턴트로서의 능력보다 호위로서의 능력을 기대한 측면이 커. 혹시 무슨 일이 벌어졌을 때, 아이샤가 곁에 있어준다면 나를 지켜줄 수 있잖아?"

"그건 물론이지만…… 예?! 무슨 위험한 일이라도 있나요?!"

나는 걱정하는 아이샤의 이마에 손을 탁 얹고 웃음을 지었다.

"아마도, 괜찮을 거야. 그래도 남자가 이렇게 말하는 것도 한심하지만 여차할 때는 날 지켜 주겠어?"

"폐하…… 예! 폐하의 몸은 제가 대신해서라도으읍읍."

나는 황급히 아이샤의 입을 막았다.

"목소리가 크다고. 지금은 본방송 중이니까."

"으읍…… 죄, 죄송합니다."

……역시 이런 부분을 보면 확실히 얼빠진 다크 엘프일지도 모르겠다.

"……입니다. 이상으로 [NEWS 엘프리덴]을 마치겠습니다. ……그리고 이 방송이 끝난 후에 엘프리덴 첫 오락 방송을 방영할 예정입니다. 바쁜 용건이 없으신 분은 부디 계속해서 이 방송을 시청해 주시길 바랍니다."

이런, 크리스의 방송이 끝난 모양이었다. 자, 이제 우리 차례다.

음악 방송의 촬영 장소는 이곳이 아니라 무도회 등이 열렸을,

훤히 트인 홀에서 진행하게 되었다. 그곳에 테이블 등을 늘어놓고 데려온 장병들 일부가 그곳에서 음악을 듣는 *[유○대상] 스타일로 진행하는 방식이었다. 관객의 존재 여부에 따라 분위기가 달라지니까 말이지. 나는 아이샤의 손을 잡았다.

"자, 갈까. 아이샤."

"옛. 어디까지든 함께하겠습니다!"

◇ ◇ ◇

크리스 타키온의 정보 방송이 끝나고 잠시 후, 반의 광장에 있는 수신 장치에는 한 쌍의 남녀가 비쳤다. 검은 턱시도를 입은 청년과 빨간색 화사한 파티 드레스를 입은 다크 엘프 소녀의 조합. 청년은 당당한 자세임에 반해 소녀는 조금 긴장한 것 같았다. 그러자 청중 가운데 한 사람이,

"이봐, 남자 쪽은 엘프리덴 왕인 소마 아냐?"

그렇게 소리쳤다. 그 말에 엘프리덴 왕국군이 입성하는 장면을 보았던 자들의 입에서 차례차례 "맞아! 입성할 때 봤어.", "저건 엘프리덴 왕 소마야!", "틀림없어."라며 긍정하는 말이 나왔다.

소마는 자신이 그런 식으로 일컬어지는 것 따위 알지도 못하는 상태로, 끝부분이 둥그런 20센티미터 정도의 무언가(마이

---

* 일본유선대상. 일본의 전국유선음악방송협회가 주최하고 TBS에서 방영된 음악 시상식으로, 홀에서 가수가 노래하고 테이블에 둘러앉은 관객이 관람하는 형태로 이루어졌다.

크 삼아서 들었을 테지만 음성은 보옥이 직접 받으니까 실질적으로는 그저 장식)를 입가로 가져다대며 온화하게 '안녕하십니까.' 라고 인사를 했다.

[노래는 세상에 이끌리고 세상은 노래에 이끌린다. 시대를 뛰어넘어서 계속 전하고 싶은 노래가 있다.]
[그, 그 대사는 뭔가요?! 리허설에서는 그런 말씀 안 하셨잖아요?!]

아무래도 조금 전의 대사는 애드립이었는지 소녀 쪽이 혼란에 빠졌다.

[이 방송의 사회를 맡은 소마 카즈야입니다.]
[아, 아이샤 우드가드입니다!]
[잠깐, 아이샤. 표정이 딱딱해. 스마일 스마일.]
[폐, 폐하야말로 어째서 존댓말이십니까?!]
[아니, 사회니까. 왕이라고 해서 너무 콧대 세우고 있을 수는 없잖아.]
[그리 말씀하시면서 말투가 원래대로 돌아오셨잖아요!]
[이런, 실례.]

적절하게 익살을 떠는 소마와 그에 휘둘리는 아이샤.
그런 두 사람의 대화를, 엘프리덴 왕국의 사람들은 흐뭇하게 보고 있었다.

그러나 한편으로 아미도니아 공국의 사람들은 곤혹스러워하는 표정이었다.

소마 왕이라면 무용으로 이름을 떨치던 가이우스 8세를 지략으로 희롱하고 무용으로 무찌른 남자라고 소문이 났다. 그렇게 지용을 겸비했다는 소문의 젊은 왕과 영상 속에서 다크 엘프 소녀를 놀리면서 노는 청년의 모습이 이어지지 않았던 것이다.

실제로 계략은 하쿠야와 함께 생각했고 가이우스를 물리친 것도 뒤늦게 따라온 궁병대였지만, 공국민들은 그런 사정 따윈 알 길이 없었다.

"공왕 폐하는 이런 녀석한테 패배했나?"

"그렇지, 이건 틀림없이 우리를 방심시키려는 연기야!"

"뭘 위해서? 반은 이미 함락됐잖아?"

"그거야…… 뭘 위해서지?"

곤혹스러워하는 반의 영민들을 제쳐놓고 소마는 사회를 계속 진행했다.

[자, 이 방송은 엘프리덴 왕국 첫 '음악 방송' 입니다. 이 방송을 위해서 각각 다른 타입의 노랫소리를 지닌 여성들이 모여 주셨습니다. 셋 모두 훌륭한 재능을 지닌, 그야말로 로렐라이라 부르기에 걸맞은 인재입니다.]

소마가 그리 말한 이 순간이야말로, 이 세계에서 [아이돌]이라는 의미를 가진 [로렐라이]라는 개념이 태어난 순간이었다.

[낮의 노동으로 지친 여러분의 마음을 치유해 주는, 그런 방송이 되었으면 좋겠습니다. 모쪼록 로렐라이들의 노래를 마지막까지 즐겨 주시길.]

[어디…… 오늘은 세 사람뿐이지만, 엘프리덴 왕국에는 노래에 자신이 있으신 분을 상시 모집하고 있습니다. 나, 남냐뇨쇼…….]

[무슨 말인지 모르겠는데, 아이샤.]

[아, 아무 말씀 마세요. 으음…… 남녀노소, 본인이 직접 지원하시든 타인의 추천을 받으시든 상관없습니다.]

[역시 남성 가수도 있었으면 좋겠는데. 하지만 남자한테 로렐라이라고 그러면 이상한가. 그럼 어떻게 부르면 되지? 머맨이라든지?]

[그건 그냥 바다에 사는 마물이네요. 일단 바다에서 벗어나도 되잖아요? 아, 어어…… 노래에 자신이 있으신 분, 노래하는 걸 좋아하시는 분은 가까운 도시에 있는 라이브 카페 '로렐라이'에서 오디션을 받아 보시지 않겠습니까, 라고 하네요.]

[라이브 카페 '로렐라이'가 지점을 냈어?!]

[어째서 폐하께서 놀라시는 건가요?!]

[아니, 오디션에 관해서는 완전히 주나 씨한테 맡겨서…….]

[참고로 '라군 시티'에 있는 '로렐라이'가 본점이라는 모양입니다.]

[파르남에 있는 건 지점이냐!]

소마가 딴죽을 건 순간, 반의 청중 하나가 쿡쿡 웃다가 황급히 입을 막았다. 혹시 이 방송을 보고 웃는 모습을 보여서 시비가 붙는다면 다른 청중에게 뭇매를 맞을지도 모른다. 그 때문에 반의 광장은 묘한 긴장감으로 뒤덮여 있었다.

그런 일 따위는 전혀 안중에 없이, 소마는 계속 사회를 진행했다.

[자, 그럼 시작할까요. 첫 번째 로렐라이는 외모는 어린아이, 정신은 어른! 합법 로리인 아인족, 파미유 캐롤 씨입니다.]

[파미유 경이 가장 좋아하는 건 낮잠. 하지만 최근에 너무도 화창한 곳이라서 그대로 아침까지 자 버린 데다가 늦잠까지 자 버렸다는 모양입니다. ……저기, 폐하? 이 정보는 정말로 필요합니까?]

[그럼 노래를 청하도록 하죠. 파미유 캐롤 씨입니다.]

소마가 그리 말하자 영상이 암전되고, 어쩐지 느긋한 곡이 흘러나왔다.

그리고 다음으로 비친 것은, 훤히 트인 홀 같은 장소에 위치한 발코니였다. 그곳에는 하늘하늘한 드레스를 입은, 무척 귀여운 열두 살 전후의 소녀가 서 있었다. 그녀가 파미유 캐롤이리라. 파미유는 가슴 앞으로 손을 맞잡고, 자신의 용모에 걸맞은 방울이 굴러가는 듯한 귀여운 목소리로 노래하기 시작했다.

귀여운 소녀가 귀여운 목소리로 노래한다.

그 광경을 보고 아미도니아의 사람들은 귀엽다고 생각하면서
도 그 노래가 좋은지 나쁜지를 이야기하기도 않고 그저 당황하
고 있었다. 국왕 방송에서 소녀가 노래하는 모습이 나오고 있다
는 바로 그 사실에.

"뭐야, 저 아이. 엄청 귀여운데."

"아니, 뭐 귀엽지만…… 국왕 방송이라는 걸 이런 데다 써도
되나?"

"나한테 묻지 마. 그런 걸 내가 알겠냐."

"가이우스 님은 어지간한 일이 아니고서는 안 썼단 말이지."

"어쩌면 엘프리덴에서는 이러는 게 일반적인가?"

그런 대화가 여기저기서 오가고 있었다. 이것이 아미도니아
공국과 엘프리덴 왕국의 차이인가. 이런 방송이 나오는 것이 엘
프리덴 왕국인가. 특히 현재 엘프리덴 왕국군에 점령당한 반의
사람들은 강한 충격을 받고 있었다.

"그런가…… 지금 여기는 엘프리덴 왕국인가."

반의 청중 가운데 한 사람이 그런 말을 중얼거렸다. 아무렇지
도 않은 그 한마디가 마치 메마른 대지에 물이 스며들듯 군중 사
이로 천천히 퍼져 나갔다.

"반은 엘프리덴 왕국이 된 건가?"

"그야 점령을 당했으니까 말이지."

"그러니까 지금 여기는 아미도니아 공국이 아니라는 말이야?"

"그럼 이런 영상을 내보내도 문제없는 건가?"

반 사람들의 곤혹스러운 감정을 제쳐 놓고 방송은 계속되었다. 파미유가 잔뜩 애교를 흩뿌리며 노래를 마치자 또다시 소마와 아이샤가 나왔다.

　[예, 파미유 캐롤 씨였습니다. 이야~ 음악이란 정말로 좋은 거로군요.]

　[어째서일까요. '그거 사실은 음악이 좋다는 게 아니잖아.' 라고 생각해 버렸습니다.]

　[자, 이어서 곡조를 바꾸어, 기운 넘치는 느낌의 곡을 이분께 부탁드리죠. 온통 남자들뿐인 어장에서 뱃노래를 부르며 단련된 성량은 압권입니다. 구두룡 제도 출신의 천진난만한 고양이 귀 소녀. 난나 카미즈키 씨입니다.]

　[난나 경이 좋아하는 생선은 큰뿔청새치라는 모양으로, 한 마리를 통째로 먹는 게 꿈이라고 합니다. 하지만 훔쳐 먹는 걸 경계하여 원양어선에는 태워 주지 않았다나 봅니다…… 저기, 역시 이 정보가 필요한가요?]

　[그럼 노래를 청하도록 하죠. 난나 카미즈키 씨입니다.]

　[……기본적으로 무시인가요.]

　이어서 라이트한 펑크풍 의상을 입은, 기운 넘치는 고양이 귀 소녀인 난나 카미즈키가 비쳤다. 소매 없는 상의와 짧은 바지에서 드러난 건강미 느껴지는 팔다리와 흘끗 엿보이는 배꼽이, 그녀의 중성적인 느낌 안에서도 귀여움을 잃지 않는 매력을 이끌어냈다.

그리고 난나는 노래를 시작하는 것과 동시에 발코니에서 '뛰어내렸다'.

"어?!"

"자, 잠깐……."

그 광경에 청중은 숨을 삼켰다. 아마도 예정에 없었던 행동이리라.

고정되어 있던 보옥을 황급히 움직이는 기척을 엿볼 수 있었다. 노랫소리는 이어지고 있으니 괜찮을 테지만, 한동안 영상에 난나의 모습은 비치지 않았다. 간신히 그녀의 모습이 비쳤을 때, 난나는 아래층 계단 근처에서 즐겁게 춤추고 있었다. 청중은 안도하는 것과 동시에 서서히 그녀의 노래와 댄스에 빠져들고 있었다.

"좋아, 아가씨! 좀 더 해봐!"

"노래도 좋은데. 어쩐지 기분이 밝아지네."

두 번째가 되니 익숙해졌는지 그렇게나 긴장했던 반의 청중 가운데서도 그런 목소리가 들렸다. 귀여운 여자아이가 즐겁게 노래하며 춤추고 있다. 보고 있으면 즐겁지 않을 남자는 없다는 말이다. 그리고 의외로 그런 남성들 이상으로 아미도니아에 사는 여성들은 충격을 받았다. 여성들이 주목한 것은 난나의 패션이었다.

"저렇게 얇은 복장으로 춤지는 않으려나."

"실내니까 괜찮지 않을까?"

"하지만 저런 복장…… 남자를 유혹한다고 혼나지 않을까?"

아미도니아 공국은 군사제일주의의 나라였다. 남자는 강함이야말로 최선이고 여자는 그것을 떠받히는 조신함이야말로 첫째가는 미덕으로 취급되었다.

그렇기에 아미도니아 공국에서는 기본적으로 축제날을 제외하면 여성이 치장하는 것을 허락지 않는 풍조가 있었다. 남성이 유혹을 당해서 유약해지면 곤란하다는 생각 때문이었다. 하물며 저렇게 피부 노출이 많은(어깻죽지나 허벅지가 드러나는 것만으로 노출이 과하다고 취급된다.) 의상으로 공공의 면전에 서다니, 미풍양속에 반한다며 체포당할 행위였다.

"왕국에서는 혼나지 않는 걸까."

"그야 외국인걸. 저 국왕은 상냥해 보여."

"……좋겠다."

그러나 아름다워지고 싶다, 꾸미고 싶다고 바라는 여성의 심리에는 국경도 민족도 없다.

파미유의 하늘하늘 드레스도 귀여웠다. 지금 난나가 입은 해방적인 의상도 동경한다. 가능하다면 자신도 저런 옷을 입고서 춤춰 보고 싶다고, 두 사람의 의상이 아미도니아 공국에 사는 여성의 마음에 불을 지피기 시작했다. 특히 반에 사는 여성들은,

"여기는 이제 아미도니아가 아니잖아?"

"그럼 우리, 치장해도 되는 거야?"

"괜찮지 않을까? 혼내는 병사들은 다들 나갔으니까."

그런 소리까지 나올 지경이었다.

이윽고 기운 넘쳤던 난나의 노래가 끝날 무렵에는, 반의 청중들 사이에서도 박수소리가 나왔다. 이제 누구도 소마의 회유책인지 여부 따윈 신경 쓰지 않게 되었다.

　난나가 노래를 마치는 것과 동시에 영상이 일단 끊어졌다.

　움직인 보옥을 원래 장소로 되돌린 것이리라. 잠시 후에 비친 것은 쓴웃음을 띤 소마와 아이샤의 모습이었다.

　[……난나의 활기를 가볍게 봤어.]

　[……그러네요.]

　[설마 고정 카메라에서 프레임아웃을 할 줄이야…… 난나, 무서운 아이.]

　[말투가 왜 그렇습니까…….]

　[자, 다시 차분하게 가도록 하죠. 자자, 여러분 기다리셨습니다. 이어서 드디어, 우리 나라가 자랑하는 '프리마 로렐라이'의 등장입니다.]

　[주나 경, 처음 방송 때부터 굉장한 인기를 끌고 있죠.]

　두 사람이 말하는 것처럼 과거 두 번의 국왕 방송으로, 주나는 완전히 엘프리덴 왕국의 톱 로렐라이가 되어 있었다. 그 인기는 주나 스스로도 곤혹스러울 정도였다.

　[국왕에게 보내는 탄원서를 모으는 국민 의회에서 '좀 더 빈번하게 방송을 해서 주나 씨의 노랫소리를 들려주십시오.' 라

는 요청이 올라왔던데. 아무리 그래도 그건 겁나더라.]

[우와——…… 저기, 주나 경은 최근에 어깨 결림에 효능이 있
는 허브티를 찾고 있다는 모양입니다…… 크면 고생이 많으니
까 말이죠.]

[…………그럼 노래를 청하도록 하죠. 주나 도마 씨입니다.]

[지금 그 침묵은 뭡니까?]

[……딱히 상상했다든지 그런 건 아니니까.]

[무심코 진심이 나왔다는 말씀이시로군요.]

멋쩍어서 딴청을 부리는 소마와 그 모습을 날카로운 시선으로
바라보는 아이샤가 페이드아웃하고, 영상에는 푸른 머리 미녀
주나 도마가 비치기 시작했다.

상반신은 옷감만 몸에 감은 듯한 의상으로, 하반신은 풍성한
하얀 바지를 발목 즈음에서 꽉 조이고 있었다. 베일같이 얇은
비단을 머리에 뒤집어쓴 그녀의 모습은 [아라비안 나이트]의
세계에서 튀어나온 무희 같았다.

그 아름다움은 청중을 남녀 불문하며 매료했고, 이윽고 그녀
가 자아낸 노랫소리에 엘프리덴 왕국민이나 아미도니아 공국
민 구별 없이 취하기 시작했다.

청중은 소마가 말한 [프리마 로렐라이]라는 말의 의미를 깨닫
기에 이르렀다. 주나의 목소리는 파미유 같이 두드러진 특징을
지니지는 않았다. 그러나 표현력이 풍부한 억양은 파미유 이상
으로 사람들의 기억에 새겨졌다. 또한 주나의 성량은 어장에서

단련된 난나의 성량에는 아득히 미치지 못한다. 그러나 부드러운 가락은 난나 이상으로 사람들의 마음에 깊이 스며들었다.

청중은 확신했다.

주나 도마야말로 로렐라이 중에 로렐라이, [프리마 로렐라이]라는 것을.

아미도니아의 청중은 완전히 셋의 노래에 매료되었다. 국왕 방송이란 이렇게나 즐거운 기분을 만들어주는 것이었느냐며. 이제 이 방송이 소마의 회유책인지를 신경 쓰는 사람 따윈 없었다. 구닥다리 명언이지만 음악은 소리를 즐기는 행위이다. 그렇기에 소마의 진정한 노림수를 깨달은 사람은 나타나지 않았다.

――――단 한 사람을 제외하고.

"저 왕, 야비한 짓을 하네……."

아미도니아 남서쪽 끝에 있는 성채도시 [네르바]의 광장에서, 청중에 섞여 이 방송을 보던 한 사람이 그렇게 혼잣말했다. 그 인물은 후드가 달린 망토로 온몸을 뒤덮고 있어서 표정을 읽어낼 수도 없었다. 알 수 있는 것은 주위의 사람들과 비교하면 조금 자그마한 체구라는 것과, 음색을 미루어보아 아마도 여성이라는 사실 정도였다.

후드 달린 망토 차림의 그 소녀에게, 옆에 서 있는 같은 복장의 인물이 물었다.

"야비하다고요?"

"야비하지. 여하튼 아버님을 포함한 고위층이 국민들에게서 의도적으로 빼앗았던 거를 갑자기 줄라카는 거니까. 이래서야 이제 오빠의 복권은 절망적이겠네. ……뭐, 국민한테는 그라는 게 좋을지도 모르겠지만."

그리 말하고 후드를 뒤집어쓴 소녀는 "이것 참."이라는 듯 어깨를 으쓱였다. 옆에 있는 후드 차림의 남성은 그런 그녀의 태도에 혼란스러워하고 있었다.

"저기, 공주님, 가이우스 님은 대체 뭘 빼앗았다는 겁니까?"

"그야 당연히 [자유]지. 콜베르."

후드를 뒤집어쓴 소녀는 가이우스 8세의 딸 로로아 아미도니아, 옆의 남성은 로로아와 함께 몸을 숨겼던 전직 재무대신 콜베르였다. 로로아는 손을 들어 영상을 가리켰다.

"국왕 방송을 저런 식으로 사용하는 것도, 여자들이 치장을 하는 것도, 공공연하게 남자들이 귀여운 여자아이의 모습에 빠져드는 것도 이제까지 공국에서는 생각할 수 없었던 일 아이가? 공왕도 국민도 유약한 사고가 퍼지는 거는 싫어했으이까. 하지만 저 왕은, 왕국에서는 그것이 허락된다는 거를 이 방송을 통해서 보여주는 기라."

"그러니까…… [자유]를 보여주는 거라고."

콜베르의 물음에 로로아는 고개를 끄덕였다.

"그기지. 그라이까 야비한 기다. [자유]는 [공짜]야. 준다고 케도 소마가 손해 볼 거는 없지. 하지만 그걸 빼앗을라고 카면 반발하거든. 혹시 제국의 위광을 빌려서 반을 되찾을지라도 오빠가 그 [자유]를 공국민들한테 계속 줄 수 있을 거라고 생각하나? ……아이지. 오빠는 아버지의 치세를 반복할 기다. 혼란은 필연적이야."

"?! 설마 소마는 거기까지 생각하고 이 방송을?!"

"내 눈에는 그렇게 보이네."

콜베르는 눈을 동그랗게 떴다.

눈앞의 후드를 쓴 새끼 너구리처럼 깜찍하게 생긴 소녀가, 가이우스 8세를 완전히 농락한 소마 왕의 노림수를 정확하게 간파했다는 사실에, 말이다. 혹시 이곳 아미도니아 공국의 주인이 가이우스도 율리우스도 아닌 로로아였다면 지금과는 다른 미래도 존재하지 않았을까. 아니, 일단 틀림없이 그랬을 것이다. 그리 생각하니 콜베르는 안타까워서 참을 수 없었다. 하지만 당사자인 로로아는 그런 것을 생각조차 하지 않았다.

"아버지가 이길 수 있는 상대가 아이었던 기다. 아버지는 전장 밖에서 벌어지는 일은 완전히 무시했으니까. 정말이지…… 구매의욕을 자극해서 경제를 돌리지 않고서는 아무리 지나도 불황이 계속될 거라고 케도 전혀 들어주질 않았다 아이가."

괴로운 듯 그리 말하는 로로아를 보고 콜베르를 당황했다.

"저기, 공주님…… 아버님에 관한 이야기는……."

"그래, 신경 안 써도 된다. 나도 별로 신경 안 쓰니까."

지난번에 벌어진 회전에서 아미도니아 공국군은 엘프리덴 왕국군에 대패하고 로로아의 아버지 가이우스 8세는 엘프리덴 왕 소마 카즈야가 이끄는 왕국군에 죽었다고 들었다. 그 사실을 염려하는 콜베르에게 로로아는 팔랑팔랑 손을 내저었다.

"어째서일까. 아버지가 죽었다는 이야기를 들어도 별로 슬픈 기분은 안 드네. 결국 내는 아버지랑도 오빠랑도 성격이 안 맞았던 거겠지……."

"공주님……."

"어느 쪽인지 따지자면…… 충격을 느끼지 않았다는 기 충격이네. 원수일 터인 소마한테도 관심만 보이고 말이제. 저 낡아빠진 나라를 바로 세운 수완과 국왕 방송의 교묘한 사용법은, 대체 어떤 세계에 살면서 익힌 걸까. 만나가 이야기해 보고 싶네. 저기, 콜베르. 내는 박정한 사람이가?"

후드 틈새로 처음으로 불안해하는 눈빛이 엿보였다. 그렁그렁한 눈동자를 마치 버려진 강아지 같았다. 그런 로로아를 보고 콜베르는 황급히 "아니요!"라며 고개를 가로저었다.

"공주님은 가이우스 님과는 다른 방법으로 이 나라를 구하시려는 겁니다! 그러니까 국민의 삶보다도 이상을 우선시한 가이우스 님이나 율리우스 님과 맞지 않고, 국민을 위하는 소마 왕에게 친근감을 느끼시는 겁니다! 그건 공주님께서 정말로 이 나라의 공주라는 증거입니다!"

콜베르가 그리 말하자 버려진 강아지 같은 표정을 짓고 있었을 터인 로로아는,

"정말로? 그라믄 됐다."

그러면서 쿡쿡 웃었다.

'우, 우는 척했나?!'

온화한 콜베르도 역시나 이 태도에는 화를 낼 뻔했지만, 금세 생각을 고쳤다. 로로아라면 슬퍼하는 척도, 슬퍼하는 '척하는 척'도 가능할 것이다. 로로아의 가슴속은 그녀 본인밖에 모른다. 그러니까…… 콜베르는 아무런 말도 할 수 없었다.

그리고 갑자기 로로아가 덮어쓰고 있던 후드를 벗어젖혔다. 둘로 묶은 머리카락이 앞쪽으로 흘러내리고 로로아의 사랑스러운 얼굴이 드러났다. 콜베르는 무심코 눈을 부릅떴다.

"공주님, 뭘 하시는 겁니까?! 저희는 몸을 숨기고 있잖습니까?! 누가 보면 어쩌시려는 건가요?!"

"다들 음악 방송이라는 녀석에 정신이 팔려가꼬 아무도 우리 같은 건 안 본다. 그런 것보다도, 지금부터 마주하게 될 소마의 얼굴을 제대로 눈에 새겨 둘까 해서."

로로아의 눈에 비치는 소마는, 어디에나 있을 법한 지극히 평범한 청년이었다. 하지만 외모와 다르다는 것은 충분히 알고 있었다. 평범한 인간이라면 쇠퇴하던 왕국을 바로 세우고 삼공이나 공국을 무찌를 수는 없다. 평범하게 보이기에 저력을 알 수 없는 상대였다.

로로아는 후드를 다시 뒤집어쓰고는 콜베르의 팔을 붙잡고 걸어갔다.

"자, 우리도 준비를 서둘러야지. 소마의 움직임은 상상 이상으로 빠른 모양이니까."

"……! 옛!"

지금부터가 진짜라는 생각에 콜베르도 표정을 단단히 다잡았다. 걸어가며 로로아는 고개를 뒤로 돌려, 수신 장치에 비치는 소마의 얼굴을 보고 쿡쿡 웃었다.

'우리가 의욕을 내게 만들어놓고 홀랑 도망쳐삐면 용서 안 한다. 당신은 제대로 [책임]을 지야겠어. 각오하라카이, 소마 ♪'

주나 씨의 노래가 끝나고 또다시 파미유의 차례가 되었다.

아직 로렐라이의 수가 부족해서, 오늘 방송은 셋이서 각각 두 곡씩 부르게 되었다. 파미유 차례가 끝나고 난나의 두 번째 노래가 시작되는 것을 계산하여, 나는 아이샤를 남들 눈에 띄지 않게 방송에도 비치지 않는 장소로 끌고 갔다.

"왜, 왜 그러십니까, 폐하. 아직 방송 중이라고요?"

"오늘 방송에는 불안요소가 있다고 그랬잖아. 난나 다음 차례가 그거야."

불안요소라는 말에 아이샤의 표정이 매서워졌다. 나는 조용히 말했다.

"다음 무대가 시작되면 내 호위를 잘 부탁할게."

"옛?! 설마 주나 경이 무언가으읍읍."

또다시 방송 중임에도 큰 소리를 낼 뻔한 아이샤의 입을 손으로 막고 완전히 진정시킨 뒤에 나는 조용히 고개를 가로저었다.

"주나 씨가 아냐. 난나와 주나 씨의 두 번째 무대 사이에, 예고

하지 않은 가수 하나가 난입하는 거야."

"으읍…… 그, 그런 이야기는 못 들었다고요?!"

"난입이라고 했잖아. 본방송 직전에 갑자기 결정되었어. 게다가 사전에 이야기했다면 아이샤 너는 마음이 그쪽으로 가버려서 제대로 사회도 못 볼 것 같았으니까."

"으으음…… 부정할 수는 없군요."

아니, 이봐……. 어쨌든 그런 그녀의 팔을 툭 두드렸다.

"그렇게 되었으니까, 여차할 때는 잘 부탁해. 사회도 봐야 하니까 대검은 무리지만 소형 무기라도 휴대해 둘까?"

"아뇨, 그렇다면 차라리 맨손인 게…… 아니, 그렇게나 위험한 상대입니까?!"

"아니…… 내 추측이지만, 큰일이 벌어지지는 않을 거라고 생각해. 이건 어디까지나 보험이야."

"보험, 인가요…… 알겠습니다. 폐하는 제가 목숨을 바쳐 지키겠습니다."

아이샤가 가슴을 턱 두드렸다. 평소라면 갑옷을 탁 두드리는 장면이었을 테지만, 오늘의 아이샤는 칵테일 드레스 차림이었다.

평소에는 갑옷에 눌려 있었을 풍만한 가슴이 흔들렸다. 나는 겸연쩍은 심정에 눈길을 어디에 둘지 곤란해져서 고개를 홱 돌렸다.

자…… 과연 지금부터 무슨 일이 벌어질까.

◇ ◇ ◇

"음악 방송이라는 것도 좋네……."

난나의 두 번째 노래를 모두 들었을 무렵에는, 아미도니아 공국의 청중 사이에서는 느슨한 분위기가 흐르기 시작했다. 순수하게 이 음악 방송을 즐기는 것이었다. 순서를 생각하면 다음은 주나 도나의 차례이리라. 그 노랫소리를 또 들을 수 있느냐며 두근두근하는 심정마저 느꼈다.

그러나 그런 분위기는 다음 순간에는 완전히 날아가 버렸다.

영상에 한 여성이 비친 것이었다. 그 여성은 서른에서 마흔 정도의 나이일까. 키는 2미터 가까운 정도에 착용한 군복 위로도 알 수 있을 만큼 늠름한 체격이었다. 눈빛은 날카롭고 머리카락도 단발에 완전히 뒤로 넘겨서 성별을 알아보기 어려웠다.

실제로 그녀가 여성임을 알고 있는 것은 공국 측의 시청자뿐, 왕국 측의 시청자 가운데는 '여장한 남자'라고 생각하는 사람도 있었던 듯했다.

그런 여성 옆으로 소마와 아이샤가 나타났다. 소마는 사회자답게 잘 꾸며진 미소 그대로였지만, 아이샤는 험악한 표정으로 여성을 주시하고 있었다.

[자, 여기서 돌발 게스트의 등장입니다. 아미도니아 공국군 무장인 마르가리타 완다 씨입니다. 완다 씨는 반을 수비하던 장병들이 퇴각하는 가운데, 저희가 약정했던 것처럼 주민에게 위

해를 끼치지는 않을지 감시하기 위해 마지막까지 남아 있던 인물입니다.]

  반의 주민들은 고개를 끄덕였다. 완다 경이라면 있을 법한 일이라고.
  여성이 출세하는 것이 어려운 아미도니아 공국에서도 범상치 않은 무용과 통솔력으로 장군 자리에까지 올라간 역전의 맹자였다. 무용과 위엄 있는 외모로 국민들로부터 두려움을 사고는 있었지만 인품은 공명정대하여 신뢰의 대상이기도 했다.
  그러나 바로 그렇기에 알 수 없었다. 그런 완다 경이 어째서 소마와 같이 화면에 비치는 것일까.

  [완다 씨는 포로로 취급되고 있었습니다만, 붙잡힌 이유가 이유인지라 자택에서 근신을 하도록 했습니다. 하지만 이번에 이 방송에 대한 이야기를 듣고는 '나도 노래를 부르게 해 달라.' 며 스스로 입후보해 주셨습니다.]
  […………..]

  소마는 밝은 말투로 이야기했지만 당사자인 마르가리타는 여전히 침묵을 유지했다. 그런 두 사람의 너무도 온도 차이가 극명한 분위기를 느끼고, 반의 주민들은 등골이 서늘해졌다.
  "이봐…… 지금부터 무슨 일이 벌어지는 거지?"
  "설마 완다 경, 이 기회에 소마를 저세상으로 보내 버리려고?"

"아니, 다른 사람도 아니고 완다 경이 그런 고식적인 수단을 취할 리는⋯⋯."

"하지만 다크 엘프의 얼굴을 봐. 저건 경계하는 표정이야."

"소마도 웃고는 있지만 어쩐지 저릿저릿한 느낌이 드는데 말이지."

실제로는 성에서 진행되고 있음에도, 반의 청중은 불온한 분위기를 느끼고서 겁먹고 있었다. 그런 분위기 가운데, 소마는 여전한 미소로 사회를 계속 진행했다.

[그럼 노래를 듣도록 하죠. 마르가리타 완다 씨가 부를 곡명은⋯⋯ '골도아 계곡을 넘어서'.]

그 곡명을 들었을 때, 또다시 청중들 사이에 흐르던 분위기가 얼어붙었다.

노래하겠노라 선언한 '골도아 계곡을 넘어서'는 아미도니아 공국의 국가였던 것이다. 아미도니아의 국가를, 점령 중인 반에서, 그것도 점령한 나라의 왕인 소마 앞에서 부른다.

그 의미를 아미도니아 사람들은 순식간에 이해했다.

완다 경은 죽음마저 각오한 것이라고. 소마와 아이샤가 영상에서 빠져나가자, 단조로우면서도 중후한 음악이 흘러나왔다. 이윽고 마르가리타는 노래를 시작했다.

[아침 해 태어나는 우르술라의 산 너머에 펼쳐진 ♪

우리 선조가 태어난 땅 우리가 언젠가 되찾을 장소 ♪
나아가라 군마여 동포의 시체의 언덕을 뛰어넘어 ♪
나아가라 용사여 골도아 너머의 흙이 되도록 ♪]

　허스키한 보이스로 자아내는 힘찬 노래. 공국민들의 등줄기
가 자연스럽게 펴졌다.
　마르가리타의 노랫소리는 공국민들에게, 자신들이 아미도니
아 공국의 국민이라는 사실을 더할 나위 없이 일깨워 주었다.
반의 주민들도 그러했다.
　눈앞에 선보여진 엘프리덴 왕국의 [자유]에 대한 동경 같은 것
이 싹트기 시작했지만, 이 노랫소리는 냉기가 되어 그 싹을 시
들게 만들었다.

　'굉장한 노래구나…….'
　나는 홀 한구석에서 마르가리타의 노래를 듣고 있었다.
　노래를 시작하는 것과 동시에 홀의 장병들이 다소 술렁였지
만, '무슨 일이 있어도 자리를 지키고 조용히 음악을 들을 것'
을 엄명했기에 소란을 피우는 자는 없었다.
　하지만 모두가 술렁이는 것도 무리는 아니었다.
　어쨌든 이 노래는 '엘프리덴 왕국으로의 침공'을 노래한 것
이었으니까.

가사에 있는 '아침 해 태어나는 우르술라의 산 너머'란 우르술라 산맥 동쪽에 있는 구 아미도니아 왕국령(현재 엘프리덴 왕국령)을 의미했다.

　군마와 용사에게 그곳을 향해 나아가라고 하는 것이었다.

　골도아 계곡을 넘어서 엘프리덴 왕국으로 쳐들어가라, 국가로 그리 노래하고 있었다.

　뭐라고 할까…… 그렇게까지 하느냐는 느낌이었다. 국가를 이용하면서까지 국민을 부채질하는 군사 국가의 집념이 굉장했다. 그렇게 생각하고 있자니 아이샤가 작은 목소리로 내게 말을 걸었다.

　'괜찮겠습니까? 저런 노래를 부르게 놔둬도.'

　'……뭐, 예상했던 일이니까.'

　나는 팔짱을 끼며 작은 목소리로 대답했다.

　'적국의 장군이었던 사람이 갑자기 자신도 음악 방송에 참가하고 싶다는 이야기를 꺼냈어. 이유야 '방송을 사용해서 시청자의 애국심을 부채질한다' 든지 '내게 접근할 수 있는 기회를 만들어서 습격한다' 정도밖에 안 떠오르잖아. 일단 인물에 대해 조사한 결과, 전자일 것으로 예상했지만 말이지. 그러니까 아이샤한테 호위를 부탁했어.'

　'알고 계셨던 겁니까?! 그렇다면 더더욱 노래를 시키면 안 되는 게 아닌지?'

　'……뭐, 지켜봐. 상대의 생각을 역으로 이용할 거니까.'

　그런 이야기를 나누는 사이에 마르가리타는 노래를 마쳤다.

노래를 마치는 것과 동시에 마르가리타는 그 자리에 털썩 앉았다. 우리가 다가가자,

"아미도니아 사람으로서 기개를 나타냈다. 자, 내 목을 베어라."

그리 말하며 마르가리타는 등줄기를 폈다. 역시 각오를 하고서 벌인 행동이었나. 자신이 이 자리에서 죽임을 당하는 것조차 이미 생각한 거겠지. 실제로 여기서 마르가리타를 처리한다면 이 방송은 전부 허사가 된다.

그렇기에 나는 '싱글거리며' 말했다.

"어째서? 좋은 노래였잖아."

예상 밖의 대답이었는지 마르가리타는 눈을 부릅떴다.

각오를 다진 상대에게 이러는 건 미안하지만, 거기에 순순히 넘어가지는 않을 거라고.

"리듬 앤 블루스, 그러니까 R&B 같은 장르가 잘 어울릴 법한 좋은 목소리잖아. 부디 당신의 목소리로 들어 보고 싶은 노래가 잔뜩 있어. 국민들도 그렇게 생각하겠지."

내가 가벼운 느낌으로 말하자 마르가리타는 나를 찌릿 노려봤다.

"……나는 아미도니아 공국 국가를 불렀다고. 이런 폭거를 못 본 척한다면, 엘프리덴 국왕으로서의 위엄에 금이 가겠지."

"스스로 폭거라고 하지 말라고…… 그리고 그게 어쨌는데? 엘프리덴 왕국에는 다른 나라의 국가를 부르면 안 된다는 법률은 없어. 여기는 아미도니아 공국이 아니거든."

나는 마르가리타에게서 시선을 떼고는 국왕 방송의 보옥을 향

해서 말했다.

"좋은 나라란 무엇인가. 그 대답은 그리 간단히 내릴 수 있는 게 아니다. 하지만 적어도 자유로이 노래를 부를 수 있는 나라는 좋은 나라라고 생각한다. 즐거운 노래, 슬픈 노래, 사랑 노래, 자기 나라의 노래, 다른 나라의 노래, 군가나 반전의 노래마저 자유로이 부를 수 있는 나라야말로 좋은 나라라고 나는 생각한다."

그리고 보옥을 향해 오른손을 건네며 물었다.

"이 방송을 보고 계시는 당신은 어떻게 생각하십니까?"

반 성의 서쪽에 탑이 있다.

이끼가 낄 만큼 오래되어 이상한 존재감을 풍기는 그 탑 안은 감옥으로 쓰이며, 범죄자 중에서도 신분이 높은 자(귀족이나 기사 계급 이상)를 수용하기 위한 장소였다. 신분이 높은 자를 위한 감옥이라고는 해도 결코 스위트룸 같은 곳은 아니라서 안은 일반적인 꾀죄죄한 감옥이었다. 아미도니아의 치세 하에서 이 탑에는 주로 정치범이 유폐되었다. 국가전복을 꾀했다, 나라의 방향성에 반대했다고 '취급된' 자들이었다.

취급되었다, 라는 것은 그것이 진실인지는 관계가 없었다는 의미였다. 이런 정치범 인정은 이따금 정적을 실각시키기 위하여 이용되었다. 지하에는 범죄자를 자백시키기 위한 고문 시설도 있어서, 정적에게 중상모략을 당한 귀족이 이곳에서 자백을 강요받고 가족과 함께 처형대로 보내지는 일도 많았던 듯했다. 밤에 이 탑에 다가가면 낮에 받은 고문의 상처로 신음하는 수형자들의 목소리가 들리기에, 언제부터인가 [신음의 탑]이라 불리게 되었다.

그 [신음의 탑] 안에 있는 감옥 중 한곳에, 철창을 사이에 두고서 리시아와 카를라가 바닥에 앉아 마주하고 있었다. 공군을 상대로 한 인질인 카를라는 현재 이 감옥 안에 유폐되어 있었다. 리시아는 간이 국왕 방송 수신 장치를 가지고, 카를라와 함께 소마의 방송을 보고 있었던 것이다. 중간까지는 오락 방송이라 생각하고서 봤는데, 갑자기 나타난 아미도니아 장군과 나누는 대화를 보고 두 사람도 간신히 소마의 노림수를 깨달았다.

"저 여장군이 방송을 사용해서 애국심을 부채질하는 것도 계산에 넣고서."

"그 애국심마저도 받아들이는 자유와 도량을 보여준 건가."

두 사람이 나란히 감탄의 한숨을 흘렸다. 리시아는 간이 수신 장치를 손가락으로 쓰다듬었다.

"소마는 아미도니아 공국의 사람들에게, 엘프리덴 왕국에서는 좋아하는 노래를 부를 수 있는 자유가 있다는 사실을 가르쳐 준 거네. 노래만이 아냐. 음악, 문학, 회화, 조각…… 모든 예술 행위로 자신을 표현할 수 있다고 보여준 거야."

"자기표현인가…… 공국이 가장 싫어할 법한 일이네."

군사 국가인 아미도니아 공국으로서는, 국민이 획일화되는 편이 통치에 편리했다. 타도 엘프리덴을 내걸기만 하면 지지를 얻을 수 있기 때문이었다.

혹시 사상 등의 다양성을 인정해 버린다면, '엘프리덴 왕국과 화평을 맺고 교역을 통해 공존하는 편이 낫지 않을까.' 라며 말하는 자가 나올 것이다. 그것은 공왕가가 가장 두려워하는 일이기에 그런 생각을 가진 자가 나타나면 철저하게 탄압했을 터였다.

그러나 패전과 가이우스 8세의 죽음으로 공왕가의 권위는 실추되었다. 그런 시기에 소마는 이런 방송을 진행하고, 표현의 자유라는 것의 존재를 공국민에게 가르쳐 준 것이었다.

부르고 싶은 노래를 부르고, 그리고 싶은 그림을 그리고, 만들고 싶은 이야기를 만든다.

그것들을 속박하는 사람이 이제는 없다는 사실을 반의 사람들에게 알려 준 것이었다.

"지금부터는…… 혹시 공태자 율리우스가 복권하게 되더라도 예전처럼 통치할 수는 없겠지. 이미 반의 사람들은 자신을 표현하는 기쁨을 알아 버렸는걸. 혹시 그것을 빼앗으려고 한다면 탄압이 필요할 거야."

"그런 짓을 한다면 더더욱 국민들의 마음이 떠나 버린다……는 건가."

카를라는 한숨을 내쉬고는 철창에 등을 기댔다.

"소마가 이야기한 '국왕의 일은 전쟁 전, 그리고 끝난 뒤에나 있다' 는 말의 의미를 이제야 알 수 있을 것 같아. 그 녀석은……

지금도 아직 싸우고 있는 거구나."

"싸움…… 그래, 그러니까 소마는 아이샤를 파트너로 고른 거네."

리시아도 한숨을 내쉬며 철창에 등을 기댔다. 철창을 사이에 두고 두 사람은 등을 맞대는 모양이 되었다.

"내가 다치지 않았으면, 그렇게 생각해 준 건 기쁘지만 조금 질투해 버리고 마네. 좀 더 의지해 줬으면 좋겠는데……."

"하하하…… 그만큼 소중하게 생각한다는 거잖아."

"그런 걸까?"

"그럼. 전장에서 약한 소릴 털어놓을 때, 너나 다른 사람들한 테 아까처럼 말할 수는 없다고 그랬어. 남자는 소중하게 생각하 는 상대일수록 허세를 부리는 생물이라고 대모님께서 말씀하 셨지."

"그, 그럴까나…… 아, 하지만 카를라에게는 약한 소리를 했 어?"

"나는 아무래도 상관없는 상대니까 그렇겠지. 적대해 버렸으 니까."

"카를라, 소마는…… 앗!"

돌아온 리시아는 카를라의 얼굴을 보고 말을 잃었다. 그녀의 표정에서 평소의 자신만만한 모습은 일절 보이지 않고 어딘가 쓸쓸한, 무언가를 깨달은 것 같은 온화한 표정이었다.

"알고 있어, 리시아. 전장에서 그 녀석이 등에 짊어진 것의 무 게를 지겹도록 봤으니까. 그 녀석은 가짜 왕 같은 게 아냐. 제대로 된 훌륭한 국왕이었어. 선대 국왕 알베르토 공이나 리시아의 평가는 맞아. 어리석었던 건 우리 쪽이지."

"읏?! 그걸 깨달았다면……."

"바로 그렇기에, 중재를 받아들일 수는 없어."

카를라의 말에 리시아는 벌떡 일어서서는 철창을 탕 두들겼다.

"카를라! 나나 월터 공이 얼마나……."

"아냐. 그런 게 아니라고, 리시아."

격앙하려는 리시아를 향해 카를라는 조용히 고개를 가로저었다. 그리고 자신의 무릎을 양손으로 끌어안고는 짜내는 듯한 목소리로 말했다.

"우리는 틀렸어…… 그렇기에 이 이상, 너희에게 폐를 끼치고 싶지 않아. 우리를 살리려고 한다면 소마 왕이 억지로 무리를 해야만 해. 무리하면서까지 왕으로 있으려는 저 남자가 지금 이상으로 짐을 짊어지게 만들고 싶지는 않아."

"카를라……."

애달프게 바라보는 리시아를 향해 카를라는 가냘프게 웃었다.

"나는 더 이상 너와 네가 사랑하는 사람의 무거운 짐이 되고 싶지 않아."

"자, 여러분. 이 방송의 마무리는 역시 이 사람에게 부탁드려야겠지요. 프리마 로렐라이 주나 도마 씨입니다."

나는 마지막 곡 소개를 마치고 보옥에 비치지 않는 장소로 물러났다. 그러자 그곳에는 무릎을 꿇은 마르가리타와 그것을 험악한 표정으로 지켜보는 아이샤가 있었다.

"……엘프리덴 왕이여. 내가 하려는 일은 알고 있었나?"

내가 다가가자 마르가리타는 분하다는 듯 물었다.

"뭐, 그렇지. 내가 있던 세계에 당신이랑 똑같은 일을 한 녀석이 있었거든."

뭐, 영화였지만. 조금 오래된 뮤지컬 영화였는데, 죽은 할아버지가 무척 좋아해서 몇 번이나 봤다. 마르가리타는 고개를 푹 숙였다.

"그런가…… 전례가 있었다면 실패도 당연한 얘기군."

나는 그렇게 말하는 마르가리타의 어깨에 손을 얹었다.

"아미도니아 군인이면서도 무력에 의지하지 않는 그 발상력과 노래는 훌륭했어. 어때? 정말로 우리 나라에서 가수가 되어 보지 않겠나? R&B 가수로서 말이야."

"……패장에게 그리 따뜻하게 말씀해 주시니 황송합니다. 알앤비……가 뭔지는 모르겠습니다만, 군인으로서는 실격인 저라면 그것도 괜찮을지 모르겠군요."

"그래, 가수는 얼마든지 있어도 되니까 말이야. 환영하지."

내가 그리 말하자 마르가리타는 조금 무서운 표정으로 곤란하다는 듯한 미소를 띠었다.

"……조금만 생각할 기회를 주시길."

◇ ◇ ◇

　이때에는 마르가리타 완다도 대답을 망설였지만, 얼마 뒤 아미도니아 출신 R&B 가수로 데뷔하게 된다. 허스키 보이스로 펼치는 압권의 노래는 주로 중년, 노년층에게 지지받았다.

　또한 전장에서 단련된 남자에게도 지지 않는 배짱과 호쾌한 성격이 시청자들을 끌어들여, 방송 사회 진행 같은 것들도 진행하게 되면서 왕국 연예계의 중진이 된다.

　어쨌든 파란으로 가득했던 음악 방송 제1회는 이리하여 막을 내린 것이었다.

"어디…… 다음 서류는."

수도 [파르남]에 있든 공국의 수도 [반]에 있든, 국왕으로서 할 일은 변함이 없었다. 집무실에서 하쿠야가 올린 서류를 훑어보고 사인을 할 뿐이었다. 특히 지금은 반을 점령한 지 얼마 안 되었기에 업무량도 늘어났다.

음악 방송 제작을 위해서 며칠 분량의 일이 쌓여 버린 것도 뼈저렸다. 아침부터 밤까지 작업하고 능력인 [리빙 폴터가이스트(살아 있는 유령들)]도 풀가동했는데, 쌓인 서류 다발은 좀처럼 줄어들 기미가 없었다. 결국 반에서도 일어나면 곧장 업무에 착수할 수 있도록 집무실 한구석에 침대를 설치하여 묵고 있었다.

그리고 오늘 역시도 일어나자마자 곧바로 책상 앞에 앉아서, 아침 햇살이 비치는 가운데 집무실에서 서류와 씨름하고 있자니,

"이제 좀 자기 방을 만드는 게 어때?"

옆에서 일을 도와주는 리시아가 어이없다는 듯 말했다.

"이 성에도 방은 잔뜩 있으니까."

"아침부터 밤까지 계속 일에 절어 있다고. 자러 돌아갈 뿐인

방을 만들어 봐야 소용없잖아. 정말이지…… 왕국 쪽은 좀 진정되었는데, 반을 함락하면서 또 일이 늘어났단 말이지. 노동 기준법 따윈 알게 뭐냐는 느낌이야."

"무슨 또 영문 모를 소리야. 자, 다음 서류."

"어…… 아니, 또냐."

건네받은 서류를 훑어보고 나는 어깨를 축 늘어뜨렸다.

내용은 '반의 백성이 광장에서 야외 음악 콘서트를 개최하고 싶다는데 허가해도 될까.' 라는 것. 오늘만 해도 비슷한 청원을 몇 건이나 처리했다.

내용은 음악회라든지 연극이라든지 미술전, 도서전, 곡마단 (서커스) 등등 다방면에 이르렀는데, 아무래도 그 방송 이후로 반의 주민들은 그런 예술을 통한 자기표현에 눈을 뜨고 만 듯했다. 그 모습은 흡사,

"르네상~스(문화 부흥 운동)."

"……왜 그래? 갑자기."

"……아무것도 아냐."

리시아가 이상하다는 눈빛으로 쳐다봤다. 음, 이 개그를 성립시키려면 일단 [르네상스]라는 말을 정착시키는 부분부터 시작해야겠지.

뭐, 본가가 기독교의 영향에서 벗어나 그리스나 로마 시대의 인간 중심주의를 부흥시키려고 한 것과 비교하여, 이쪽으로 말하자면 군사제일주의를 벗어나서 문화 예술을 즐기려고 한다는 의미에서의 문예 부흥이라고 하면 될까.

"하지만 뭐, 아무리 예술의 가을이라고는 해도 갑자기 지나치게 눈을 떴잖아."

솔직히 끊임없이 예술 관련 이벤트 개최를 타진하는 건 좀 참아 줬으면 좋겠는데. 이곳은 일단 타국이 점령 중인 도시다. 사람이 많이 모이는 이벤트는, 무언가를 공모하는 장소나 테러의 표적으로 사용될 가능성이 있다. 그 때문에 차례차례 체크해야 하는 내 입장도 좀 생각해 줬으면. 머리를 부여잡는 나를 보고 리시아는 쓴웃음을 지었다.

"어쩔 수 없어. 그만큼 그 방송이 충격적이었다는 거잖아? 이제까지 상당히 억눌려 있었던 모양이니까."

"……그렇겠지. 군사 국가에서는 자기표현 같은 건 허락되지 않았을 테고."

정권에 조금 부정적인 문장이 적힌 것만으로 분서 대상, 평화를 이야기하는 노래를 부른 것만으로 투옥, 정권을 풍자하는 연극을 상영했으니까 단장은 공개 처형……같은 짓을 아무렇지도 않게 저질렀을 테니까 말이다. 이렇게 분위기가 들뜬 것은 그 반동이겠지.

"그 때문에 내 일이 늘어났다는 게 문제지만."

"불평하지 마. 괜히 반발하는 것보다는 낫잖아."

"그건 그렇지만…… 이럴 거면 차라리 이벤트 관련해서 부서라도 세울까. 마르가리타라든지, 그런 사람을 부처장으로 세우고 예술 관련된 일을 일괄적으로 처리하게 만드는 거지."

"그건 괜찮겠지만…… 그걸 위한 서류는 만들어야 한다고."

"어흐……."

아무래도 어찌 발버둥 쳐도 내 일은 줄어들지 않을 듯했다.

뭐, 왕이니까 어쩔 수 없나. 그대로 한낮이 될 때까지 계속 일한 후 배가 고파졌기에 슬슬 점심시간으로 휴식을 취할까 하고 리시아와 이야기하는데, 식량 문제 담당대신 폰초 이시즈카 파나코타가 방으로 들어왔다. 폰초는 둥그런 배를 흔들며 내 앞에 서서는 긴장한 모습으로 인사했다.

"저, 저기, 폐하, 잠깐 괜찮으시겠습니까, 예."

엄청나게 긴장하고 있었다. 저렇게 보여도 폰초는 식량 문제에는 그야말로 어마어마하게 활약했고 내가 손수 채용한 측근이기도 해서, 나라에서도 충분히 인정받는 존재가 되었다.

그러니까 이제는 좀, 내 앞에 서는 것에도 익숙해졌으면 좋겠는데 말이지…….

"무슨 일이야?"

"아, 예! 폐하께 보여드리고 싶은 것이 있습니다, 예."

그리 말하더니 폰초는 손에 들고 있던 주머니에서 무언가를 꺼내서 업무용 책상 위에 내려놓았다.

"보여주고 싶은 물건이라니…… 꽃이야?"

옆에서 들여다본 리시아가 고개를 갸웃거렸다.

폰초가 꺼낸 것은 한 송이 꽃이었다. 외견은 백합과 비슷했다.

하지만 꽃잎은 핑크색, 노란색, 갈색으로 마블링이 되어 무언가 독성이 느껴지는 색상이었다. 이거, 버섯이라면 절대로 먹으면 안 되는 색깔이잖아.

"이건?"

"아, 예! 이건 [현혹 릴리]라고 불리는 꽃입니다, 예."

"아—, 릴리라는 건 역시 이건 백합인가. 그런데 현혹이라니?"

"사실 이 꽃의 꽃가루에는 강력한 환각 작용이 있어서, 들이마시면 몽유병 환자처럼 되어 버립니다. 주로 산지에 무리지어 서식하는데, 옛날에 행군 중이었던 군단이 이 꽃가루를 들이마시고는 존재하지 않는 적에게 쫓기어 절벽에서 떨어져 궤멸하는 사건이 벌어지기도 했습니다요."

"무서워!"

그건 이미 무슨 드러그 운운하는 부류의 물건 아닌가?

"아니, 그런 걸 이런 장소로 가져오지 마!"

"괘, 괜찮습니다. 꽃가루는 제대로 털어냈습니다, 예."

"······정말로? 괜찮다면야 상관없지만."

"예. 게다가 몇 송이 정도라면 들이마셔도 영향은 없습니다. 백 송이 이상 군락을 이룬 장소에 다가가려고 한다면 천으로 입을 막아도 소용이 없지만······ 예."

뭐, 필터 마스크라도 없는 한, 꽃가루를 완전히 막는 건 불가능하겠지. 나는 걸린 적이 없지만, 꽃가루 알레르기가 있는 사람은 마스크를 써도 괴로워했으니까.

"그래서, 이 꽃을 보여주고 싶었나?"

"아뇨, 꽃은 덤 같은 것이고, 폐하께 보여드리고 싶은 건 이쪽입니다."

그리 말하고 폰초는 이번에는 무언가 둥그런 것을 꺼냈다. 이

건…… 채소일까. 하얗고, 동그랗고, 울퉁불퉁해서 락교나 마늘 알맹이가 솔방울처럼 뭉쳐 있는 것처럼도 보였다.

"이건?"

"혀, [현혹 릴리]의 땅속줄기입니다, 예."

"땅속줄기…… 백합 구근인가!"

"꺄악! ……뭐야, 갑자기."

내가 갑자기 소리를 지른 탓에 리시아를 깜짝 놀라게 만들어버렸다.

무심코 고급 식재료의 등장에 분위기가 급상승한 것이었다. 호오, 이게 백합 구근인가. 달걀찜에 한 조각 곁들인 정도로 들어 있는 건 본 적이 있었지만 덩어리 상태로 본 것은 처음이었다. 아마도 감자 같은 맛이 나는 거였지.

"……그래서, 폰초 이시즈카 파라메딕."

"파, 파나코타입니다, 예."

"먹을 수 있나?"

"예, 그건 물론이죠. 이 뿌리에는 환각 작용은 없습니다, 예."

"그래서, 맛은?"

"쪄서 먹으면 따끈따끈해서 맛있습니다. 그리고 이 [현혹 릴리]는 아미도니아 공국 산간 지방이라면 어디에서나 군락을 이루고 있습니다."

그건 잘 됐네. 백합 구근은 틀림없이 탄수화물이다. 감자류와 마찬가지로 주식으로 삼을 수 있다. 이걸 수확할 수 있다면 공국 측의 식량난을 해결하는 돌파구가 되지 않을까.

"하지만 꽃가루 때문에 군락에는 못 다가가는 거지?"

"예. 게다가 꽃가루가 나오는 시기에 수확하지 않으면 독성이 도리어 땅속줄기로 들어가 버립니다. 그러니까 아미도니아에서는 이걸 먹는 풍습이 없는 모양입니다, 예."

"그래서는 안 되잖아. 먹을 수 있어도 수확할 수 없다면 의미가 없다…… 아니, 어라? 그럼 어째서 여기에 있는 거지?"

그러자 폰초는 지도를 꺼내어 그란 케이오스 제국의 북동쪽을 가리켰다.

"그란 케이오스 제국 내의 산간 지방에 사는 어느 민족이, 현혹 릴리를 수확해서 주식으로 먹고 있습니다. 그들에게는 독자적인 수확 방법이 있었습니다, 예."

"수확 방법?"

"성성이를 사용하는 겁니다, 예."

성성이라니…… 원숭이였던가? 폰초는 고개를 끄덕였다.

"산에 사는 성성이들 중에는 현혹 릴리의 꽃가루에 내성이 있는 종류가 있는 모양입니다. 이 성성이들은 평소부터 현혹 릴리의 땅속줄기를 파내어 먹고 있다나 봅니다. 제국의 산악 민족은 이 성성이들을 길들여서 그들에게 수확을 시킨다고 했습니다."

과연, 가마우지 낚시 같은 느낌인가. 길들여서 훈련시키는 것까지가 성가실 것 같지만…… 우리 나라에는 이런 분야의 전문가가 있으니까 말이지.

"그 성성이는 아미도니아에 있나?"

"예. 반 근처의 산에도 서식하고 있는 모양입니다. 이미 토모에 경에게는 성성이들과 교섭을 해달라고 부탁했습니다. 성성이는 술을 좋아하는 것으로 유명하니, 급료 대신에 정기적으로 술통을 주면 기꺼이 일할 거라 생각합니다, 예."

"……업무가 빠른 건 좋은 일이지만 말이지."

라이노사우루스 보호구만이 아니라 반 원숭이 군단까지 만드는 건가. 조만간 엘프리덴 왕국 내에 문자 그대로 동물왕국이 생기겠는데. HAHAHA……

"……저기, 리시아."

"뭔데?"

"이 정책은 위험하다 싶으면 말려도 괜찮거든?"

"……나한테 판단을 바라지 말라고."

리시아는 자기랑은 상관없다는 듯 고개를 돌렸다.

그로부터 일주일(8일) 뒤부터 반에 배급되는 식량 가운데, 바로 이 현혹 릴리의 땅속줄기(통칭 [릴리 뿌리])로 만든 경단이 포함되었다.

"릴리 뿌리 경단 배급은 이쪽입니다, 예."

그리고 식량 문제 담당대신인 폰초는 스스로 배급 장소에 서서 반의 사람들에게 직접 [릴리 뿌리 경단 국물]을 나누어 주고 있었다. 식량난은 아미도니아 공국에서도 심각했기에 반의 사람들은 가지고 돌아가는 용도의 냄비를 들고서 줄을 섰다. 배급용과는 따로 시식용 경단 국물도 있어서, 순서를 기다리는 사람들에게 나누어 주었다.

"따듯하네. 의외로 맛있잖아."

"이 국물 자체의 맛도 좋아. 된장이라고 그랬던가?"

"이 경단, 구워도 맛있지 않을까? 직접 요리해 보고 싶어."

반에 사는 주부들이 그렇게 이야기를 나는 가운데 폰초가 큰소리로 말했다.

"이, 이쪽에 가지고 돌아가실 수 있는 릴리 뿌리 경단도 준비해 두었습니다. 모쪼록 가지고 가셔서 가정에서도 만들어 보셨으면 합니다, 예."

폰초가 릴리 뿌리 경단이 든 주머니를 들자 주부들은 눈을 반짝였다. 그리고 어느샌가 폰초 주위에는 주부들의 원이 생겨났다.

"정말로 세심하네. 고마워, 오라버니."

"당신. 그 젊은 왕의 가신인가? 혹시 좋아하는 사람은 있나?"

"어, 아니, 저는 아직 결혼 같은 건⋯⋯."

폰초가 쩔쩔매며 그리 말한 순간, 주부들의 눈이 또다시 빛났다.

"그것참 잘됐네! 우리 딸은 마음씨가 곱거든. 받아 주지 않겠어?"

"아, 치사해! 장가들 거라면 우리 딸로 해! 나랑 닮아서 순산형이니까 틀림없이 건강한 아이를 낳을 거야!"

"풍채가 좋은 당신이라면 먹고살 걱정도 없을 것 같네."

⋯⋯정신이 드니 폰초의 맞선 이야기까지 튀어나오고 있었

다. 그 소동에 젊은 아가씨들 중에서도 폰초의 신부가 되고 싶다며 청하는 자가 나타났다.

"폐하의 마음에 든 가신이잖아? 그렇다면 유망주라는 거네."

"신분 상승이야, 신분 상승. 여기, 여기요! 저도 입후보할래요."

정신이 드니 폰초는 노소 불문한 여성들에게 둘러싸여 제대로 시달리고 있었다. 소마가 자유로이 자신의 생각을 표현해도 된다며 보여 준 시기이기도 해서, 여성들은 저마다의 생각을 그대로 드러내는 것이었다. 이런 일에 익숙하지 않은 폰초는 어쩌면 좋을지 몰라서 안절부절못했지만 그때,

"뭘 하는 겁니까, 폰초 경."

크지는 않지만 무척 명료한 목소리가 들렸다.

그쪽을 보니 스무 살 정도로 여겨지는 메이드 복장의 미인이 국자를 손에 들고 있었다. 놀라울 정도로 미인인 그 메이드를 보고 여성들은 무심코 숨을 삼켰다. 그런데 그 메이드는 하필이면 폰초에게 다가가더니 그의 두꺼운 팔에 자신의 팔을 그대로 휘감았다.

"저는 폐하께 소극적인 폰초 씨를 보좌해 줬으면 한다는 부탁을 받고 여기에 있다고요? 당신을 위해서 일하고 있는데, 막상 당신이 일을 땡땡이치고 있는 건가요?"

그렇게 말한 순간, 세리나는 무리 지은 여성들에게 시선을 보냈다. 세리나는 딱히 노려본 것도 아니었지만, 여성들은 그녀의 미모를 앞에 두고 주눅이 들었다.

''어째서 이런 뚱보 옆에 이런 미인이 있는 거야?!''

게다가 팔짱까지 꼈다. 범상치 않은 관계가 아닐까. 그런 여성들의 마음 따윈 개의치 않고, 세리나는 폰초에게 의미심장한 눈빛을 보냈다.

"땡땡이 벌충은 해 주세요. 오늘밤에는 한 번으로는 부족할 거예요."

' ' '뭐어?!' ' '

여성들은 세리나의 요염한 말에 숨을 삼켰다.

참고로 세리나가 한 번으로 부족하다고 한 것은, 폰초가 밤에 진행하는 요리 연구의 시식 역할이었다. 세리나는 폰초가 만드는 소마가 있던 세계의 B급 미식에 매료된 것이었다. 즉, 오늘밤(의 맛보기 담당)은 한 번으로 부족하다는 이야기였다.

그 사실을 올바르게 이해한 폰초는,

"아, 예! 업무로 돌아갈 테니까요, 예!"

경례와 함께 배급 업무로 돌아갔다. 세리나는 고개를 절레절레 젓고 어깨를 으쓱이더니, 여성들을 향해 우아하게 인사하고 폰초의 뒤를 따랐다.

여성들은 여우에게 홀린 듯한 표정으로, 그런 두 사람의 뒷모습을 지켜볼 수밖에 없었다.

……뭐, 그렇게 한바탕 말썽은 있었지만, 이렇게 가지고 돌아간 릴리 뿌리 경단이 삶아도 튀겨도 맛있다고 호평을 받아, 점령하에 있는 백성의 마음을 위로하는 데에 큰 역할을 하게 되었다.

그리고 릴리 뿌리를 먹는 문화를 반에 전하고 직접 경단을 배급한 폰초 이시즈카 파나코타는, 반의 주부들로부터 마치 신처럼 존경을 받으며 [이시즈카 님]이라 불리게 되었다.

언젠가 *빌리켄처럼 신으로 모셔지는 날이 올지도 모른다.

---

* 일본에서 행운의 신으로 여겨지는 동상. 살집이 있고 환한 미소가 특징이다.

————대륙력 1546년 10월 하순, 공국의 수도 반

  엘프리덴 왕국군이 아미도니아 공국의 수도인 [반]을 점령하고 3주 남짓이 경과했다. 점령 초기에 반 주민들은 그들에게 싸늘한 시선을 보내었지만, 소마가 병사들의 행동을 엄하게 통제하여 치안이 좋아지고 릴리 뿌리 경단 배급 덕분에 굶주리는 걱정이 사라지는 등의 일도 있었기에 서서히 경계심은 풀어지고 있었다.

  반발을 부채질했을 귀족 및 기사 계급 이상의 인간이 도망친 것도 큰 이유이리라. 현재로서는 도시의 분위기는 완전히 평화롭게 바뀌었다.

  다만…… 평화로운 것뿐이라면 좋겠지만, 소마가 방송한 [음악 방송]이 반 시민들의 예술 정신에 불을 붙이고 말았는지 거리에서는 음유시인이 노래하고, 노상 연주자가 연주를 하고, 거리 예술가가 퍼포먼스를 벌이는 상황이 되었다.

  또한 갑자기 집을 컬러풀하게 칠하는 사람이나 벽에 주나 씨를 포함한 로렐라이나 캐스터인 크리스, 방송 사회로 얼굴이 알

려진 아이샤 등 아름다운 얼굴을 한가득 그리는 자 등도 나타나서 점점 수습이 되지 않는 사태로 발전하고 있었다.

이곳이 불과 한 달 전까지 군사 국가의 수도였다고 누가 믿을 수 있을까.

이 시기의 반을 소마는 [아미도니아 르네상스]라고 평가했다.

급격한 변화에는 혼란이 따르는 법이기에, 반에서는 매일처럼 거리 퍼포먼스 자리다툼이 벌어졌다.

반 내에 거점을 둔 금군 직속군은 그 다툼의 중재 등으로 동원되는 통에, 도시 밖 야영지의 육군과 공군으로부터 딱하다는 시선을 받는 지경이었다.

다만 그것이 큰 폭동으로 이어지는 일도 없이, 반은 그럭저럭 평온했다.

그러나 이 날은, 아이샤의 떠들썩한 목소리부터 시작되었다.

"고, 공주님!"

"꺅!"

아침. 리시아가 자기 방으로 사용하는 한 방에서 단장을 하고 있자니 아이샤가 노크도 대충 넘기고는 뛰어 들어왔다. 너무나도 갑작스러운 일에 리시아는 놀라서 굳어 버렸지만, 옷을 갈아입는 도중이었다는 것을 떠올리고 항상 입는 군복을 걸치며 물었다.

"무, 무슨 일이야, 아이샤? 그렇게나 당황해서는."

"그, 그게…… 폐하…… 폐하께서…….."

숨이 차올라서 그런지 제대로 말을 잇지 못했다.

"일단 진정해. 자, 심호흡."

"아, 예. ……스읍……후우~."

리시아가 시키는 대로 심호흡을 하는 아이샤. 고지식하게도 심호흡에 맞춰서 팔을 크게 움직였다. 그녀가 진정된 것을 확인한 뒤, 리시아는 다시 물었다.

"그래서, 소마가 어쨌다고?"

"예. 평소처럼 폐하께 아침 인사를 드리려고 집무실로 갔는데, 그곳에 폐하의 모습은 없고…… 이런 편지가 있었습니다."

그리 말하며 아이샤는 리시아에게 종이 한 장을 건넸다.

리시아가 그 종이를 받아들고 훑어보니 거기에는,

[여행을 떠납니다. 찾지 마세요.   소마 카즈야]

라고 적혀 있었다.

이마를 짚으며 한숨을 내쉬는 리시아 옆에서 아이샤가 또다시 허둥대기 시작했다.

"어, 어쩌죠. 일단 빨리 찾아야."

"그러니까 좀 진정하라고. 오늘 소마는 휴가야."

"예? 휴가?"

어리둥절한 아이샤에게 리시아는 "그래."라며 고개를 끄덕였다.

"토모에랑 같이 말이지. 최근에 계속 업무에 시달리느라 정신적으로도 아슬아슬해 보여서 휴가를 취하라고 권유했거든. 하쿠야의 허가도 확실하게 받았어. 그랬더니 소마가 '그럼 방에서 느긋하게 인형이라도 만들까.' 같이 불건전한 소리를 하기에, 토모에한테 억지로 좀 밖으로 끌고 나가라고 부탁했어."

"들은 적 없는데요! 저, 폐하의 호위잖아요?! 어째서 데리고 가지 않으셨습니까!"

눈물이 그렁그렁한 아이샤를 보고 리시아는 그저 어깨를 으쓱였다.

"너는 너무 눈에 띄거든. 여기는 인간족 중심인 나라였으니까 다크 엘프 자체가 드물고, 게다가 지난번 방송으로 얼굴도 알려졌으니까 몰래 행동하는 데는 안 맞아."

"하지만 최근까지 적지였다고요?! 폐하와 토모에 경에게 무슨 일이 생기면⋯⋯."

"걱정할 거 없어. 그 두 사람도 변장을 했고, 게다가 이번에는 주나 씨와 해병대 정예들이 몰래 지켜 주기로 했으니까."

"주나 경도 함께 갔나요?! 그렇다면 뭐 안전한가⋯⋯."

거기까지 말을 하다가, 아이샤의 뇌리에 주나의 어른스러운 미소가 떠올랐다.

아이샤에게 주나는 이상적인 여성이었다. 아름답고, 단아하고, 상냥한⋯⋯ 할 수 있다면 그런 여성이 되고 싶다는 생각을 하게 만드는 멋진 사람이었다. 하지만⋯⋯ 그건 그렇다고 쳐도, 주나의 미소를 떠올리자 아이샤가 지닌 여자로서의 본능이 경종을 울리는 것이었다.

방심하면 맛있을 부분을 모두 가져가 버릴 거라고.

"안전⋯⋯할까요?"

"⋯⋯⋯⋯."

사실은 비슷한 생각을 하던 리시아로서는 아무런 대답도 할
수 없었다.

"날씨가 좋아요, 오라버니."
"그렇구나, 토모에."
나는 지금 오전의 햇살이 눈부신 반의 상점가를, 요랑족 의붓
여동생 토모에와 손을 맞잡고서 걷고 있었다. 최근에 정무로 눈
코 뜰 새 없이 바빴던 터라, 보다 못한 리시아가 수도 순찰 이후
로는 처음으로 완전히 일을 쉬는 휴가를 취하도록 권유한 것이
었다.

기왕 쉴 거라면 느긋하게 누워서 보내고 싶다는 휴일의 가장
같은 사고가 작동했지만, 불건전하다며 리시아의 명령을 받은
토모에에게 성 아랫마을로 이끌려 나왔다.

최근까지 적지였던 장소였기에 오늘 우리는 가볍게 변장을 했
다.

나는 생김새가 구두룡 제도의 사람과 닮았다는 모양이라 평범
한 여행자 행색인 여행용 우비에 커다란 갓을 쓴, 일본 전래동
화에 나올 법한 차림새였다. 토모에는 무슨 게임의 백마도사가
착용할 법한, 후드가 달린 로브를 걸쳤다.

뭐, 일부러 변장하면서까지 외출할 필요까지 있었을까, 그렇
게 생각한 적도 있었지만,

"우와, 다양한 가게가 있네요. 오라버니!"

들뜬 토모에를 보고 있으니 그런 건 아무래도 상관없다는 생각이 들고 만다.

"어디 마음에 드는 가게가 있으면 들어가 볼까."

"예♪"

기운차게 대답하는 토모에의 머리를 쓰다듬었다. 늑대 귀가 달린 쪽의 머리카락이 폭신폭신 살랑살랑해서 기분 좋았다. 하아…… 치유되네요~.

나는 토모에와는 반대쪽에 있는 인물에게도 말을 걸었다.

"주나 씨도, 그걸로 괜찮을까요?"

"예. 카즈야 님께서 원하시는 대로."

그리 말하며 주나 씨는 온화하게 미소 지었다.

이번 잠행 휴가에는 아이샤 대신에 주나 씨가 지휘하는 해병대의 정예 열 명 정도가 몰래 경호를 해주게 되었다. ……그래, 몰래.

"저기, 주나 씨? 어때서 팔짱을 끼시는 건가요?"

토모에의 머리를 쓰다듬는 쪽과는 반대쪽 팔에 주나 씨가 양손으로 팔짱을 꼈다.

엄청나게 가까웠다. 현재 주나 씨는 장검을 등에 지고 천으로 된 옷 위로 흉갑을 걸친, 자못 여자 모험가 같은 복장이었기에 예의 풍만한 감촉은 없었다. 그러나 팔에는 주나 씨의 온기가 다이렉트로 전해졌다.

허둥지둥하는 나를 향해 주나 씨는 장난스러운 미소를 띠었다.

"어머, 안 되나요?"

"그런 건 아니지만…… 몰래 지켜 주겠다고 하지 않았던가요?"

"제대로 지켜 드리고 있어요. 지금도 해병대 정예들이 어딘가에 숨어서 지켜 주는걸요. 앞서서 사각이 될 만한 장소도 경계해 주고."

"아니, 하지만…… 주나 씨도 얼굴이 알려져 있잖아요?"

음악 방송을 통해 주나 씨의 얼굴도 아미도니아 국민들에게 알려졌을 터. 다크 엘프인 아이샤 만큼은 아니라고 해도, 지금 주나 씨는 얼굴을 가리지도 않았으니 알아차리는 사람도 나오지 않을까. 그리 묻자 주나 씨는 쿡쿡 웃었다.

"괜찮을 거예요. 그때는 화장을 했으니까 인상도 다를 테니."

그 말을 듣고 보니…… 오늘 주나 씨는 가장 기본적인 화장밖에 안 한 듯했다.

로렐라이로서 무대나 보옥 앞에 설 때에는, 멀리서 봐도 알 수 있는 만큼 '매혹하는 화장'이 필요했던 거겠지. 지금의 주나 씨도 자연스럽고 아름다웠지만 화장을 하지 않은 만큼 평소보다도 어려 보였다. 지금이라면 나이와 맞는 여성으로 보인다.

"그러네요. ……어른스럽게 보이는 건 화장 때문이었으니까요."

"아니, 행동거지 탓도 있겠지만…… 역시 신경 쓰고 있었군요?"

"여자니까요. 폐하께서는 저랑 팔짱을 끼는 건 싫으세요?"

조금 불안해하는 표정을 보이는 주나 씨. 그 표정은…… 치사하잖아.

"싫을 리가 없잖아요. 대환영이에요."

"후후후. 감사합니다."

"하후…… 역시 주나 씨는 멋져요. 동경하게 되네요."

"……토모에는 지금 그대로도 괜찮은걸."

주나 씨에게 존경의 눈빛을 보내는 토모에에게 그리 못을 박아 뒀다. 토모에도 귀여우니까 성장하면 주나 씨 같은 미인이 될지도 모른다. 성장해서 어른의 밀고 당기기를 배우면 터무니없는 소악마가 탄생하는 건 아닐까.

그렇게 생각하며 결국 나는 오른손을 토모에와 맞잡고, 왼팔로 주나 씨와 팔짱을 끼고서 걸어가게 되었다. 정체가 들통나지야 않겠지만, 스쳐 가는 남자들이 보내는 질투의 시선과 세 사람이 어떤 관계인지 멋대로 넘겨짚는 아주머니들이 소곤소곤 나누는 이야기에 위장이 아팠다. 나는 이런 기분을 달래고자 주나 씨에게 말을 걸었다.

"자, 그럼…… 어디로 갈까요? 반은 파르남과는 달리 정비가 안 되어 있고 돌아보고 싶은 장소도 없는데."

"휴가를 받아 거리로 나와서는 순찰, 그런 발상도 좀 어떤가 싶네요."

워커홀릭적인 사고에 주나 씨는 쓴웃음 지었다. 머릿속이 온통 일뿐이라 죄송합니다. 그리고 주나 씨는 토모에 쪽을 흘끗 보고는 내게 살짝 귓속말했다.

("그렇다면 토모에한테 옷 같은 걸 선물하는 건 어떨까요? 의

붓여동생이니까 가족이 주는 선물이라는 걸로.")

("어, 그거 괜찮네요.")

들고 보니 토모에를 의붓여동생(정확하게는 리시아의 여동생이니까 내게는 미래의 처제이지만.)으로 맞이했으면서도, 정무에 쫓기느라 오빠다운 일은 전혀 하지 않았으니까 말이지. 토모에는 그동안에도 라이노사우루스나 성성이와의 교섭으로 무척 열심히 일해 줬으니까, 오늘은 잔뜩 응석을 받아 줘도 괜찮을지 모르겠다.

'주나 씨, 적당한 가게가 어디 있는지 아세요?'

'조사해 뒀어요. 맡겨 주세요.'

주나 씨는 가슴께에 손을 대고는 가볍게 고개를 끄덕였다.

주나 씨가 추천하는 가게는 어느 길모퉁이에 있는 옷가게였다.

자그마한 간판에는 [은빛 사슴 가게]라는 의미의 단어가 화사한 폰트로 적혀 있었다. 쇼윈도에 진열된 상품을 보아하니 의복만이 아니라 신발, 장신구 등도 취급하는 모양이었다. 초짜의 눈으로는 잘 모르겠지만 상품의 질도 좋고 무척 고급스러워 보이는 가게였다. 양판점의 세일 품목만 입던 나와는 인연이 없을 법한 가게였다.

참고로 이 나라에 온 뒤로 옷은, 내 것 말고는 그냥 있는 걸 입는다는 느낌이었다.

최근에는 무사시 도련님 인형의 제작 보수로 봉재 스킬이 늘어났기에 속옷 말고는 직접 만들기도 한다. 일단 고액연봉자라고 불리는 신분이라 특별히 주문할 수도 있다지만 새삼스레 사치를 부릴 생각도 없었다. 지금 걸친 우비 밑에 입고 있는 셔츠와 바지, 그리고 토모에가 입고 있는 후드 달린 로브도 내가 직접 만든 것이었다.

"이런 것까지 만들 수 있다니, 오라버니 굉장하세요."

토모에의 존경 어린 시선을 받고 조금 기고만장했다.

"저쪽 세계에서 자주 입던 느낌의 옷은 팔지를 않으니까 말이지. 반쯤은 취미지만."

부끄러움을 감추려 그리 말하며 나는 [은빛 사슴 가게]로 시선을 향했다.

"하지만 의외네. 아미도니아 공국에 이런 화려한 가게가 있다니."

"원래는 남성의 의류를 파는 가게였다네요. 하지만 그 방송이 나가고 여성이 치장을 시작한 이후로는 여성을 대상으로 하는 의류나 장식품도 취급하게 되었다는 모양이에요."

주나 씨가 그리 설명해 주었다. 수요에 따른 상품 취급인 듯했다.

"그렇다고 해도 상품 수준이 상당하네요. 어디서 사온 거죠?"

"상업 길드가 있으니까요. 부족한 식료품이라면 모를까, 물품이라면 길드가 매입처를 조정할 수 있게 일을 처리해 줘요. 상인들에게는 엘프리덴 왕국이든 아미도니아 공국이든 동등하게 고객으로 삼는 건 당연하니까요."

"약삭빠르네……."

다만 그런 상인들의 활동이 세계의 수요와 공급 균형을 지키고 있을 테지만…… 뭐, 언제까지고 가게 앞에서 떠들어 봐야 별 수 없었다.

"일단 들어갈까요."

두 사람을 재촉하며 가게 안으로 들어가자, 바텐더 같은 옷을 입은 회색 머리카락의 남성이 상품들을 다시 진열하고 있었다. 홍차 향기가 잘 어울릴 법한 신사 느낌의 중년 남성은, 우리가 들어온 것을 알아차리고는 다리를 나란히 붙이고 서서 가슴에 손을 대고 인사했다.

"어서 오십시오. 여행 중인 분들이십니까."

"어…… 그게……."

남성이 그리 물으니 나는 말문이 막혔다. 정체를 밝히는 건 논외로 하더라도, 커다란 갓을 쓴 남자와 모험가 느낌의 미인, 거기에 하얀 후드 차림 늑대 소녀의 조합을 어찌 설명하면 좋을까. 어쩌면 좋을지 고민하자니 주나 씨가 나섰다.

"예. 여기 계신 두 분은 구두룡 제도 연합 중 한 나라, 에치고 왕국의 비단 도매상 후계자이신 카즈야 님과 여동생이신 토모에 님이세요. 그리고 저는 두 사람을 모시는 실비아라고 합니다. 카즈야 님은 언젠가 가업을 이어받으실 분. 견문을 넓히기 위해 여러 나라를 돌아보고 계십니다."

그야말로 청산유수였다.

역시 주나 씨. 그보다도, 리시아와 데이트 순찰을 할 때에 말했던 [에치고 왕국 비단 도매상 후계자]라는 얼렁뚱땅 설정을 잘도 기억하고 있었구나. 나 스스로도 그런 설정이었다는 사실을 까맣게 잊고 있었는데. 그리고 실비아라는 건 누구야?

중년 남성은 딱히 신경 쓰는 기색도 없이 "그러셨습니까."라며 온화하게 고개를 끄덕였다.

"소개가 늦었습니다. 저는 본 점포의 지배인인 세바스찬이라고 합니다."

"…………."

그 이름은 지배인이 아니라 집사 아니었느냐, 한순간 그런 생각이 떠올랐지만 딱히 집사가 아닌 세바스찬이 있다고 해도 상관없나. 세바스찬은 미소를 지으며 물었다.

"그래서, 오늘은 어떤 물건을 찾으십니까."

"그렇군요…… 여동생에게 어울릴 만한 건 없을까요?"

"후에?!"

내 말에 토모에는 놀란 목소리를 흘렸다. 나는 그런 토모에의 머리에 손을 얹고는 후드 위쪽으로 다정하게 쓰다듬었다.

"뭐, 그렇게 되었으니까 마음에 드는 물건이 있다면 뭐든 말해줘."

"저기…… 하지만……."

"괜찮다니까. 가끔은 오빠다운 일도 하게 해줘."

그리 말하고 토모에를 툭, 주나 씨 쪽으로 밀었다.

주나 씨는 고개를 끄덕이고는 토모에의 손을 붙잡고 상품을 보기 시작했다. 처음에는 토모에도 어색한 태도였지만, 이러니

저러니 해도 여자아이. 주나 씨와 상품을 살피는 사이에 점차 쇼핑에 집중하는 것을 알 수 있었다.

자, 이렇게 되면 남자는 그저 따분하게 기다릴 뿐이다. 잠시 미녀와 미소녀가 꺄꺄 우후후 쇼핑을 즐기는 것을 바라봤지만, 그저 기다리는 것도 질려서 혼자 가게 안을 어슬렁거렸다. 옷에 신발에 장신구, 게다가 화장품 같은 것도 구비되어 있었다.

정말로 다양한 상품을 파는 가게였다. 그야말로 아미도니아의 1●9라고 할까⋯⋯ 뭐, 1●9는커녕 시부야에 가 본 적조차 없지만. 반에 사는 여성들이 패션에 눈뜨기 시작해서 그런지, 매장 면적의 8할 이상이 여성용이었다. 원래는 남성 물품만 취급했을 텐데, 지금은 외투 정도밖에 없는 모양이었다.

그렇게 돌아보니 몇 가지 신경 쓰이는 물품도 있었다.

첫 번째는 립글로스. 핑크색보다 더욱 옅은 색채의 물건이었다.

두 번째는 머리 장식. 금세공에 작은 돌도 사용하여 상당히 좋은 물건인 듯했지만 모티브가 무당벌레라서 조금 유치하게 보이는 언밸런스한 물건이었다.

세 번째는 초커. 파란 가죽 바탕에는 은박이 별처럼 박혀 있고, 금으로 만든 멈춤쇠 부분이 날개를 펼친 새 모양으로 되어 있었다. 어느 것이든 좋은 물건으로 보이네.

그리고⋯⋯ 마지막으로 눈에 띈 것이 캐주얼한 여자아이용 신발이었다. 이쪽은 리본을 모티브로 한 브로치가 달려 있어서 참으로 귀여웠다.

이 신발⋯⋯ 토모에가 신으면 잘 어울리지 않을까.

"저기 토모."

"카즈야 님."

내가 부르려는 참에 등 뒤에서 세바스찬이 불러 세웠다. 의아하게 생각하면서도 돌아보니 세바스찬은 "갑작스레 실례했습니다."라며 머리를 숙였다.

"카즈야 님께 하나 여쭈어보고 싶은 것이 있사온데 괜찮으실까요?"

"……뭔가요?"

"전장에서, 여러 장수를 모아 작전 회의를 한다고 가정하죠."

……예? 전장? 작전 회의? 어째서 갑자기 그런 이야기가 나왔지?

"그 작전 회의에서 가장 처음 나온 의견이 좋은 안이었다고 하죠. 당신이 그 군의 최고지휘관일 경우, 그 안을 곧바로 채용하시겠습니까?"

"……안 하겠죠. 좀 더 좋은 안이 있지는 않을까 싶을 테니."

"그 말 그대로입니다. 그러니까 혹시 자신이 장수 쪽 입장이고 자신이 가진 안을 통과시키고 싶을 경우, 곧바로 좋은 안을 내지 않고 회의가 잠시 막혔을 때에 살짝 꺼내는 게 좋습니다."

"흠흠……."

"제가 말씀드리고 싶은 건, 남녀의 밀고 당기기 역시 전쟁이라는 이야기입니다."

"……아아. 과연."

간신히 세바스찬이 하려는 말을 깨달았다. 내가 토모에한테 어울린다고 생각한 신발을 추천하는 것은 조금 더 기다리는 편이 좋다. 그리 말하는 것이었다.

확실히 지금 주나 씨와 토모에는 즐겁게 상품을 고르고 있었다.

여기서 내가 좋아 보이는 물건을 가져가는 건, 그런 즐거운 분위기에 찬물을 끼얹는 행위였다. 그것을 고른다면 그들의 즐거운 시간이 끝나 버릴 테고, 고르지 않는다면 내가 떨떠름한 기분을 느끼겠지. 그건 어느 누구도 바라는 바가 아니다.

세바스찬의 배려에 나는 진심으로 감탄했다.

"당신은 훌륭한 책사로군요."

"칭찬해 주시니 영광입니다."

오른팔을 복부에 대고 공손하게 머리를 숙이는 세바스찬. 연기하는 듯한 제스처였지만 잘 어울렸기에 불쾌하게 느껴지지는 않았다.

그런데 하나 신경 쓰이는 점이 있었다.

"그런데 좀 전에 작전 회의를 예로 들었는데……."

어쩌면 우리 정체를 알아차린 걸까. 그리 생각해서 물어봤지만 세바스찬은 당황한 듯 고개를 가로저었다.

"이런…… 실례했습니다. 불과 얼마 전까지 고귀하신 분들만 상대로 했던 관계로 그 버릇이 남아서 그만. 기분이 나쁘셨다면 사죄드리겠습니다. 후원해 주셨던 단골 분들 중에 이런 대화를 좋아하시는 분이 계셨던 터라."

"……아뇨, 상관없어요. 그 단골 분은 군인이었나요?"

"아니요, 무척 사랑스러운 새끼 너구리 같은 분이셨죠."

새끼 너구리라. 속을 알 수 없는 지배인에게 새끼 너구리라고 칭해지는 인물인가…… 흥미가 생기는데. 그건 일단 제쳐 놓고, 나는 두 사람에게 보이지 않도록 몰래 몇 가지 상품을 구입했다.

　그 후, 두 사람의 상품 탐색이 일단락된 시점을 가늠해서, 그 귀여운 신발을 토모에에게 추천했다. 토모에는 역시나 사양하기는 했지만 상품 자체가 아주 마음에 없지도 않는 모양이었기에, 반쯤 강권하는 모양새로 선물했다.

　토모에는 상자에 담긴 신발을 가슴에 품어 들고는,

　"가, 감사합니다…… 오라버니…… 소중히 간직할게요……."

　그리 말하며 눈물을 글썽였기에, 나는 머리를 다정하게 쓰다듬었다. 이걸로 조금은 남매다운 일을 한 걸까. 생각해보면 내게 가족이라 부를 수 있는 것은 조부모님밖에 없었다. 하지만 지금은 리시아가 있고, 토모에가 있고, 아이샤나 주나 씨가 있었다.

　'……역시 혈육이 있다는 건 좋구나.'

　의붓여동생의 머리를 쓰다듬으며 절실하게 그리 생각했다.

　그런 우리의 모습을 주나 씨가 옆에서 흐뭇하게 바라봤다.

　"아, 주나 씨. 잠깐만요."

　세바스찬의 가게를 뒤로했을 무렵에는 한창 점심시간이었다. 어디서 점심이라도 먹으려고 셋이서 이동하는 도중에, 나는 주나 씨를 불러 세웠다.

"무슨 일이신가요?"

고개를 갸웃거리는 주나 씨에게 나는 작은 꾸러미를 건넸다.

"이걸 주나 씨한테 주고 싶어서."

"저한테 말인가요?"

주나 씨가 그것을 받아들고 꾸러미를 풀자, 안에는 무당벌레 형상을 모티브로 한 머리 장식이 들어 있었다. 아까 몰래 구입한 물건 중 하나였다.

"어?! 저기, 이건……."

"주나 씨한테는 항상 신세를 지고 있으니까. 그 보답이에요."

"아니, 제게 이런 걸 받을 자격은……."

"잠시만요."

나는 그 머리 장식을 받아들고는 주나 씨의 머리카락에 달아 줬다. 응, 생각한 그대로였다.

평소의 어른스러운 주나 씨한테는 너무 유치한 디자인이지만, 연하로 보이는 오늘의 주나 씨가 달고 있으니 애써 발돋움하는 소녀 같아서 무척 귀여웠다.

"정말 잘 어울려. [주나]."

"웃?! 으으……."

연상답게 행동해 보니 주나 씨는 보기 드물게도 얼굴을 새빨갛게 물들였다. 어른스러운 주나 씨에게 간신히 한 번 이긴 느낌이었다. 주나 씨는 고개를 홱 돌리더니,

"폐하. 폐하께서 여성에게 선물을 주시는 거라면 공주님이나

다른 분들께도 꼭 주셔야 해요. 폐하의 지위를 생각했을 때, 여러 여성을 아내로 맞이하게 되겠죠. 그때, 불공평한 태도를 보여서는 안 돼요. 폐하께 요구되는 것은 평등하게 모든 여성을 사랑하든지, 결혼 따윈 정략의 하나라도 결론짓고 모든 여성을 진심으로 사랑하지 않든지, 둘 중에 하나예요. 어쨌든 여성들 사이에 불화가 발생하지 않도록 하는 것도 폐하의 중요한 직무니까 말이죠?"

빠른 말투로 그런 말을 쏟아냈다. 말수가 많아진 것은 부끄러워한다는 증거겠지.

"괜찮아요. 리시아나 아이샤 것도 빼먹지 않고 준비했어요."

리시아는 장식품은 아름다운 것보다 전투 중에도 몸에 달고 있을 수 있는 물건을 좋아하는 경향이 있으니까, 화려하면서도 방해가 되지 않는 파란 가죽 초커를. 주나 씨와 마찬가지로 신세를 지고 있는 아이샤에게는 건강미가 느껴지는 갈색 피부에 잘 어울릴 법한 색상의 립글로스를 선물할 생각이었다. 음악 방송의 사회를 볼 때에도 여성스러움을 신경 쓰는 모양이었으니까.

"그렇게 할 테니까 걱정 마시고."

"그, 그런가요……."

"예. 그런데 주나 씨?"

"……예?"

"[폐하]가 아니라 [카즈야 님]이라고 해야죠?"

"아……."

아까부터 주나 씨는 나를 카즈야 님이 아니라 폐하라 부르고 있었다. 역시 빠른 말투는 부끄러움을 감추려던 거겠지. 주나 씨는 빨개진 얼굴로 뾰로통하니 화냈다.

"카즈야 님은…… 의외로 짓궂으시네요."

"그런가요?"

"예. 게다가 상당한 바람둥이예요."

그리 말하고는 다시 내 왼팔에 팔짱을 꼈다. 아까까지보다도 더욱 밀착했다. 어깨 너머로 보이는 주나 씨의 수줍은 미소 위로 머리 장식이 반짝 빛났다.

"우와…… 오라버니, 작은 가게가 잔뜩 있어요."

광장 안에 늘어선 노점을 보고 토모에가 신나서 말했다.

점심을 먹기 위해서 주나 씨가 안내한 곳은, 국왕 방송의 수신 장치가 있는 광장이었다.

불과 한 달 전까지는 그저 공터였지만, 지금은 잡화나 식료품 등을 취급하는 많은 노점으로 와자지껄했다. 아직 광장에 막 발걸음을 들여놓았을 뿐인데 손님을 불러들이는 노점상의 목소리나 가격을 흥정하는 손님의 목소리가 들렸다.

오가는 사람들의 면면도 다채로웠다. 저녁거리를 사러 온 주부. 점심을 먹으러 온 장인 집단. 비번인 날에 군것질을 하는 왕국군 장병도 있었다. 저건 육군 병사구나. 야영 중인 육군, 공군도 비번인 날에는 성 내부로 들어오는 것이 허락되었다.

또한 여행자가 모험가로 보이는, 인간족이 아닌 다른 종족의 모습도 다수 볼 수 있었다. 그야말로 종족도 직업도 국적도 관계없이, 남녀노소 떠들썩한 잡탕 상태였다.

"……어째서 이렇게 되었나요?"

"폰초 경 덕분에 반의 식량난은 상당히 해소되었지만, 점포를 가지고 요리를 제공할 수 있는 사람은 한정되어 있어요. 하지만 노점 정도라면 열 수 있는 사람들이 이렇게 모여들었죠. 현재는 반에서 유일한 시장이 되었어요."

주나 씨가 그리 가르쳐 주었다.

"이런 외딴 장소에서? 대로 같은 곳이 낫지 않나요?"

"이곳에는 국왕 방송 수신기가 있으니까요."

"아아, 과연……."

그 음악 방송을 방송한 뒤, 테스트도 겸해서 낮에는 크리스 타키온이 진행하는 정보 방송을, 밤에는 음악 방송을 매일처럼 방송하고 있었다. 노점이 있으니까 손님이 모여드는 게 아니라, 국왕 방송을 목적으로 모인 사람들을 대상으로 노점이 모여들었다는 말인가. 어쩐지 전후의 암시장 같네. 조만간 이곳은 *아메요코처럼 되는 걸까.

참고로 음악 방송에 주나 씨를 포함한 로렐라이가 등장하는 것은 주말뿐이고, 그 이외의 날에는 희망자가 참가하는 형태의 [노래자랑 방송]으로 진행된다. 국왕 방송은 항상 생방송이라서 로렐라이만으로는 부담이 커져 버릴 테니까.

그리고 [노래자랑 방송]에서 노래의 재능이 있다고 인정된 사

---

* 제2차 세계대전 직후, 도쿄 우에노 인근에서 열린 시장. 밀반출된 미군 물품 등이 주로 거래되었다.

람은 훗날, 마르가리타처럼 [가수], 용모도 괜찮다면 [로렐라이], 남성이라면 [남성 아이돌]로 신설된 [오르페우스]로 데뷔하게 되겠지.

방송은 엘프리덴과 아미도니아 2개국 동시 방송으로, 수신기가 있는 도시라면 어디서든 볼 수 있다. 아미도니아 측의 도시는 몰라도 엘프리덴 측의 도시는 이곳과 비슷한 상황일지도 모르겠다.

이렇다면 나중에 경제 효과를 계산해볼 필요가 있겠는데. 그리 생각하며 싱글싱글하자니 토모에가 내 우비를 잡아당겼다.

"오라버니, 배가 고파졌어요."

"어, 그렇구나. 그럼 노점에서 뭔가 사먹을까?"

"예 ♪"

"알겠습니다."

우리 셋은 광장의 노점을 둘러봤다.

전체적으로 봐서 요리를 취급하는 곳이 4할, 잡화를 취급하는 곳이 2할, 장비품을 취급하는 곳이 2할, 나머지는 그 밖의 물품이라는 느낌일까.

요리는 꼬치구이 가게가 많은 듯했다. 반은 바다가 머니까 손에 들어오는 것은 민물고기뿐이고 식량난으로 곡물이나 채소는 부족한 상태였다. 그러나 고기라면 야생동물을 잡으면 된다.

아마도 성벽 밖에서 잡은 사냥감을 구운 거겠지. 그러니 어느 가게든 무슨 고기인지는 확실히 말하지 않는, 양두구육은커녕 미두미육(謎頭謎肉) 상태였다.

"꼬치를 사는 건 도박 느낌인데……."

뿔토끼 고기 같은 거라면 아직은 괜찮겠지만, 큰쥐나 큰도마뱀 고기였다든지 그러면…… SAN^{이 성} 수치가 잔뜩 깎여 나갈 것 같았다. 게다가 주변 들판에 있는 동물을 적당하게 사냥한 거라면 어떤 병원균이나 기생충이 있을지도 알 수 없다. 이 세계에는 식품위생법도 없고 조리사 자격증도 필요 없다.

'언젠가는 그런 부분도 정비해야지…….'

그렇게 생각하고 있자니,

"괜찮아요."

주나 씨가 '굉장히 멋진 미소'로 말했다.

"호위인 해병대원한테 먼저 가서 독이 있는지 확인해 보라고 시켰어요. 안전한 노점으로 안내할게요."

"독?! 그냥 맛만 본 게 아니라?!"

"카즈야 님께 만약의 사태가 생긴다면 그것은 국가의 큰 사태. 거리에서 파는 것이라면 이는 당연히 해야 하는 일이에요. 카즈야 님의 신체는 이미 카즈야 님만의 것이 아니라고요?"

나는 무슨 임산부냐, 그런 태클을 걸고 싶었지만 말하려는 바도 알 수 있었기에 그만뒀다.

식중독으로 쓰러진 상태에서 [리빙 폴터가이스트]를 쓸 수 있는지는 알 수 없으니까. 혹시 쓸 수 없다면 나 몇 사람 몫의 정무가 멈추게 된다.

……응, 국민을 위해서라도 독 감별은 필요했던 것이다. 그렇게 결론 내리자.

"그럼 기미 결과는?"

"한 명이 복통을 호소하고 호위에서 빠졌어요."

"공성(公城)으로 전령을 보내! 고기나 생선 요리를 판매할 때에는 원재료를 가게 앞에 표시할 것을 의무로 해야겠어! 혹시 표시를 하지 않거나 잘못 표시했을 경우, 영업 정지 처분을 내리겠다는 것도 같이 통보해 줘!"

"알겠습니다."

주나 씨는 호위 해병대 하나를 불러서는 공성에 전령으로 보냈다.

엘프리덴 왕국 첫 [식품위생법]이 시작된 순간이었다.

원재료 표시 대상은 언젠가 확대할 생각이지만, 우선은 가짜 육류만이라도 앞서 규제해야만 한다. 독이나 병원균이 있다면 사람의 생사와 직결되니까 말이다.

"희생된 해병대원이여. 그대의 죽음을 헛되이 하지 않겠다."

"아뇨, 안 죽었어요. 그냥 식중독이에요."

주나 씨가 어이없다는 표정으로 태클을 걸었다.

아니죠, 식중독으로도 사람이 죽을 수 있거든요? 이전에 우리 할아버지가 유통기한이 지난 달걀을 생으로 먹고 살모넬라균에 감염되어 며칠이나 입원하는 신세가 된 적이 있었다. 다행히도 그렇게까지 심하지는 않았지만, 한 개에 10엔 정도인 달걀을 아끼다가 입원비 몇 만이 날아갔다며 할머니한테 한동안 구박당했더랬지.

뭐, 그건 제쳐 놓고, 우리는 주나 씨가 추천하는 꼬치구이 가

게에서 꼬치를 사고 과일상에서 파는 믹스 주스를 사서 간이 벤
치에 앉아 먹었다.

"하음…… 응, 맛있어요, 오라버니."

"응. 주스도 맛있어요. 카즈야 님."

고기는 육즙이 많아서 맛있었다. 축제날이라든지 그럴 때 파
는 소고기 꼬치랑 그리 다르지 않은 맛이라서 물어보니, 원재료
는 빅불(엄청 커다란 버팔로 같은 동물)이라나. 믹스 주스는 상
온이었지만 가을이 깊은 계절이기도 해서 미지근하게 느껴지
지는 않았다. 조금 시큼했지만 기름진 꼬치구이를 먹은 뒤에 마
시니 입안이 산뜻해졌다. 배가 가득 차서 한숨 돌리고 느긋한
기분을 즐겼다.

옆에 있는 토모에가 꾸벅꾸벅 졸기 시작했기에, 그대로 낮잠
타임으로 해 주었다. 토모에는 내 무릎을 베개 삼아 몸을 말고
잠이 들었다. 그녀의 머리를 쓰다듬으니 찰랑찰랑해서 정말로
강아지 털 같았다.

"후후, 귀엽네요."

옆에 앉은 주나 씨가 토모에의 잠든 얼굴을 들여다보며 말했
다. 그리고 어깨가 밀착할 정도로 몸을 붙이고는 슬픈 표정으로
툭하니 중얼거렸다.

"이런 평온한 날이 계속 이어진다면 좋을 텐데……."

"무슨 플래그 같은 소린 하지 마세요. ……그렇게 되지도 않
겠죠?"

내가 그리 묻자 주나 씨는 고개를 끄덕였다.

"제국군이 근처까지 와 있어요. 숫자는 약 5만."

"5만? 의외로 적네요."

지금 현재 반에 집결한 엘프리덴 왕국군의 병력은 4만 5천 정도니까, 대략 비슷한 정도였다. 물론 아미도니아 측의 병력을 포함한다면 우리 병력을 능가하기야 할 테지만, 적어도 우리의 세 배는 데려올 거라고 생각했다.

마왕령의 위협에 인류가 하나가 되어 싸우자는 기치를 내건 그란 케이오스 제국으로서는 설마 전쟁을 시작할 생각은 없을 거라고는 생각하지만, 반 공격도 가능한 병력을 데려온다면 이쪽에게는 위협이 된다. 그러나 주나 씨는 고개를 가로저었다.

"아미도니아 공국 측이 거북하게 여길 거예요. 대군을 이끌고 온다면 그대로 나라를 빼앗길지도 모른다고 경계하겠죠."

"[인류 선언]의 기치를 내건 제국이 그런 짓을 할 리가 없다고 생각하는데요?"

국경선 변경은 인정되지 않는다고 그러면서 자신들은 침략 전쟁 따위를 시작한다면, [인류 선언]이 유명무실해지고 만다. 그리 된다면 가맹국의 신뢰를 잃고 마왕령의 위협을 상대로 인류가 하나 되어 대처한다는 제국의 전략이 와해된다.

"그러니까 제국이 개입하러 나선 건데."

"아미도니아는 이미 [인류 선언]을 제멋대로 해석하고 행동했어요. 제국을 속인 상황에서 자신들도 반대로 제국에 속지는 않을까 겁먹은 게 아닐까요."

"……자기 꾀에 자기가 넘어간다, 그런 느낌인가."

자승자박. 공국은 제국의 의향을 무시하는 듯한 짓을 하고서는 궁지에 빠지자 그 위광에 매달린다는 행위에 나섰다. 그 사실에 켕기는 구석도 있는 거겠지.

박쥐 같은 짓을 하면 누구에게도 존경받지 못하며 어느 나라로부터도 신뢰받지 못하게 된다. 제국과 관계가 단절되지는 않을까 전전긍긍하는 것이었다.

"어이없는 이야기지만…… 우리로서는 좋은 상황이네. 공국과 제국 사이에 골이 있다면, 그 부분으로 파고들 틈이 있을지도 모르겠어."

"후후후, 국왕 폐하의 실력을 보여줄 참이네요."

"……너무 부담 주지 않았으면 좋겠는데요?"

"어머, 지금의 당신은 카즈야 님이 아니신가요?"

장난기 어린 대답이 돌아왔다. 아까 놀린 앙갚음이겠지. 역시 주나 씨, 한 방 먹였다고 생각했더니 금세 돌아왔다.

[여러분, 안녕하십니까. 'NEWS 엘프리덴' 시간입니다.]

그리고 갑자기 크리스 타키온의 목소리가 들렸다.

아무래도 오후 뉴스 방송이 시작된 모양이었다. 올려다본 상공에 피어오른 안개로 뉴스를 읽는 크리스의 모습이 비쳤다. 호오…… 우리가 만든 방송은 성 아래에서는 이렇게 보였나. 분수 설치형 수신기로 본 것은 이것이 처음이지만, 영화관 스크린 수준의 크기라서 상당한 박력이네.

[우선은 첫 뉴스입니다. 현재 엘프리덴 동부에 건설 중인 신해안도시 '베네티노바'가 머지않아 완성된다는 소식입니다. 이곳 '베네티노바'가 완성되면 육상과 수상 운송 흐름이 효율화되어 더욱 빠른 물자 수송이…….]

이 뉴스 자체는 엘프리덴 왕국 안의 각지(공국의 수도 반도 포함된다.)로부터, 이전에 아이샤도 신호의 숲과 연락용으로 사용했던 전서 쿠이(전서구 같은 새. 귀소본능과 주인이 발하는 파동을 멀리까지 감지할 수 있는 습성을 이용하여, 개인과 특정한 장소로 연락을 취할 수 있다.)를 날려서 모은 것이었다. 국왕 방송도 나오지 않는 산간 마을에서도 정보를 받을 수 있는 것이 강점이지만, 반면에 리얼타임으로 정보를 전달할 수 있는 국왕 방송과는 달리 그 정보에는 1, 2일의 지연이 생기고 만다.

가령 왕국 동북쪽 끝인 라군 시티에서 사건이 벌어졌다면, 거기서 직후에 곧장 반으로 소식이 전해지는 게 아니라 정기적으로 각 도시로 정보를 옮기는 쿠이에게 그 소식을 들려 보내는 것이다. 그리고 쿠이는 다른 도시로 소식을 옮기고 그 도시에서는 또 다른 쿠이를 통해 다른 도시로 정보를 보내는, 초등학교 연락망 같은 상태였다. 이것은 쿠이를 장거리 이동시키다가 도중에 야생동물에게 습격을 당해 연락이 단절되는 사태를 막기 위한 처치였다. 참고로 긴급성이 높은 정보는 쿠이가 아니라 와이번 기병이 전달한다.

그래서 그날 있었던 일을 그날 안에 전달할 수는 없었다.

[다음 뉴스입니다. 어제 새벽에 반에서 화재가 발생하여······.]

　그 후, 크리스는 왕국 내에서 벌어진 사건이나 사고 뉴스를 전하고, 그 후에는 릴리 경단의 요리법 등 생활에 도움이 되는 정보를 이야기했다.

　나로서는 이 뉴스 방송 가운데 '날씨 예보'도 포함하면 편리하겠다고 생각했지만, 실현하는 것은 상당히 어려울 듯했다. 이 세계에도 관천망기(觀天望氣)라고 할까, 오랜 경험으로 구름을 봐서 날씨를 예측하는 사람은 있었다. 그러나 아까도 이야기했듯이 고속통신 기술이 없기에 그 정보를 리얼타임으로 전할 수가 없는 것이었다.

　'태풍 정보 같은 건 사람의 생사와 연관이 있으니까 어떻게 좀 하고 싶은데 말이지······.'

　그렇게 생각하는 사이에 갑자기 감탄한 목소리가 들렸다.

　"설마 국왕 방송을 이런 식으로 사용하다니······."

　앞을 보니 모험가 같은 차림새를 한 소녀가 하나, 이쪽에 등으로 돌리고 서 있었다. 등줄기는 곧게 펴졌고 넓게 퍼진 금발 포니테일이 흔들렸다. 한순간 리시아 같다고 생각했지만 묶은 위치가 높았고, 애당초 지금 리시아의 머리는 단발이었다. 소녀는 아름다운 옆얼굴을 이쪽으로 보였다.

　"이건 꼭 우리 나라에 도입하고 싶은 제도네요. 귀국한 뒤에 헌책하죠. 그건 그렇고, 어떻게 하면 이런 선진적인 발상이 가능한 걸까요?"

소녀가 진지한 표정으로 그런 걸 물었다. 뭐야, 갑자기? 그런 생각을 하자니 옆에 있던 주나 씨가 갑자기 일어섰다. 그리고 나와 소녀 사이로 끼어들었다.

"주나 씨?"

"주의하십시오."

나를 감싸듯 앞에 서며 주나 씨가 말했다. 험악한 표정에, 그녀의 음색에서도 초조함이 느껴졌다.

"그녀는 상당한 무용의 소유자입니다. 이곳에 아이샤 씨가 없다는 게 안타깝네요. 저로서는 죽을 각오를 할지라도 발이나마 묶을 수 있을지…….."

"그 정도의 상대인가…….."

그러자 경계하는 주나 씨를 보고 포니테일 소녀가 싱긋 웃었다.

"적의는 없으니 딱히 걱정 안 해도 괜찮답니다. 로렐라이 주나 도마 경."

"윽! 저를…….."

"물론 알면서 접촉한 거예요. 이쪽에도 첩자는 있으니까요."

그렇다는 말은 나에 관해서도 알고 있다는 의미인가. 내가 몰래 돌아다니는 걸 알고서 접촉하러 온 거겠지. 왕국의 첩보부대 설립이 인재 측면에서 불안한 점이 있어 늦어졌다는 게 화가 되었다. 하지만 이쪽에 적의가 없다는 건…….

"제국 관계자인가?"

"예. 처음 뵙겠습니다, 소마 카즈야 님."

그리 말하고 소녀는 가슴에 손을 대고는 머리를 숙였다.

"저는 그란 케이오스 제국 황제 마리아 유포리아의 동생이자, 언니를 대신하여 군사를 담당하는 잔느 유포리아라고 합니다."

　나와 주나 씨는 작은 목소리로 대화를 나누었다.

　("이쪽의 호위는 어떻게 되었나요?")

　("상대에게도 호위가 있는 모양이라 움직임을 취할 수 없는 것 같아요.")

　("혼자서 오지는 않나. ……토모에를 부탁할게요.")

　갑자기 깨어난 탓에 아직 졸린 기색인 토모에를 주나 씨에게 맡기고, 나는 잔느 유포리아와 대치했다. 그녀에 대해서는 보고가 있었다. 그란 케이오스 제국의 성녀라 칭해지는 황제 마리아 유포리아에게는 군사를 담당하는, 현재 마리아가 미혼이기에 황위 계승권 제1위인 여동생이 있다고. 그것이 그녀겠지.

　"황제의 여동생이 우리 나라에는 무슨 일이지?"

　나는 일부러 내가 위에 있다는 말투로 그녀에게 물었다.

　우리 나라는 [인류 선언]에 가맹하지 않았으니 제국의 황제 마리아를 맹주로 받들 필요도 없다. 그렇다면 일국의 주인인 나와 마리아의 입장은 대등했다. 그리고 잔느는 그란 케이오스 제국 황제의 여동생이라지만, 신분을 따지면 가신이니 이쪽의 지위가 더 높다. 가신을 상대로 으스대려는 건 아니지만, 다른 나라 사람을 상대로는 이런 자세를 철저하게 드러내어야만 한다. 잔느도 그것이 당연하다는 태도로 대답했다.

"아뇨, 지금부터 교섭할 상대가 나라를 어떻게 통치하고 있는 지 제 눈으로 보고 싶었을 뿐이었는데, 제 휘하에 있는 자가 오늘 소마 님이 몰래 성 아래에 내려왔다는 정보를 전하기에 그렇다면 차라리 인사를 드리자고 생각한 거예요."

즉, 처음부터 나랑 만날 생각이었던 건 아니고, 정탐하러 왔을 때에 우연히 휴가 중인 내가 있으니까 접촉을 꾀했다는 건가.

"하지만 우리가 점령 중인 반으로 들어오다니 배짱이 참 두둑하군."

"아무래도 제 눈으로 직접 본 것밖에 믿을 수 없는 성격이라. 소마 님의 소문은 제국에까지 전해졌습니다만, 진위가 불명인 것도 많았기에 확인하고 싶었어요."

소문? 제국에 내 소문이 돌고 있나?

"어떤 소문이지?"

"듣자 하니 '파탄 직전이었던 왕국의 경제를 바로 세운 명군' 이라든지, '이제까지 먹는 관습이 없었던 음식의 조리법을 창안하여 식량난을 해결했다' 든지, '싸움에서는 타의 추종을 불허하는 강함을 발휘하여, 무리지은 적을 척척 쓰러뜨렸다' ……등이로군요."

"……상당히 과장되어서 전해졌군."

그중에 나만의 힘으로 이루어 낸 것은 단 하나도 없었다.

경제를 바로 세운 것은 관료들과 함께 노력한 덕분이고, 식료품을 모은 것도 조리법을 전한 것도 폰초의 공적이었다. 전투에서는 그저 군을 움직였을 뿐, 직접 전투는 강한 녀석에게 모조리 맡겼으니까. 결국 내가 한 일이라면 '할 수 있는 녀석에게 맡겼다' 는 것뿐이었다.

"예, 그리고 '어마어마한 호색가다' 라는 소문도 있었습니다."

"잠깐만!"

호색가라니 대체 뭐야?!

"어째서 그런 소문이 도는 건데?!"

"들리는 소문으로는 '아름다운 선대 국왕의 딸과 약혼을 했음에도 불구하고 왕국 안의 미녀를 모아서는 측실을 골랐다' 든지. 거기 주나 경이 선택된 측실이 아닙니까?"

지독한 오해다! 아마도 유재령 당시에 진행된 [엘프리덴 미소녀 그랑프리]를 말하는 거겠지. 어떤 재능이든 상관없다고 했더니 [무예]와 [아름다움]과 [예술] 분야는 특히 모집이 집중되었기에 대회 형식으로 경쟁을 시켰을 뿐이었다.

당시에는 아직 [프로젝트 로렐라이]도 나오기 전이었으니까. 그러고 보니 처음부터 '아름다움 부문의 대회는 왕의 첩을 고르려는 게 아닐까' 하는 소문이 돌아서 귀족들이 친인척을 보냈다고 그랬던가. 다른 나라에는 그런 식으로 보였나.

"츠, 측실인가요…… 그런 소문이 돌았다는 건 알고 있었습니다만."

주나 씨가 얼굴을 붉게 물들이며 말했다. 그거, 정말인가요?

그런 소문이 돌았다니…… 어쩐지 납득이 안 가는데. 왕위를 물려받은 뒤로는 정무로 너무 바쁘기도 해서 리시아와도 절도 있는 교제밖에 안 했는데. 그보다도 새삼스럽지만 나랑 리시아의 관계는 여러모로 너무 엉뚱하니까 말이지. 약혼자인데도 키스는커녕 데이트도 제대로 안 하니까.

그런 생각을 하는 사이, 잔느가 걱정하는 표정을 지었다.

"흠…… 그 소문이 거짓이라면 그쪽 수단은 쓸 수 없을까요?"

"그쪽 수단?"

"아뇨, 왕이 정말 호색한이었다면 아름다운 언니와 접촉케 해서 이쪽의 요구를 들어달라고 조른다면 간단히 넘어오지는 않을까 생각했기에."

"제국의 성녀한테 대체 뭘 시키려는 거야?!"

"언니 본인은 [성녀]라는 칭호를 그다지 마음에 들어 하지 않는 모양이지만…… 하지만 [성녀]라는 칭호는 남자분께는 확 끌리는 말이 아닌가요?"

"그건…… 이해하지 못할 것도 아니지만."

제국의 성녀 마리아…… 표면상의 의미로는 굉장한 임팩트인걸.

애당초 성녀라고 불리는 인물이라는 것만으로도 한번 보고 싶다는 생각이 들고 만다. 틀림없이 무척 아름답고 품위 있는 여성이리라 기대하고 마니까. ……아니, 그러고 보니 나도 [용사]라는 칭호가 있었지. 이세계에서 용사로 소환되었으면서도 그럴싸한 일은 전혀 하질 않았기에 완전히 잊고 있었다.

"칭호인가요…… [로렐라이]도 확 끌리나요?"

"어째서 주나 씨까지 그런 이야기에 어울리는 건가요?!"

"어, 아뇨…… 무심코 그만……."

"후후후, 상상하던 것 이상으로 유쾌한 분이시네요."

우리가 나누는 대화를 보고 잔느가 미소 지었다.

"딱히 재미있으라고 하는 건 아닌데 말이지."

"아뇨, 왕과 가신의 거리가 가깝다는 말은 나라가 안정적이라는 증거겠죠. 제국에서는 이럴 수 없으니까요."

"……제국에서는 다른가?"

"쓸데없이 영토가 넓고 황제가 지닌 권력도 막대하니까요. 성녀라고 불리며 반쯤 신앙의 대상이 된 상태이기에 모두가 조심스러워하죠. 언니와 마음 편히 대화할 수 있는 사람은 가족 정도예요. 게다가 언니는 지나치게 고지식할 정도로 황제에 맞게 행동하니까, 누구를 상대로도 평등하게 대하려다 보니 결국 그 누구에게도 마음을 허락하지 못하는 상황에 놓여 있죠."

그리 말하고 잔느는 어깨를 으쓱이고는 광장의 북새통을 봤다.

"이번 일도 그래요. [인류 선언]을 무시한 아미도니아 공국에 손을 빌려 준다고 해도 우리한테는 아무런 이득도 없는데……."

"이상을 앞세운 마리아 경의 여동생치고는 꽤나 현실적인 사고방식이로군."

"언니가 이상을 꿈꾸는 만큼 동생이 똑바로 해야 하니까요."

그리 말하고 잔느는 쓴웃음을 지었다. 흠…… 아무래도 잔느의 사고방식은 마리아 황제보다도 나와 가까운 듯했다. 과도한 이상을 품지 않고 현실에 기반하여 대응할 수 있는 사람.

이상을 앞세우면 사람이 모여든다. 그러나 계속 이상만 앞세우면 조만간 길을 잃고 마는 것이다. 그렇게 되지 않으려면 누군가가 발밑을 볼 필요가 있다. 현실적인 잔느가 곁에 있기에 마리아 경은 이상을 계속 앞세울 수 있는 거겠지.

그란 케이오스는 가장 많은 인구를 거느린 제국이다. 우수한 인재가 있는지는 모르겠지만, 상대적인 숫자라면 우리 나라를 능가하겠지.

잔느는 "하지만."이라며, 상공에 비치는 크리스의 영상을 가리켰다.

"국왕 방송을 저렇게 사용하는 건 굉장하네요. 정보를 자주 전하여 국민의 불안을 경감시키는 데에 사용하다니. 우리 나라에서도 따라 해도 될까요?"

"……마음대로."

따라 하려고 생각만 하면 간단하니까. 안 된다며 금지할 수 있는 것도 아니었다.

"감사합니다. 어떻게 하면 이런 선진적인 발상이 가능한 건가요?"

"선진적인가? 내게 있던 세계에서는 평범한 일이었는데."

"있던 세계…… 그랬죠."

잔느가 갑자기 미소를 거두었다. 어찌된 영문일지 생각하자니 그녀는 거동을 바로하고 갑자기 머리를 깊이 숙였다. 허리를 직각까지 굽히는 모습이, 그런 관습만 있었다면 바닥에 엎드리지는 않았을까 싶을 정도로 깊은 인사였다.

갑작스러운 그런 저자세에 나는 당황하고 말았다.

"왜, 왜 그래? 갑자기."

"소마 님께서는 저희 때문에 터무니없는 일을 당하셨습니다. 이 자리에 없는 언니를 대신해서 사죄드립니다."

"사죄?"

고개를 든 잔느는 씁쓸한 표정을 짓고 있었다.

"용사 소환 말입니다. 엘프리덴 왕국이 소마 님을 이 세계로 불러낸 것은, 우리 나라의 요청에 따른 일. 아무런 죄도 없는 소마 님이 모국과 이별하고 이 세계로 불려 나오고 만 것을, 언니 마리아는 깊이 후회하고 있어요. 부디 용서해 주시길."

그리 말하고 잔느는 또다시 머리를 숙였다. ……그런 거였나.

"머리를 들어. 이미 지난 일이니까."

"하지만……."

"그야 처음에는 화도 났고, 제국으로 넘겨지고 싶지 않다며 필사적으로 일했지만 말이지. 하지만…… 냉정해진 다음에 생각해 보니 제국이 용사를 필요로 할 이유 같은 건 없었어."

처음에는 마왕령의 위협에 대항하기 위한 전력으로 삼을 생각인가 싶었지만, 이 세계의 상황을 이해하면서 그런 게 아니라고 생각하기에 이르렀다.

지금 현재, 마왕령의 확대는 정지한 상태다. 국경선이 확대되어 남하하는 마물이 분산되면서, 각국에서 그에 대처할 수 있는 상황으로 안정되었기 때문이었다. 밀려들지도 않고 밀어내지도 못하는 교착 상태라고는 해도, 일단 상황이 안정되기는 했다.

즉, 제국이 용사를 원할 법한 상황도 아닌 것이었다. 애당초 왕국 본인들부터가 불가능하다고 생각했던 용사 소환에 강대국인 제국이 매달릴 필요도 없었다.

　게다가 용사 소환으로 불려 나온 장본인인 용사가 '나' 였다.

　대량파괴병기에 필적하는 극대마법을 쓸 수 있다든지 무적의 검이랑 갑옷을 장비할 수 있다든지 그러면 모를까 내정에 조금 편리한 능력을 지녔을 뿐인 이세계인이었으니, 인구가 많은 만큼 인재도 많을 제국이 바라는 요소라고는 아무것도 없었다.

　그러나 그럼에도 불구하고 제국은 왕국에 용사 소환을 요청했다. 그 이유를 하쿠야와 숙고한 결과, 어느 결론에 다다랐다. 그건…….

　"제국 나름대로의 배려였을 테지? 전쟁 지원금을 낼 수 없는 왕국을 상대로 한."

　"웃?! ……예."

　잔느는 체념한 듯 고개를 끄덕였다. ……역시 그랬군.

　제국이 주창한 [인류 선언] 가운데, 인류가 하나 되어 마왕령에 대항하기 위해 '마왕령에서 먼 곳의 나라는 방파제가 되는 마왕령 근접국을 지원할 것.' 이라고 호소했다.

　제국은 마왕령에서 떨어져 있는 엘프리덴 왕국에서도 마왕령 근접국을 지원해 주길 바랐던 것이다. 그러지 않는다면 인류 선언 가맹국들로부터 불만이 나올 테니까.

　그러나 당시의 왕국은 식량난과 재정난으로 천천히 파탄을 향해 나아가는 상황이라 아무래도 지원금을 낼 수 있는 상태가 아니었다.

"그러니까 제국은 왕국에 전해지는 용사 소환을 진행하게 해서, 지원을 했다고 체면치레라도 해 주려 한 거겠지? 가맹국들의 불만을 억누르기 위해서."

"……그 말이 맞아요."

"잠깐만요. 이 나라는 인류 선언에 가맹하지 않았어요. 애당초 지원할 의무 따윈 없는 게 아닌가요?"

주나 씨가 그리 의문을 표했지만 나는 고개를 가로저었다.

"실제로 이 나라는 제국이 구축한 인류 선언에 따른 방파제의 은혜를 입고 있어. 북쪽에 동방 제국 연합이 있으니까 마왕령과 인접하지 않을 수 있었다는 말이지."

그리고 그런 동방 제국 연합을 인류 선언에 따른 지원이 지탱하고 있는 것도 사실이었다.

"은혜를 입고 있으면서도 비가맹국이라고 의무를 다하지 않는 건, 가맹국 측의 반발을 부르고 말지. 아미도니아 등은 이걸 이유로, 다국적 연합군을 만들어서 왕국으로 쳐들어왔을지도 몰라. 제국을 총대장으로 추대하고서는 말이야."

"세상에……."

주나 씨는 말을 잃었다. 하지만 이것이 사실이었다.

이번 전쟁에서는 침공을 꾀한 것이 아미도니아 공국뿐이었기에, 반대로 유인하는 형태로 우리에게 유리한 상황을 만들어내어 격파할 수 있었던 것이다.

아미도니아 공국의 입장에서는 획득할 수 있는 영토는 모두 자신들의 것으로 만들고 싶었을 테지만, 혹시 용병국가 제므나 톨기스 공화국, 동방 제국 연합 중 일부, 그리고 제국군 등을 끌어들여서 쳐들어왔다면 왕국은 손쓸 도리도 없이 붕괴했을 것이다.

나는 잔느를 똑바로 바라보며 말했다.

"인류가 하나 되어 마왕령의 위협에 대비하고 싶은 제국도 그 사태는 피하고 싶었다. 그러니까 비가맹국인 나라에도 전쟁 지원금을 요구하고, 지불하지 못할 나라에는 대체품을 제출하게 해서 가맹국의 심정을 달래려고 생각한 거겠지? 왕국의 경우에는 그게 용사였던 거고."

"……뭐라 대답할 말이 없네요."

"솔직히 이야기해서, 제국도 용사 소환이 성공할 거라고 생각하지는 않았을 테지? 마법이 있는 세계니까 무언가 소환되지는 않을까 생각했을지도 모르겠지만, 당사국의 국왕조차 성공하리라고는 생각하지 않았던 일에 기대 같은 걸 하지는 않았을 테지. 제국으로서는 소환에 실패했다한들 실제로 소환을 진행했다는 사실만으로도 만족했고."

"그 말 그대로예요. 하지만 결과적으로 소마 님이 소환되고 말았죠."

잔느는 침통한 표정으로 말했다.

"게다가 소환된 귀공은 알베르토 경으로부터 왕위를 물려받은 뒤로 이 나라를 분주히 바로 세우고 지원금까지 내 주셨죠. 언니는 감사한 마음과 동시에, 우리 입장 때문에 소환되어 버린 귀공에게 이렇게까지 큰 부담을 강요하고 말았다는 사실을 애석하게 생각해요. 정말로 죄송합니다."

다시금 머리를 숙이는 잔느. 나는 한숨을 내쉬며 말했다.

"아까도 말했지만 지나간 일이야. 사정을 알고 난 뒤로는 원망스럽게 생각하지도 않아. 저쪽 세계에 미련이 없는 건 아니지만…… 하지만……."

나는 긴장한 표정인 주나 씨와 토모에의 얼굴을 봤다.

저쪽 세계에는 더 이상 내가 돌아오기를 기다려 주는 사람은 없다. 하지만 이쪽 세계에 와서, 돌아오기를 기다려 주는 사람들이 생겼다. 성으로 돌아가면 리시아가, 아이샤가, 주나 씨랑 토모에가 "다녀오셨어요."라며 맞이해 주겠지.

그것은 혼자의 쓸쓸함을 아는 자에게, 두 번 다시 잃고 싶지 않은 것이었다.

"이쪽에도 지키고 싶은 사람들이 생겼으니까 말이지. 그러니까 그 사실은 신경 쓰지 않아도 돼. 뭐, 그걸 생각해서 반 영유권을 인정해 준다면 그것도 괜찮겠지만."

내가 농담처럼 그리 말하자 잔느는 고개를 들고 조용히 고개를 가로저었다.

"……안타깝지만 제게도 지켜야 하는 가족이 있기에."

우리는 시선을 피하지도 않고 똑바로 마주 봤다.

"그런가…… 그렇다면 '교섭'할 수밖에 없겠군."

"예. 그때는 부디 잘 부탁드리죠."

잔느는 "실례했습니다."라며 인사를 하고는 등을 돌리더니 그대로 인파에 섞여 사라졌다. 나타나는 것도 갑작스럽고 사라지는 것도 갑작스러웠다.

"주위를 둘러싸고 있던 인기척도 사라졌어요. 잔느 경의 호위도 물러난 모양이에요."

"정말로 인사를 하러 왔을 뿐이었나……."

나는 잔느가 떠나간 방향을 봤다.

"잔느 유포리아…… 이상을 앞세우는 성녀와 그녀를 떠받치는 현실적인 여동생인가."

아미도니아 공태자 율리우스만이라면 교섭에 질 것 같지 않지만, 잔느가 중재에 나선다면 섣불리 약은 수를 쓸 수는 없을 것 같았다. 어설픈 책략을 쓴다면 간파당하고, 그것을 지적당하면서 상대에게 유리한 상황으로 끌려갈 우려가 있다.

'이러면 교섭에 기합을 넣고 임해야겠어. 하쿠야한테도 말해 둬야겠네…….'

나는 기합을 넣듯 자신의 뺨을 철썩 때렸다.

그날 저녁.

"리시아, 아이샤. 두 사람한테 선물이 있는데."

공성으로 돌아온 나는, 리시아와 아이샤에게 사온 물건을 건넸다.

리시아에게는 파란 가죽 바탕에 은박이 별처럼 박힌 초커, 아이샤에게는 핑크색 립글로스였다. 리시아는 곧바로 초커를 목에 감고는 새를 본뜬 금제 멈춤쇠에 손을 대며 만족스레 미소 지었다.

"고마워, 소마. 소중히 간직할게."

조금 수줍어하며 웃는 리시아의 모습에 무심코 빠져들어 버렸다. 이것 참, 기뻐해 주는 모양이라 안도했다. 잘 어울리기에 사오길 잘했다고 생각했다.

한편 아이샤는 어쩌냐면…….

"아아아아, 폐하! 제게까지 선물을 주시다니 황송하기 그지없습니다! 두고 가셨을 때에는 슬펐지만, 지금은 하늘로 날아가기라도 할 것 같은 기분입니다!"

"자, 잘됐네요…… 아이샤 씨."

"예, 주나 경! 이 립글로스로 반드시 여성스러움을 갈고닦겠습니다! 그리고 언제까지나 폐하 곁에 있을 수 있도록…… 후후후후."

"여, 열심히 하세요……."

……이쪽은 조금 지나치게 기뻐하는 것 같았다.

상대하는 주나 씨가 기겁할 정도로 몸 전체에서 기뻐하는 오라가 뿜어 나왔다. 참고로 주나 씨도 선물 받은 머리 장식을 달아 주었다.

"폐하, 폐하. 어떤가요? 어울리나요?"

얼른 립글로스를 바르고 아양을 떠는 아이샤. 혹시 아이샤가 다크 엘프가 아니라 토모에 같은 요랑족이었다면 꼬리를 붕붕 흔들었을 테지.

아이샤가 그렇게 잔뜩 들뜬 모습에, 리시아는 자신의 초커를 손가락으로 만지작거리며 이쪽을 봤다.

"목걸이, 아이샤 쪽이 어울리지 않아?"

"……노 코멘트로 부탁드립니다."

♚ 제3장 ✦ 교섭

──────대륙력 1546년 10월 20일, 반 성

"그럼…… 갑니다, 폐하!"

"와라! 아이샤!"

반 성에 있는 훈련장.

일본의 궁도장과 비슷하게 위가 뚫려 있는 그 공간에서, 나는 완전무장한 아이샤와 마주하고 있었다. 평소의 경갑옷 차림인 아이샤는 대검을 이쪽을 향해 대검을 들었고, 상대하는 나는 [무사시 도련님 인형]의 중간 사이즈(인형 사이즈를 소형, 사람이 들어갈 수 있는 사이즈를 대형으로 치면 그 중간 사이즈) 다섯 개(이후 A~E로 구별)의 보호를 받고 있었다.

시야 구석에서 심판 역할인 리시아가 오른손을 들었다.

다음 순간, 아이샤는 대검을 세로로 크게 휘둘렀다.

눈에 보이는 충격파가 나와 무사시 도련님들을 향해 날아왔다. 나는 무사시 도련님 A(양손에 방패 장착)를 전면으로 내세워 방패를 들게 했다. 충격파가 부딪히는 순간에 쾅, 하는 굉장한 소리가 났지만 무사시 도련님 A는 어떻게든 그 자리에 버티고 섰다.

"아직입니다!"

그러나 안도할 틈도 없이, 아이샤는 대검 끝을 이쪽으로 향한 채로 옆으로 들더니 있는 힘껏 내질렀다. 무사시 도련님 A는 방패를 겹쳐서 가드하려고 했지만, 공성추 같은 그 일격은 겹친 방패와 함께 무사시 도련님 A를 관통했다.

'우와…… 두꺼운 방패 두 개를 관통했냐…….'

말도 안 되는 위력에 넋이 나갈 뻔했지만 지금이라면 아이샤의 다리는 멈춰 있었다. 기회라는 듯이 그녀의 양쪽 측면으로 무사시 도련님 B(쌍검 장비)와 무사시 도련님 C(창 장비)를 움직여서 좌우 동시에 공격케 했다.

아이샤는 무사시 도련님 A가 박혀 있는 대검을 땅에 찔러 박더니, 마치 대검과 함께 통째로 풍차돌기를 하듯 몸을 하늘로 띄워 회피했다.

대검 자루 위에 물구나무선 상태가 된 아이샤.

"가랏!"

남은 무사시 도련님 D, E(둘 다 쇠뇌 장비)로, 지면에서 발이 떨어져서 움직임을 취할 수 없을 아이샤를 노리고 쐈다. 발사된 화살 두 자루를 아이샤에게 똑바로 날아갔다.

"물러요!"

땅바닥에 찔러 박은 대검 위에서 아이샤는 카포에라의 물구나무 회전차기(정식 명칭은 모른다.)처럼 다리를 회전시켜 날아온 화살 두 자루를 모두 떨어뜨렸다. 그리고 땅으로 내려오는 것과 동시에 품속에서 무언가를 꺼내더니 이쪽을 향해 엄지로 튕겨 날렸다.

"아얏."

탁, 하는 소리와 함께 이마를 덮친 가벼운 충격에 나는 몸을 뒤로 젖혔다.

이마 한가운데에 들러붙어 있던 것은 10엔짜리 동전 정도 크기로 뭉친 점토였다. 만약 이게 투척 나이프나 돌멩이였다면 즉사했을 테지. 뭐, 모의전이니까 화살에는 촉이 달려 있지 않고 돌 대신에 점토를 사용하고 있으니까 잘못되어도 죽지는 않겠지만, 이다지도 일방적으로 당하니까 역시나 침울해지네…….
나는 그 자리에 주저앉았다.

"아, 정말…… 상대도 안 되나."

"그, 그렇지는……."

"아이샤, 전력 분석은 중요한 일이니까 솔직하게 말해야 해."

황급히 위로하려는 아이샤를, 심판 역할인 리시아가 말렸다. 리시아의 말대로 지금 나는 스스로에게 맞는 전투 방법을 모색하고 있었다.

나는 국왕으로서 보호받는 입장이지만, 여차할 때에 자신을 스스로 지킬 수 있어서 나쁠 건 없었다. 얼마 전의 싸움에서는 가이우스를 상대로 하마터면 큰일 날 뻔했던 장면도 있었으니까 말이다.

"리시아의 말이 맞아. 솔직하게 말해 줘."

"그, 그럼…… 이렇게 말하면 뭣하지만, 인형으로 모험가 같은 파티를 짰지만 크게 벅차다고 느껴지지는 않았어요. 이래서야 차라리 앞서 '전원 양손검 장비로 마구 덤비는 전법' 쪽이 더 버겁게 느껴졌어요."

"[*피○민 전법]인가…… 하지만 그것도 한꺼번에 날려버렸잖아?"

"그러니까 그보다 더 이하라는 거지?"

"으윽……."

리시아의 지적에 어깨를 축 떨어뜨렸다. 피크○ 전법이 통하지 않았으니까, 이번에는 이전에 무사시 도련님으로 함께 탐색을 했던 유노네 모험가 파티를 참고로 한 콤비네이션 전법으로 도전해 봤는데…… 결과는 참패였다.

"모험가 파티라면 마도사가 있으니까요. 방패에 강화 마법을 사용했다면 꿰뚫기도 어려웠을 테고, 화살이 아니라 마법이 날아왔다면 대응하기 좀 더 어려웠을 거라 생각해요."

아이샤가 아무렇지도 않게 그리 말했다. 어느 쪽이든 '불가능'이 아니라 '어렵다'인 부분에서 아이샤가 지닌 규격 외 수준의 강함이 잘 드러나는구나…….

"마도사라고 해도, 나는 속성 마법도 강화 마법도 못 쓰니까……."

나 자신이 아무런 마법도 사용하지 못하니까, 내가 [리빙 폴터가이스트]로 조종하는 인형들도 무기에 속성을 부여한다든지

---

* 피크민. 닌텐도의 게임 [피크민]에 등장하는 캐릭터. 플레이어는 피크민의 숫자를 늘리고 그 힘으로 위기를 헤쳐나가는 구성이다.

불꽃이나 얼음 등을 발사한다든지, 그런 마법은 사용할 수가 없었다.

"나도 마법학교 같은 곳에서 수련하면 쓸 수 있게 될까?"

"무리야. 암 속성 사용자가 다른 속성을 사용할 수 있게 되었다는 이야기는 들은 적 없는걸."

리시아에게 시원하게 각하 당했다.

"화, 수, 토, 풍의 4대 속성은 공기 중에 포함된 마소를 조종해서 현상을 발생시키고, 광 속성은 체내에 있는 마소에 간섭해서 자연치유력을 높이거나 육체를 강화하거나 할 수 있지만, 암에는 그런 재능이 일절 없는 거야. 그러니까…… 포기해."

아무래도 난 아무리 수행해도 마법사가 될 수는 없는 듯했다.

기껏 마법이 있는 세계에 소환되었는데…… 어쩐지 실망스러웠다. 어깨를 축 떨어뜨리자니 리시아가 "무슨 소릴 하는 거야."라며 어이없다는 표정으로 말했다.

"암 속성은 상당히 드물다고? 나도 이제까지 세 사람밖에 본 적 없는걸."

"세 사람? 두 사람은 나랑 토모에일 테고…… 나머지 하나는 누구야?"

"어머니가 그런가 보더라고. 어떤 힘인지는 안 가르쳐 주셨지만."

호오…… 엘리샤 님도 암 속성 마법을 쓸 수 있는 건가.

엘리샤 님은 리시아의 어머니다. 아마도 왕위를 이은 것은 사실 엘리샤 님이고 데릴사위인 알베르토 경에게 국정을 위임했다던가? 이야기를 나눌 기회는 별로 없었지만, 항상 생글생글하니 성격 좋아 보이는 사람이라고 느꼈다.

"하지만 이런 능력으로는 내 몸 하나 지킬 수 없겠지……."

"안심하십시오! 폐하는 제가 그 어느 순간에도 지키겠습니다!"

아이샤는 가슴을 턱 두드렸다. 든든한 반면, 스스로가 한심해졌다.

"여자한테 보호를 받는 용사라니, 역시 꼴사납네……."

"이제 와서 무슨 소리야. 소마는 처음부터 용사답지 않았잖아."

리시아가 단호하게 말했다. 그 말이 맞지만…… 조금 더 완곡하게 감싸 줘도 될 텐데 말이지. 그리 생각했지만,

"게다가 자신이 할 수 없는 일을 할 수 있는 사람한테 맡길 수 있는 게 소마의 강함이잖아. 소마는 자신밖에 할 수 없는 방법으로 우리를 확실하게 지켜 주고 있어."

리시아가 온화한 미소를 지으며 그리 말해 주었다. 아이샤도 고개를 끄덕였다.

"공주님의 말씀이 맞아요! 폐하께서는 저희가 사는 이 나라를 지켜 주고 계시니까, 폐하의 신변 정도는 저희가 지키게 해 주세요!"

두 사람이 그런 식으로 말해 주는 건 한심하지만 기쁘기도 했다.

믿음직하지 못한, 국왕이라는 이름뿐인 용사이지만, 나는 내 나름대로의 방법으로 리시아와 아이샤를 지키면 된다…… 아니, 지키고 싶다. 진심으로 그리 생각했다.

"폐하."

나를 부르는 목소리가 들려 돌아보니 해병대 복장의 주나 씨가 가슴에 손을 대고 인사했다.

"하쿠야 경이 찾고 있습니다. 도시 구획 이야기를 드리고 싶다고."

"알았어. 지금 갈게."

나는 일어나서 흙을 털어냈다. 훈련장 뒷정리를 병사들에게 부탁하고, 나는 여성진을 데리고 집무실로 향했다. 지금 내가 할 수 있는 일을 하기 위해서.

집무실에 도착하니 하쿠야와 근위기사단장 루드윈이 기다리고 있었다.

집무용 책상 앞 의자에 앉자, 이전부터 비서 역할을 해 주고 있는 리시아와 인원 부족으로 최근에는 마찬가지로 비서 역할을 맡고 있는 주나 씨가 좌우로 나란히 섰다.

아이샤는 문 근처에 서서 호위 태세를 갖추었다. 최근에는 이 포메이션으로 집무에 임하는 것이 당연해졌다. 모두의 준비가 갖추어진 것을 확인하고, 어쩐지 졸린 눈빛의 하쿠야는 준비해 온 반의 구획 지도를 책상 위에 펼쳤다.

"반의 구획안이 완성되었으니 봐 주시길."

하쿠야의 말에 지도를 살펴보니, 사각의 성벽 안에 중앙의 공원을 향해 종횡으로 대로가 있고, 대로에서 같은 간격마다 직각으로 접하는 골목이 뻗어 나가며 바둑판 모양을 그리고 있었다. 마치 역사 교과서에 실려 있던 헤이쪼쿄나 헤이안쿄의 지도 같았다.

귀족 거리는 북동 방향에 집중되었고, 공방은 남서 방향에 집중되어 있었다. 위병 주둔지 등의 시설은 제대로 분산 배치되어 있어서 굉장히 효율적이었다.

…………. 나는 의자 등받이에 몸을 기대고는 천장을 바라보며 크게 한숨을 내쉬었다.

"……하쿠야."

"예."

"너무 과해."

뭐야, 효율성 중시의 이 구획은. *아네상롯카쿠타코니시키……같은 주문이라도 외우지 않고서는 길을 헤매겠다. 그보다도 이렇게까지 대대적으로 고칠 거라면 차라리 성 아래의 도시 전부를 태워 버리고 처음부터 건설하는 편이 빠르겠지. 나한테 네로 황제 흉내라도 시킬 셈이냐.

"죄송합니다. 난잡한 그 구획을 보고 있으면 효율화하고 싶다는 충동이 끓어올라서……."

하쿠야 본인도 알고 있는지 쓴웃음 지으며 대로를 가리켰다.

"다만 화재 대책을 위해서라도 구획 정리는 필요합니다. 대로 부설은 필수겠죠."

---

* 일본 교토의 거리 이름을 나열한 동요 가사. 획일적으로 정리되어 도리어 헤매기 쉬운 교토의 거리를 아이들이 외울 수 있도록 만든 노래라고 한다.

"그건 그럴 테지만…… 그 밖의 부분은 이곳에 사는 사람들의 의견도 반영하고 싶네. 어떤 도시로 만들고 싶은지, 어떻게 하면 살기 편해질지, 이곳에 사는 사람들 스스로 생각해 줬으면 해. 모든 걸 이쪽에서 결정해 버리면 반발이 생길 것 같으니까."

"이미 이곳에 사는 건축가 몇 명에게 제안을 해 두었습니다만…… 이곳 사람들이 생각하도록 만드는 겁니까? 지금 분위기를 바탕으로 판단하기에는 전위예술처럼 될 것 같습니다만……."

"예술 도시인가…… 그건 그것대로 재밌을 것 같은데."

차라리 미술관이나 박물관 같은 걸 세워 보는 것도 괜찮을지 모르겠다.

……아니, 어라? 아메요코처럼 변한 노점상 시장이 이미 있고, 거기에 미술관이나 박물관을 세우게 된다면 반이 점점 우에노처럼 될 것 같은데.

차라리 동물원도 만들어 볼까. 토모에의 힘을 빌린다면 간단히 실현할 수 있을 듯했다. 성성이 산이라면 이미 만들었으니까. 하지만 하쿠야는 고개를 가로저었다.

"반은 아미도니아를 상대하는 최전선 도시가 될 겁니다. 현 시점에서는 너무 유쾌한 도시로 만들 수는 없습니다."

"……그도 그런가."

예술 도시라면 방어력은 기대할 수 없겠지. 그렇다면 반의 군사 도시적 기능을 남기면서 살기 편한 구획으로 만들 수밖에 없나.

"어쩔 수 없네. 그 방향성으로 부탁하지."

"알겠습니다."

하쿠야가 꾸벅 인사를 하고, 나는 이번에는 루드윈 쪽을 봤다.

"현재 교통망 정비 상황은 어떻게 되고 있지?"

"예. 지금 현재 금군 직속군과 육군이 총력을 다하여 진행하고 있습니다. 반에서 왕국령으로 이르는 대로는 이미 완료되었고, 지금은 반에서 현재 점령한 주변 촌락으로 이어지는 길의 부설 작업에 들어갔습니다. 그리고…… 하천에도 여덟 개 정도 다리를 설치했습니다만."

"설치했습니다만? 왜 그래?"

말끝을 흐리는 루드윈에게 물으니 납득이 가지 않는다는 표정을 지으며 말했다.

"예. 지금 교통망을 정비하는 일에 의미가 있을까요? 병참선이 되는 길의 정비가 중요하다는 건 알겠습니다. 하지만 반의 영유권을 제국이 인정하지 않는 상태에서 반 주위의 길이나 다리를 정비해 봐야, 막상 반환을 강요당했을 때에는 허사가 되지 않겠습니까?"

"그러네…… 제국은 당연히 반의 반환을 요구할 테니, 우리가 만든 다리를 돌아온 율리우스 쪽에서 사용하는 것도 짜증 날 거야."

리시아도 그리 말하며 미간을 찌푸렸다. 하지만,

"그렇지는 않겠죠."

리시아의 의견을 하쿠야는 곧바로 부정했다.

"가령 반을 반환하게 되어 공태자 율리우스 등이 복귀하더라도, 왕국이 만든 설비를 그대로 사용하지는 않을 겁니다. 오히려 반 안에 남은 왕국의 영향을 가능한 한 배제하려고 움직일 터. 편리하다며 남겨 두었다가 반 사람들에게 왕국에 대한 친근감을 심어 줄 수는 없으니까요."

"나라면 아미도니아의 물건일지라도 쓸 수 있는 거라면 쓰겠지만 말이지."

"후후, 폐하라면 그러시겠죠."

주나 씨가 즐겁다는 듯 웃었다.

"허스키 보이스의 그 여장군도 가수로 등용되었죠?"

"아, 마르가리타 완다 장군이었죠. 좋은 인재를 얻었습니다."

가수로 등용된 마르가리타 말인데, 최근에는 노래자랑의 사회를 맡고 있었다. 남성 우위인 이 나라에서 여성이면서도 장군 자리에까지 오른 담력을 살려, 남성을 상대로도 척척 말을 건네어 세간 여성들로부터 인기를 모으고 있었다.

이야기가 엇나갔네. 지금은 마르가리타보다도 율리우스 쪽을 생각하자.

"그러네…… 기왕이면 좀 짓궂은 짓도 해 볼까."

"짓궂은 짓?"

"다리에 우리 이름을 붙이는 거야. 여덟 개잖아? 그럼 소마교, 리시아교, 알베르토교, 하쿠야교, 루드윈교, 폰초 이시즈카교, 아이샤교, 주나교라고, 각각의 난간에 새기자. 혹시 반을 반환하게 되더라도 '이 다리는 엘프리덴 왕국 덕분에 세워졌습니다' 라고 어필해 두면, 반왕국파가 박살내 주지 않을까?"

"……소마는 꽤 야비한 수법을 쓰네."

리시아가 감탄 절반, 어이없다는 심정 절반이라는 느낌으로 탄식했다.

하지만 반대 의견은 나오지 않았기에 이 안은 그대로 채용되었다. 하는 김에 혹여 다리를 부숴도 상관없도록 튼튼함만 추구하고 장식은 하지 않겠다는 취지도 확인해 두었다.

이것으로 당면한 이야기는 정리되었다. 지금 정한 방침을 가지고 루드윈과 하쿠야가 나가는 것을 지켜본 뒤, 리시아가 물었다.

"역시 제국에서 반의 반환을 요구하면 거절하는 건 힘들어?"

그 물음에는 긍정할 수밖에 없었다.

"뭐, 그렇지…… 기본적인 방침을 바꿀 생각은 없지만, 잔느 경을 상대로 억지스럽게 밀어붙일 수는 없을 거야. 제국의 체면을 구기게 될 테니까. ……지금은 제국과 맞설 힘은 없어. 제국에 적의가 있는 걸로 간주되면 외교적으로는 실패야."

"너희는 그때 잔느 유포리아와 만났다고 그랬지? 정말이야? 용사 소환이 우리 나라에 대한 배려였다는 거."

리시아의 질문에 나는 "뭐, 그렇지." 라며 고개를 끄덕였다.

"소마는 언제부터 알아차린 거야?"

"제국의 황제 마리아가 [성녀]라고 불린다는 사실을 들었을 때부터일까. [성녀]라고 불리는 사람이 그렇게 무리한 짓은 하지 않을 거라고 생각했거든. 다만 잔느 경의 이야기에 따르면 당사자는 이 칭호를 좋아하지 않는 모양이지만."

"그런 칭호를 믿었어?"

"칭호는 편리하니까 내세우는 거야. 그리고 그렇게 편리하니까 유지하려 하지."

　광대한 영토와 다종다양한 종족, 민족을 거느린 제국에 [성녀]라는 간판은 구심력을 얻기에 편리했을 테지. 마왕령의 위협을 상대로 인류가 하나 되어 대처하기 위한 기수가 되니까. 그렇기에 마리아 경은 좋아하지도 않는 [성녀]라는 칭호를 짊어지면서 성녀답게 행동하는 거겠지.

　"그걸 바탕으로 제국의 요구를 호의적으로 해석해 보면, 아마도 그런 걸까……라고."

　뭐, 잔느와 이야기를 나눌 때까지는 확증이 없었지만.

　하지만…… 잔느와 이야기해 보고 확신했다.

　그란 케이오스 제국은 이야기에 나올 법한 [악의 제국]도, 거만한 초강대국도 아니다. 자신들도 필사적으로 나라를 유지하고자 노력하는 '평범한 강국'이었다.

　"그러니까 방심할 수는 없어. 현명한 상대에게는 방심도 자만도 없으니까 말이지."

　"그러네. 각오를 다지고 덤벼야겠어."

　리시아와 둘이서, 진지한 표정으로 마주 보며 고개를 끄덕였다.

　그런 잔느 유포리아가 아미도니아 신임 공왕을 자칭하는 율리우스를 데리고 영토 반환 교섭의 사자로서 반에 나타난 것은 그 다음 날의 일이었다.

─────대륙력 1546년 10월 21일, 반의 성벽

"이것 참, 절경이네 절경이야."

반의 성벽에서 내려다보면 주위에 진을 친 엘프리덴군 5만 남짓.

이를 상대하듯 진을 친 그란 케이오스 제국군 약 5만 남짓, 그 옆에 있는 아미도니아군 약 5천으로 총합 6만의 군세가 보였다.

요전의 전투보다 더욱 많은 숫자의 병마가 시야 아래에 북적거렸다.

"감탄하고 있을 때야? 저 군이 쳐들어오면 어쩌려고."

옆에 선 리시아는 어이없다는 듯 말했다.

"우선 틀림없이 우리가 지겠네. 그렇지?"

마찬가지로 옆에 선 하쿠야에게 묻자 "지당한 말씀이십니다."라며 고개를 끄덕였다.

"병력 숫자, 장수 숫자, 장비, 훈련도, 사기…… 어느 것을 놓고 보더라도 우리 나라는 제국에 뒤처집니다. 혹시 싸움이 벌어진다면 저희 군에게 승기는 없습니다."

싸움의 추세는 [천지인(天地人)], 즉 [하늘의 때(時), 땅의 이치(利), 사람의 화합(和)]에 따른다고 한다.

하늘의 때는 인류 선언의 맹주인 제국군에게 있고, 땅의 이치는 공국군에 있다.

그렇다고 왕국에서 이에 대항하는 사람들 사이에 화합이 있느냐 하면, 없다고 대답할 수밖에 없다. 육군과 공군의 장병들은 복종한 지 아직 얼마 되지 않았고, 침략자였던 아미도니아가 상대라면 모를까 훨씬 우위에 있는 제국군을 상대로 전의를 유지하는 것은 어렵다.

즉, 천지인 어느 하나도 제국과 공국 연합군보다 뛰어난 부분이 없는 것이었다.

"적어도 장비만이라도 우위에 있었으면 했는데……."

여기서도 보이는 제국의 병과에, 대포를 실은 라이노사우루스가 있었다.

공성병기로 라이노사우루스를 사용한 적이 있다고는 들었지만, 제국은 그것을 이동포대로서도 사용하는 모양이었다. 사실 그 발상 자체는 있었지만, 라이노사우루스에게 대포를 싣기 위해서는 발사음에 놀라지 않도록 훈련을 시킬 필요가 있었다. 우리 라이노사우루스는 토모에의 교섭으로 모였기에 어떻게 훈련해야 할지 전망이 서질 않아서 보류되었던 것이다. 착안했던 병과를 제국이 이미 실용화했다는 것은 분한 일이지만 뭐, 군사 부문에서는 초짜가 잠시 생각한 것만으로 떠올릴 수 있을 정도에다가 수요마저 있다면 대부분은 실용화되어 있겠지.

자, 이런 상태로는 싸울 수 있을 리가 없다.

애당초 싸울 생각도 없지만, 싸울 수 있는 태세를 갖추어 놓으면 교섭 카드가 된다. 반대로 말하면, 이쪽을 쉽게 쳐부술 수 있을 정도의 군세가 눈앞에 있으면 그건 저쪽의 카드인 것이다. 알고 있었다고는 해도 상당히 힘겨운 상황이었다.

"폐하, 익숙지 않은 병과가 있습니다."

떨어진 곳에서 적군을 보고 있던 아이샤가 그런 말을 꺼냈다.

"익숙지 않은 병과?"

"어쩐지 전신이 시커먼 풀 플레이트 무리가 보여요!"

"시커먼? ……아니, 잘도 저게 보이는구나."

여기서는 인물은 쌀알보다도 작게 보일 뿐이었다. 감탄한 듯이 말하자 아이샤는 "다크 엘프족은 눈이 좋거든요."라며 자랑스레 가슴을 폈다.

"그 검은 갑옷 무리는, 상당히 긴 무기를 들고 있는 것 같네요."

"그건 아마도 [마장갑 병단]이 아닐까 싶습니다."

하쿠야가 그리 보충했다. 익숙지 않은 단어가 나왔는데.

"마장갑 병단?"

"중갑장창병의 대마법 특화형이라고 할까요. 저 검은 갑옷은 온갖 마법을 막아내는 장벽을 끊임없이 발생시켜서 그들이 대열을 짜고 진격하는 것만으로 제국의 영토가 넓어진다고까지 일컬어지는, 제국이 자랑하는 비장의 병단입니다."

호오…… 장창병이라면 대기병용 장창 부대였지?

전략 시뮬레이션 게임으로 얻은 지식이지만, 돌격하는 기병을 상대로는 팔랑크스(밀집 진형)를 짜고 창을 내질러서 반격하는 느낌의 병과였을 터. 아마도 기동력이 생명인 기병의 움직임을 멈춘다든지 하는 식으로, 상황에 따라서는 강력한 병과라고 생각하지만 애초에 상대를 기다리는 전법을 주로 사용한다는 점에서 운용하기 어렵지 않나 싶었다.

"마법을 무력화할 수 있다고는 해도, 비장의 병단이라고 할 정도의 수준인가?"

그리 묻자 하쿠야는 어이없다는 듯이 되물었다.

"이 대륙에서 화약 병기가 발달하지 않은 이유를 기억하고 계십니까?"

"마법 쪽이 더 위력이 높고 사거리도 기니까 필요가 없었던 거잖아? 그러니까 마법의 힘이 약해지는 해전이나 공성전에서 활약할 수 있는 대포 이외에는 연구되지 않았다."

"예. 그에 더해서, 이 대륙에 사는 생물의 표피는 단단해서 어지간한 화약 병기로는 대미지를 줄 수 없다는 이유도 있습니다."

즉 엽총으로 쓸 수 없다는 것도, 화약 병기가 발달하지 않은 이유 중 하나라는 건가. 강선이 있어서 관통력을 늘린 소총이 개발되었다면 그렇지도 않을 테지만, 그것의 개발도 그저 탄환을 발사하는 머스킷총(일본의 화승총은 초기 머스킷에 해당)의 보급이 있었기에 이루어졌을 테지. 연구를 개시하기 위한 토대가 없는 것이었다.

차라리 소총이라도 개발해 볼까 생각하는데 하쿠야가 말했다.

"또한 이 세계에는 부여술식이 있습니다. 방어구에는 수준의 차이는 있습니다만, 대미지를 경감시키는 술식이 부여되어 있습니다. 반대로 그것을 부수기 위해 무기에 대미지를 증가시키는 술식이 부여되는 것이 일반적입니다."

"뭐야, 이 악순환은……."

"죄송합니다만, 기술이란 그렇듯 진보하는 것이 아니겠습니까. 그리고 무기나 방어구에 부여되는 술식은, 질량이 큰 물질일수록 강력하게 부여할 수 있습니다. 즉, 이 세계에서는 탄환보다 화살이, 화살보다 투창이 강합니다."

그래서야 소총을 개발하더라도 작은 탄환으로는 큰 위력을 낼수 없다는 이야기일까. 더더욱 총포 부대의 실용성이 사라지는구나. 뭐, 이 나라를 총기 사회로 만들고 싶은 건 아니니까 딱히 상관없지만. 하쿠야는 계속 이야기했다.

"그런 세계에서 마법도 와이번의 폭격도 통하지 않고 기병 돌격도 허락하지 않으며 사람 사이즈의 집단이기에 대포로는 쉽게 맞출 수도 없다. 그런 검은 갑옷의 집단이 척척 들이닥치는 것입니다. 적의 입장에서 본다면……."

"조금 호러틱하네. 지옥의 군단으로밖에 안 보일 거야."

적어도 평야에서 싸운다면 무적이겠지. 구릉지나 습지처럼 발밑이 안정되지 않는 곳에서 싸우든지, 어떻게든 함정투성이인 장소로 유인해서 대열을 흐트러뜨린 다음에 포위하면…… 그런 생각도 들었지만, 이 발상은 애당초 방어전이 전제겠구나. 공격하는 측에서는 싸울 장소를 선택하기 어렵다.

그들이 대열을 짜고 진격하는 것만으로 제국의 영토가 넓어진다.

그런 의미에서도 [마장갑 병단이 진격하는 것만으로 제국의 영토가 넓어진다]는 표현은 가히 절묘했다.

"그리고 제국군은 마장갑 병단 이외에도 강력한 부대를 보유하고 있어."

리시아가 적진을 노려보며 말했다.

"와이번 기병은커녕 용기사와도 필적한다고 일컬어지는 그리폰 기사단, 우리보다 질적인 측면에서 압도적인 마도사 부대, 전투에 특화된 라이노사우루스 부대…… 제국군과 싸운다는 건, 그것들 전부를 모조리 상대한다는 의미야."

아아…… 그야 그렇지. 적군에 있는 건 마장갑 병단만이 아니었다.

장소만 유리하다면 싸울 수 있겠다는 판단은 초짜의 얕은 생각이었다.

"……역시 제국에는 이길 수 없겠네."

"소마……."

걱정스러운 표정을 짓는 리시아를 보고 나는 미소를 지었다.

"지금은 아직 그렇지. 언젠가 어깨를 나란히 할 법한 나라를 만들어내겠어."

나는 짝짝 손뼉을 치고는 명령을 내렸다.

"자, 저들을 맞이하기로 할까."

반 성의 알현실.

파르남 성과 비교하면 색상도 장식품도 장엄한 이 공간에서 내가 앉은 옥좌 몇 계단 아래의 융단 위에 선 사람은, 그란 케이오스 제국의 황제 마리아의 여동생 잔느 유포리아와 아미도니아 공왕 가이우스 8세의 장자 율리우스였다.

이 청년이 율리우스인가. 나이는 20대 중반 정도로, 하쿠야처럼 예리한 느낌의 미남이었지만 그보다 조금 더 차가운 느낌이 들었다. 감정을 억누르고 있는 모양이지만, 그의 눈동자 안쪽에는 나를 향한 적개심이 창백한 불꽃처럼 일렁이고 있었다.

반면에 잔느는 실로 당당했다. 이곳은 말하자면 적지일 터인데도, 호위도 데려오지 않고 율리우스와 둘이서 들어온 그 담력에는 감탄했다.

그런 두 사람을 맞이하는 이쪽의 진용은, 내 좌우로 리시아와 하쿠야가 서고 비스듬히 뒤쪽에 아이샤가 호위로서 자리 잡고 있을 뿐이었다.

그런 모습을 보고 잔느는 고개를 갸웃거렸다.

"의외네요. 수많은 병사가 보고 있는 상황에서 회견을 가질 거라 상상했는데."

"두 사람과 회견하는 데에 과도한 병사가 있어봐야 차분하게 진행하질 못하잖아?"

"과연. 대담한 분이시군요."

잔느는 감탄한 듯 말했지만 나는 내심 쓴웃음을 지었다.

단순히 저쪽 세계에서 읽은 전기(戰記)물(사기였는지 삼국지였는지는 잊어버렸지만)에서, 어느 나라의 군주가 마치 잔느가 말한 것 같은 태도로 적국의 사자를 맞이하고는 그에게,

[단 한 사람과 회견을 가지는데 병사를 배치하는 것이 왕국의 예의인가.]

[병사의 보호가 없으면 안심할 수 없는 겁쟁이인가.]

그런 말로 창피를 당하는 장면을 떠올렸기 때문이지만……

그냥 넘어가자.

"다만 뒤쪽의 그 분이 계신다면 안심이겠네요."

잔느는 눈치 빠르게 아이샤를 보았다. 무인으로서 통하는 게 있는지, 아이샤의 역량을 정확하게 간파한 모양이었다.

"좋은 무인이네요. 한번 대련을 부탁드리고 싶지만, 저로서는 승리하기 어려울까요. 역시 소마 님, 좋은 가신을 두었군요."

"……음, 고맙군."

뭐, 어디까지 진심인지 모를 칭찬이지만 말이지. 긴장한 아이샤의 모습을 보아하니 잔느도 결코 뒤처질 법한 무인은 아니겠지.

"그쪽도 일국의 왕과 대면하는데 호위병도 없이 오다니 대담하군. 이 자리에서 암살당한다든지, 그런 걱정은 하지 않는 건가?"

"저는 화평의 사자로 왔습니다. 어째서 해를 입을 걱정을 할까요."

그리 말하고 미소 짓는 잔느도 상당한 능력자였다.

호위병은 없지만 경호용 은밀 부대는 잠입한 상태가 아닐까. 어쩌면 지금도 보이지 않는 장소에서, 이 회담을 경호하고 있는 주나 씨의 해병대와 맹렬하게 대치하고 있을지도 모른다. 다음으로 나는 율리우스 쪽을 봤다.

"처음 만나는군. 내가 소마 카즈야다."

"……아미도니아 공왕 율리우스다."

눈에 적의를 숨기지도 않고, 율리우스는 공왕을 자칭했다. 가이우스 8세가 전사하면서 대를 이은 거겠지. 우리가 반을 점령하고 있으니 정식으로 대관식을 치르지는 않았을 테지만 나(잠정 국왕)도 비슷한 상황이니 지적하지는 않았다.

"그럼 두 분께서 오신 용건을 듣기로 할까."

내가 그리 말하자 율리우스는 곧바로 입을 열었다.

"단도직입적으로 말하겠다. 조속히 반을 반환해 줬으면 한다."

"율리우스 공……."

잔느가 곤란하다는 표정을 지었지만 율리우스는 개의치 않고 계속 말했다.

"우리 아미도니아 공국은 [인류 선언]에 가맹하였다. 조문에는 '무력에 따른 국경선의 변경을 인정치 않는다.'고 되어 있다. 엘프리덴 왕국은 반을 무력으로 점령했다. 그러니 이 조문에 따라 반과 주변 영지의 즉각 반환을 요청하기 위해, 그란 케이오스 제국이 파견하신 사자인 잔느 경과 함께 이곳에 왔다."

"제멋대로인 소리를 하는군."

나는 의자에 팔을 괴며 율리우스를 노려봤다.

"먼저 엘프리덴 왕국으로 침공한 건 그쪽일 텐데. 무력에 따른 국경선의 변경을 획책하고서는 막상 싸움에서 패배하니 [인류 선언]을 방패로 제국의 위광을 빌려 영지 반환을 청한다. 보기 흉하다고 생각하지 않나?"

"……엘프리덴 왕국 침공은 아버지 가이우스의 독단이다."

"귀공도 종군하였으니 같은 죄겠지. 애당초 영토 반환 교섭보다도 먼저, 우선은 우리 나라를 침공한 걸 사죄해야 하지 않나?"

"큭……."

"율리우스 공. 소마 전하의 말이 옳다. 이쪽은 영토 반환을 부탁하는 입장이야. 우선은 귀공이 성의를 보이는 것부터 시작해야 할 터."

율리우스는 진심으로 분노하는 태도였지만, 자신이 의지해야 할 잔느가 그리 재촉했기에 싫다는, 정~말로 싫다는 태도로 머리를 숙였다.

"……귀국에 침공한 것은 선대 공왕 가이우스의 독단이었다고는 해도, 그것을 말리지 못했던 것은 내 부덕이겠지. 그 점은 사죄하겠다."

사죄의 말로 들리지는 않지만, 이런 거겠지. 율리우스는 이어서 말했다.

"그러나 현재 우리 국경을 침범한 것은 귀국이다. 인류 선언에 가맹한 우리는, 제국에 이것을 반환하도록 움직여 줄 것을 요청할 권리가 있다."

"……율리우스 공은 이렇게 말하는데, 제국은 어떻지?"

이야기를 돌리자 잔느는 보란 듯이 어깨를 으쓱였다.

"제국으로서는 아미도니아 공국의 자업자득에 도움을 주고 싶지는 않지만…… 인류 선언의 가맹국인 이상, 요청에 응하지 않을 수는 없습니다."

"그러니까 제국도 우리 나라를 상대로, 반을 포함한 점령 중인 영토 반환을 요청한다고?"

"그렇습니다."

음. 제국으로서는 그런 태도를 취하겠지. 옆의 율리우스가 자못 당연하다는 표정을 짓고 있는 건 짜증나지만, 여기까지는 예상 그대로의 전개였다.

그러니까 이쪽도 예정대로의 대답을 하자.

"거절한다."

"뭐라고……."

단호한 거절은 예상 밖이었는지 율리우스는 한순간 말을 잃었다.

그러나 이내 노발대발한 표정을 지으며 말했다.

"제정신인가! 인류 선언을 어기다니."

"딱히 인류 선언을 어기겠다는 건 아냐. 다만 아미도니아의 방법이 마음에 안 들 뿐이지. 먼저 엘프리덴 영내로 침공해 놓고는 반대로 침공을 당하자 무력에 따른 국경선의 변경이라고 떠들어 대다니. 도리에 어긋나는 일이잖아."

"그건…… 모두 선대 공왕 가이우스의 독단으로……."

"그게 궤변이라는 건 귀공도 알고 있을 텐데?"

그리 되묻자 율리우스는 말문이 턱 막혔지만,

"……뭐라고 하든 귀공이 우리 국민을 점령 하에 두고 있다는 사실은 변하지 않는다. 나는 이 나라의 왕으로서 점령 하에 있는 국민을 해방시켜야만 한다."

그리 반론했다. 점령 하에서 해방이라…….

"과연 해방되는 것을 반의 주민들이 바라고 있을까?"

"뭐라고?"

"율리우스 공. 여기로 오면서 반의 거리를 보지는 않았나?"

내 질문에 율리우스는 눈을 동그랗게 떴지만 이내 이쪽을 노려보며 말했다.

"반은 내가 태어나고 자란 도시다. 귀공들보다 잘 알고 있어."

"그런가…… 그렇다면 현재 반의 '색(色)'을 어떻게 보나?"

"색? 정신 사나운 색깔의 지붕이나 벽이라면 몇 채나 봤다만……."

아아…… 뭐, 확실히 정신 사납다고 할 법도 한가.

"미적 센스는 사람마다 제각각이니까 이러쿵저러쿵 할 생각은 없다. 그러나 율리우스 공. 점령 하에 처해서 압정에 신음하는 백성이 과연 지붕이나 벽을 컬러풀하게 칠해야겠다고 생각할까?"

율리우스를 격앙시키지 않도록 나는 차근차근 말했다.

"지배자가 압정을 펼치고 있다면, 국민은 지배자의 시선을 격정하여 눈에 띄지 않도록 행동하겠지. 화려한 짓을 해서 눈에 띈다면, 자신들에게 어떤 재난이 들이닥칠지 알 수 없으니까 말이야. 그러니까 압정에 시달리는 민중일수록 불만을 입에 담지 않고, 마음을 태도로 드러내지 않으며 진심을 마음속 깊숙이 밀어 넣는 거야. 하물며 지붕이나 벽을 컬러풀하게 칠하겠다는 발상은 절대로 나오지 않겠지."

그 부분에서 나는 한 번 말을 끊었다가, 율리우스의 눈을 똑바로 바라보며 말했다.

"그런데 귀공들이 반에 있었을 때, 거리의 색은 어땠지?"

내 질문에 율리우스는 입을 굳게 다물었다. 그야 그렇겠지.

반에 입성했을 때, 내가 느낀 색깔은 '회색'이었다.

구획 정리도 되지 않아 미로 같은 거리에 늘어서 있는 건, 회색의 벽에 흙색 지붕의 개성이라고는 없는 집들뿐이었다. 색조를 통일한 것도 아닐 터인데 획일화되어 있는 이유는, 이 도시의 주민에게 자유로운 기풍이 없었던 탓이리라.

"내가 다스리고 있는 지금의 반과, 귀공들이 다스리던 예전의 반. 과연 어느 쪽이 '점령 하'에 있는 걸로 보일까?"

"귀공은…… 우리가 압정을 펼쳤다고 말하려는 건가."

"사실이잖아. 국가 예산 대부분을 군사에 쏟아붓다시피 했지 않나. 국민이 낸 세금은 본래 국민의 복지로 환원해야 하는 것인데. 거리 정비도, 길 정비도, 상업 육성도 않고 군사에만 혈세를 쏟아부었다. 그것이 압정이 아니고 무엇이란 말이냐!"

"이 자식!"

"율리우스 공!"

덤벼들려는 율리우스를 잔느가 제지했다. 율리우스는 반걸음 정도로 멈춰 섰지만, 분하다는 듯 이를 악물고 있었다. 회견에 맞추어 무기 휴대는 허락하지 않았지만 잔느가 제지하지 않았더라면 위험했을 장면이었다.

"아이샤도 칼자루에서 손 떼."

"……예."

비스듬히 뒤쪽에서 살기가 풀풀 풍겼기에 그리 못을 박아 두자 혼이 난 어린아이처럼 기운 빠진 목소리가 들렸다. 그렇게 풀 죽을 일도 아닌데 말이지.

내가 이렇게 율리우스를 상대로 당당하게 몰아붙일 수 있는

것도, 여차할 때에 아이샤가 지켜 줄 거라는 안도감이 있기에 가능한 일이니까. 그리고,

"소마 님…… 율리우스 공을 도발하는 건 그만두셨으면 합니다."

잔느가 한숨을 섞어 그리 직언했다.

"나는 사실을 말했을 뿐이야. 경세제민…… 세상을 고치고 백성을 구하는 것이 정치가가 취해야 할 모습임에도 불구하고, 혈세를 군비에 쏟아부어 낭비하던 그들의 통치야말로 압정이지."

"누구 때문이냐! 네놈들 엘프리덴 왕가가 선조의 땅을 빼앗지 않았다면!"

"또 그건가…….."

변함없는 주장을 되풀이하는 율리우스를 보고 나는 한숨을 내쉬었다.

"아미도니아 왕가는 사사건건 엘프리덴 왕가를 향한 복수를 부르짖었지만, 귀공은커녕 가이우스마저도 당사자가 아니었을 터. 덧붙여서 나는 이 세계에 온 지 얼마 되지 않은 인간이다. 그런 내게 귀공들은 대체 무슨 원한이 있다는 거지?"

"윽! 그건…….."

"오히려 우리 나라에 계속 해를 끼쳤던 건 귀국이겠지. …… 하쿠야."

"옛."

내가 신호를 주자 하쿠야는 둥글게 말린 종이를 꺼내어 두 사람에게 건넸다.

그 종이에는 사람들 몇 명의 이름이 적혀 있었다. 그 이름을 보고 잔느는 고개를 갸웃거렸지만 율리우스는 벌레라도 씹은 표정을 지었다.

"이건…… 뭔가요?"

잔느가 묻자 하쿠야는 고개를 꾸벅 숙이고는 설명했다.

"여기에 적힌 이름은, 아미도니아 공국에 선동된 엘프리덴 왕국 내 귀족들의 이름입니다. 이 중에는 선대 국왕의 치세에 반란을 꾀하여 토벌된 자도 있습니다. 아미도니아는 그들을 선동하고, 반란을 부추기고, 부정을 교사하고, 왕가를 상대로 비협조적인 태도를 취하도록 꼬드겼습니다."

"뭐라고……."

잔느가 차가운 시선을 보내자 율리우스는 입을 꾹 다문 채로 고개를 숙였다.

삼공을 선동하려 드는 모양이어서 하쿠야에게 조사를 시켜 봤더니, 이것 참, 뒤에서 시키면 녀석들이 계속 쏟아지더라고. 명부 안에는 부정부패를 저지른 귀족의 이름도 보이지만, 개중에는 이번 일련의 싸움에서 형세를 살피며 계속 구경만 하던 귀족의 이름도 볼 수 있었다.

수도로 돌아가면 이쪽 문제에도 손을 대어야만 하겠지.

"잔느 경. 아미도니아 공국은 인류 선언에 협력하는 척하면서 뒤로는 이 정도까지 암약하고 있었습니다. 이러고도 잘도 왕국에 대한 복수 운운을 했지요."

"그 복수도 결국 자신들한테 좋을 식으로 앞세웠을 뿐이고."

하쿠야의 뒤를 잇듯, 나는 율리우스를 노려보며 말했다.

"나라가 가난한 것도 왕국 탓, 백성이 굶주리는 것도 왕국 탓, 백성이 괴로움에 허덕이는 것도 왕국 탓, 혈세가 국민을 위한 것이 아니라 군비에 사용되는 것도 왕국 탓."

"……무슨 이야기를 하고 싶은 거냐."

"편리하잖아. 복수라는 명분만 주창하면 자신들의 실정을 감추고 국민의 분노도 엘프리덴 왕국으로 향하게 만들 수 있으니까 말이야."

"이 자식, 건방지게!"

"율리우스 공!"

이번에야말로 덤벼들려던 율리우스를, 잔느는 크게 소리쳐서 제지했다.

그리고 이쪽으로도 엄한 시선을 던졌다.

"소마 전하, 도발하지 말아 달라고 했을 텐데요."

"……미안하군. 다만 이쪽도 아미도니아의 행동에 잔뜩 화가 났다는 건 알아 줬으면 한다."

"그건…… 알겠습니다."

"고맙군. 그러니 하나 제안을 하겠는데."

자, 지금부터가 진짜 이야기다. 그러는 것 마냥 두 사람을 향해서 말했다.

"율리우스 공은 물러나 주시지 않겠나."

갑작스러운 내 제안에 율리우스는 그야말로 분노의 화신으로 변했다.

"웃기지 마라! 어째서 우리 나라의 수도를 돌려받기 위한 교섭에서 내가 제외되어야만 하나!"

예리한 미형의 분노한 얼굴은 평범한 사람보다 5할 정도 더 굉장하게 느껴졌다.

이 세계로 오기 전의 나라면 그의 험악함에 압도당했을지도 모르겠지만⋯⋯ 이래 봬도 반년 정도 왕으로서, 그야말로 가이우스 같은 더욱 무서운 인간과 목숨을 걸고 싸웠다. 이제 와서 이 정도의 위압감에는 겁먹지 않는다.

"단순한 이야기다. 애당초 아미도니아 공국과 교섭할 필요가 없어."

"뭐라고?!"

"내가 교섭 테이블에 앉아 있는 것은 제국을 상대로 '반의 영유권을 인정받고 싶기' 때문이야. 반대로 제국은 무력에 따른 국경선의 변경은 인정할 수 없는 입장이니까, '반을 아미도니아에 반환했으면 한다'며 교섭하러 온 거잖아? 그렇다면 교섭은 왕국과 제국 사이에서 진행하면 그만이겠지."

이 교섭은 처음부터 왕국과 제국의 교섭이었다. 공국은 덤에 불과했다.

원한을 이유로 교섭이 원활히 진행되지 않을 바에는 차라리 물러나 주는 편이 고맙겠지. 잔느도 그건 알고 있는 모양이었다.

"⋯⋯율리우스 공. 여기는 내게 맡겨 주지 않겠나."

"잔느 경?! 하지만⋯⋯."

"서로 험악한 분위기 그대로는 교섭을 진행할 수 없겠지. 제국으로서도 다른 나라의 다툼을 조정하는 데에 시간을 들이며 빼앗기고 싶지는 않아. 반은 반드시 돌려받을 테니 여기는 내게 맡겨 줬으면 한다."

"그건…… 일방적인 주장이 아닙니까."

"그렇다면 제국은 손을 뗄 터이니 나머지는 스스로 교섭하면 되겠지."

율리우스는 더더욱 격하게 말하려고 했지만 잔느는 딱 잘라 말했다.

"개인적인 의견을 이야기하자면, 이번 건은 아미도니아 공국 측에 잘못이 있다고 여겨집니다. 인류 선언에 가맹한 상태니 도움을 주러 나서기는 했지만, 우리 나라를 믿지 못하겠다면 제국은 이 교섭에서 손을 떼겠습니다."

공국만으로 반을 탈환할 수는 없다.

제국이 교섭에서 물러나겠다는 의사를 비친다면 더는 아무 말도 할 수 없었다. 율리우스는 번민하는 표정을 지은 뒤, 짜내는 듯한 목소리로 말했다.

"반은…… 되찾아 주시는 거겠지요?"

"소인의 언니, 그란 케이오스 제국 마리아 유포리아 황제 폐하의 이름을 걸고."

"……잘 부탁드립니다."

율리우스는 잔느에게 머리를 숙이고는 알현실에서 나갔다.

그 뒷모습을 지켜본 뒤, 나와 잔느는 나란히 한숨을 내쉬었다.

"……죄송합니다. 저희 곤란한 가맹국이."

"……마음은 잘 알겠어."

우리는 함께 미소를 띠었다. 서로 상대가 자신의 속마음을 깨달았다는 사실에 자연히 미소가 떠오른 것이었다. 험악한 분위기는 사라졌지만, 그래도 여전히 팽팽한 분위기임에 변함은 없었다. 아니, 긴장감 정도는 오히려 조금 전까지보다 커진 듯했다.

이 회담은 엘프리덴 왕국에도 그란 케이오스 제국에도, '미래'의 일을 결정하게 되는 회담이니까 무리도 아니겠지.

"율리우스 공을 도발한 건, 혹시 이런 장면을 만들기 위해서였나요?"

잔느의 질문에 나는 쓴웃음 지으며 고개를 가로 저었다.

"거의 정답이야. 저 부자 때문에 왕국의 재건은 늦추어지고, 나는 필요 없는 일을 하는 꼴이 되었으니까 말이야. 원망 정도는 하고 싶더라고."

"그러십니까."

잔느는 딱히 신경 쓰는 기색도 보이지 않고 그리 말했다.

그리고 잔느는 가슴 앞으로 손을 대고 공손하게 인사했다.

"새삼스럽지만, 소마 전하. 그란 케이오스 제국 대장 잔느 유포리아입니다. 이곳에는 언니 마리아 유포리아를 대신하여 왔습니다."

"잘 오셨소, 잔느 경. 엘프리덴 국왕(잠정) 소마 카즈야다."

새로이 시작하듯, 나와 잔느는 서로 자신을 소개했다.

조금 전까지 잔느는 말수가 적었지만, 그때까지의 태도를 완전히 뒤집듯이 경쾌한 말투가 되었다. 잔느는 옆에 선 리시아에게 미소 지었다.

"리시아 공주님도, 건강해 보이셔서 안심했습니다."

"잔느 경도 건강해 보이시네요."

리시아도 그리 말하고 미소를 지어 답했다.

"응? 두 사람은 면식이 있었나?"

"응. 어릴 적에 딱 한 번. 마왕령이 출현하기 전이었던가."

"그렇군요. 아마도 선대 국왕 알베르토 경과의 회담을 맡은 외무대신에게 억지를 부려서 따라왔을 때였죠. 같은 나이이기도 해서 함께 놀았습니다."

과연. 왕족끼리 그런 인연도 있는 건가.

그러자 잔느는 리시아의 몸을 바라보며 말했다.

"리시아 공주는 옛날보다 더욱 강해지셨군요. 보면 알 수 있어요."

"그러는 잔느 경이야말로. 그때도 결국 한 판도 못 이겼어."

잠깐만! 어째서 같이 놀았다는 이야기에서 승패가 나오는데?!

"너무 말괄량이잖아……."

"……그때는 온후한 마르크스도 화냈지."

"저희 쪽 외무대신은 울고 있었죠. 하하하."

아니아니, 웃을 일이 아니잖아…… 당시의 마르크스나 얼굴도 본 적이 없는 제국 외무대신의 노고가 눈에 선하네. 그때 "뭐, 옛날이야기는 여기까지 하고."라며 잔느가 말을 꺼냈다.

"슬슬 진짜 이야기를 하고 싶습니다만."

"……알고 있어. 일단 장소를 옮길까."

이 기회에 제국과는 속을 털어놓고서 이야기하고 싶으니까. 그를 위해서는, 회담 장소는 서로 마음을 차분하게 가질 수 있는 장소가 좋겠지. 종이와 펜도 필요했다.

"아, 그 전에…… 리시아, 세리나를 불러줘."

리시아는 고개를 끄덕이고는 한 번 물러나더니 잠시 후에 메이드 옷을 입은 여성을 데리고 나타났다.

리시아를 따르는 메이드장 세리나였다. 나보다도 조금 연상의 이지적인 미인 메이드장은 에이프런 스커트 끝을 살짝 들어올리며 인사를 했다.

"부르셨사옵니까. 폐하."

"세리나. 귀빈실에 아미도니아 공태…… 공왕 율리우스 공이 있어. 잔느 경과의 이야기는 길어질지도 모르니까 먼저 주연을 열도록 해 줘."

그리 명령하자 세리나는 공손하게 머리를 숙였다.

"알겠습니다. 하온데 폐하. 이 성의 술 창고에 있는 테큐르의 묵은 술을 개봉할 수 있도록 허가해 주셨으면 합니다만."

그리 말한 순간, 세리나의 눈이 요염하게 빛난 것 같았다. 그 뭐시기라는 술을 마시고 싶은 걸까? 딱딱해 보이는 이미지인데, 사실을 술을 좋아한다든지 말이지. 손님에게 제공하려는 거라면서 자기가 마시고 싶을 뿐이라거나?

"……세리나의 재량에 일임하지. 대접해 준다면 그걸로 충분해."

"알겠습니다. 율리우스 공은 제가 '부어' 드리겠습니다."

그리 말하고 세리나는 얼음장 같은 미소를 띠더니 인사 후 방을 나갔다.

그 미소는 신경 쓰였지만, 대접한다고 그랬으니까 괜찮겠지. 그리 생각하며 옆을 보니 리시아와 하쿠야가 굳은 표정을 짓고 있었다.

"왜, 왜 그래? 둘 다."

"소마…… 테큐르라면 '센' 걸로 유명한 술이야."

"맛이 좋은 터라 과음하고 말지만, 익숙지 않은 사람이 마시면 금세 꿈의 세계로 떠나 버릴 테죠. 본래는 주스나 차에 두세 방울 떨어뜨려서 마시는 술입니다."

하쿠야가 골치 아프다는 표정으로 그리 보충했다.

"어, 그럼 그런 술을 '부어' 준다고 하면…….."

"주연은 10분도 안 되어 끝이 날 겁니다."

"대접할 생각이라고는 없는 거야?!"

메이드장 세리나. 용모단정하고 일도 완벽하게 처리하며 예의 바르고 배려심도 깊은, 흠잡을 곳 없는 메이드인데 S 성향이 지나치게 강하다는 나쁜 버릇이 있었다. 특히 귀여운 여자아이일수록 '괴롭히고' 싶어진다나. 그것도 단순히 괴롭히는 것이 아니라, 수치심을 자극해서 부끄럽게 만드는 걸 좋아하는 듯했다.

그런 세리나의 손에 걸리면 율리우스도 박살나겠지.

뭐, 주연은 율리우스에게 제국과의 교섭 내용이 알려지지 않도록 하는 것이 목적이니까 고주망태로 만들어 버리는 것도 충분히 괜찮은 방법일 테지만…….

"나, 지금만큼은 율리우스를 동정할래."

리시아가 죽은 물고기 같은 눈빛으로 말했다.

"세리나, 저런 거만한 타입을 괴롭히는 것도 좋아하는걸."

"꽤, 꽤나 실감이 담긴 말이네……."

"내가 응석을 부렸을 때 질책하는 건 마르크스였지만, 예의를 가르치는 건 세리나였어. 물론 세리나는 메이드니까 체벌을 하지는 않지만, 그 대신에 정신 공격을 하는 거야. 적어도…… 적어도 그것만큼은…… 아니, 그것도 있나…… 아, 정말이지, 왜 항상 최악의 순간에만 들키는 건지."

"대체 얼마나 약점을 잡힌 거야……."

머리를 부여잡은 리시아를 달래며 나는 한숨을 내쉬었다.

"후훗. 정말로…… 재미있는 나라네요."

시야 한편에서 잔느가 웃음을 눌러 삼키는 모습이 보였다.

그 후, 장소를 옮겨서 잔느를 안내한 곳은 집무실이었다.

차분히 앉아서 교섭을 하려면 이 방이 안성맞춤이라고 생각했으니까.

사람이 모일 정도로는 그럭저럭 넓고 펜도 종이도 잔뜩 있다. 게다가 필요한 자료를 간단하게 가져올 수가 있는 점도 매력이었다. ……다만 방으로 들어온 잔느의 주의를 끈 것은 한구석에 놓여 있는 침대인 듯했다.

"소마 님, 저 침대는?"

"내 거야. 바쁜 탓에 내 방을 가지고 있지 않은 터라."

"소마 님은 집무실에서 주무시는 겁니까?!"

"정말로 부끄럽기 그지없습니다."

내가 아니라 하쿠야가 부끄럽다는 듯 대답했다. 하지만 아무래도 잔느가 놀란 것은, 집무실에서 잠을 잔다는 것 자체가 아닌 모양이었다.

"설마 언니랑 같은 국왕이 있었다니⋯⋯."

"예?"

언니라면⋯⋯ 마리아 경인가? 어, 제국의 여제도 집무실에서 잠을 자는 건가?! 그리 묻자 잔느는 떨떠름하다는 표정으로 말했다.

"아무리 그래도 자기 방이 있기는 하지만, 정무로 바쁠 때라든지 그럴 때는 방에 비치된 침대에서 잠을 자요. 게다가 언니의 경우, 간이침대가 아니라 푹신푹신한 진짜 침대를 들여놨죠. 더 질이 안 좋네요."

"⋯⋯⋯⋯⋯."

⋯⋯뭘까. 지금 굉장히, 제국의 황제에게 친근감이 솟구치는 기분이 들었다.

"언니는 적어도 막대한 영토를 거느린 제국의 황제이신 몸. 신하들에게 모범이 되지 않으니까 그만두라고 몇 번이나 청했지만, '딱히 상관없잖아. 이 침대, 잠이 잘 오는걸~'이라고 고집만 부리며 전혀 들어주질 않아요."

잔느가 한숨을 섞어 말하자 어째선지 하쿠야가 연신 고개를 끄덕이고 있었다.

　"잘 압니다. 저도 폐하께 수차례 자신의 방을 만들고 거기서 주무시도록 진언했으니. 그러나 폐하께서는 그럴 때마다 '하지만 이게 효율적이니까.'라는 한마디로 넘겨 버리셨죠."

　"아아, 알겠네요. 정무로 피곤하다는 건 알겠지만, 부하의 시선은 좀 신경 써 줬으면 하는데. 특히 언니는 성녀라는 이미지를 가지고 있으니까 너무 한심한 모습은 보이지 않았으면 좋겠어요."

　"잘 압니다. 그 점에 대해서 저는 이미 포기했습니다. 폐하께서도 일단 [용사]라는 간판을 걸고 계십니다만, 하시는 일이 원체 전대미문이시라……."

　알겠네요, 알겠습니다. 연신 그런 이야기를 나누는 두 사람. 어째서 의기투합하는 거지?

　"소마 님은 타산적으로 그러시는 거니 괜찮다고 생각해요. 언니는 그저 칠칠치 못한 것뿐이기에. 조금 천진난만한 편도 있으니까."

　"귀여운 면이 있어서 좋지 않습니까. 폐하의 경우, 타산적이기에 나쁜 겁니다. 국왕으로서 폐하께선 부하의 의견에 귀를 기울이시지만, 어째서 사생활에 주의를 드리는 순간에는 못 들은 척을 하시는 건지."

　"하쿠야 경도 고생이 많으시네요."

　"아닙니다, 잔느 경이야말로."

의기투합하는 잔느와 하쿠야. 단단히 악수라도 나눌 기세였다.

지금 여기서 [고약한 군주 피해자 모임]이 결성되었습니다……라니, 웃을 수가 없네. 나로서는 거북하니까 이 화제는 빨리 끊어 버리고 싶지만, 여기서 쓸데없이 끼어들면 잔소리와 태클이 세트로 날아올 것 같으니까 잠시 침묵하기로 했다.

그리고 두 사람의 대화가 잠잠해졌을 때를 노려서 나는 어흠 헛기침을 한 번 하고 잔느에게 방 중앙에 놓인 긴 테이블 앞의 의자에 앉도록 권했다.

"어쨌든 좀 앉아. 얼른 교섭을 시작하지."

"아…… 예. 알겠습니다."

잔느는 표정을 가다듬고 자리에 앉았다. 긴 테이블을 사이에 두고 마주하자, 잔느는 내 눈을 똑바로 응시하듯 바라보며 이야기를 시작했다.

"우선은 이번 반 점령에 대해서 이야기할까요."

"…………"

"정말 유감이지만 율리우스 공과 약속해 버렸으니, 제국으로서는 역할을 다해야만 합니다. 부디 반을 반환해 주시지 않겠습니까."

"……결론을 그리 서두를 필요도 없겠지. 모처럼 왕국의 수장과 제국의 넘버 2가 직접 교섭을 진행하는 드문 기회잖아. 이 기회에 이야기 나누고 싶은 것, 정보를 공유하고 싶은 게 잔뜩 있어. 서로 기분 나쁠 법한 이야기는 뒤로 좀 미뤄도 괜찮겠지."

그리 제안하자 잔느는 생각에 잠긴 표정을 지었지만 이윽고 고개를 끄덕였다.

"……그렇군요. 그렇다면 성 밖에서 대기시킨 우리 쪽 관료를 부르고 싶은데, 괜찮을까요?"

"허가하지. 신체검사는 할 테지만 말이야. ……밖에 누구 있나?"

출입문을 향해 말하자 세리나가 "실례합니다."라며 들어왔다.

아니, 어째서 세리나가 있는 거지?!

"……율리우스 공을 대접하도록 부탁했을 텐데?"

"[대접]은 이미 완료되었습니다."

세리나는 시원스러운 표정으로 말했다. 지금은 아직 저녁 정도인데, 율리우스는 벌써 곤드레만드레 취해 버렸나. 세리나…… 역시 무서운 사람이다.

"무슨 일이시죠? 폐하."

"어, 아니…… 우리 관료들과 잔느 경이 데려온 관료 분들을 데려와 줘. 일단 무기를 지니지는 않았는지 신체검사를 하도록."

"알겠습니다."

우아한 동작으로 물러나는 세리나. 그녀만큼은 적으로 돌리고 싶지 않아…….

♚ 제4장 ✸ 맹약

————회의는 춤춘다. 어지러운 춤사위를.

"제국 쪽의 올해 농작물 생육 상황은 어떻지?"

"감사하게도 올해는 대부분의 작물이 풍작이었습니다. 특히 밀이 잘 여물었죠. 엘프리덴 측은 어떤가요. 식량난이라고 들었습니다만."

"이쪽도 순조로이 성과를 거두었어. 작물의 그루갈이가 때를 맞추기도 하여, 이제 식량난 걱정은 없겠지. 다만 비축분에는 아직 불안이 있어. 올해 결과가 좋더라도 내년, 내후년에 흉작이 든다면 또다시 식량난이 재발할 거야."

"그건 어느 나라든 마찬가지인 문제겠죠. 풍작은 하늘에 기원할 수밖에 없으니까 말입니다."

나와 잔느가 이야기를 나누는 옆쪽에서 왕국과 제국의 관료들이 가능한 한 조용히, 그러나 바삐 돌아다니고 있었다.

어떤 이는 나와 잔느의 대화를 필사적으로 옮겨 적고 있었다. 구두약속도 지면으로 적어 두면 계약이 된다. 한마디 한 구절도 놓치지 않고자 필사적으로 귀를 기울였다.

또 어떤 이는 그 필기 내용의 의미를 서로 확인하고 있었다. 공약의 곡해를 막기 위해서였다.

서로에게 준비한 자료를 들이밀고, 양국의 남는 물자와 부족한 물자를 비교하는 이도 있었다. 국경을 접하지 않았기에 직접적으로 융통하는 것은 어렵겠지만, 정보만 공유해 두면 제삼국을 사이에 두고 움직일 수도 있었다.

그 광경은 그야말로 전장이었다.

하쿠야는 제출된 서면을 차례차례 살펴보고, 리시아는 내 보좌를 맡고 있었다.

호위인 아이샤만큼은 직립부동이었지만 숫자 같은 걸 보는 것도 싫겠지. 사람이 많으니까 호위로서 긴장하면서도 지긋지긋하다는 표정을 짓고 있었다.

'……이 느낌은 정말로 오랜만이네.'

왕위를 물려받은 당시를 떠올리게 만들 만큼 어지러웠다.

본래 외교는 설령 정상 사이의 회담 시간이 10분 정도일지라도 이면에서는 각국의 관료가 수십 일, 수개월에 걸쳐서 교섭을 진행하는 행위이다.

마왕령의 출현 이후, 왕국과 제국 사이에는 그것이 이루어지지 않았기에 이다지도 바빠진 것이었다. 참고로 나와 잔느 사이에서 가장 먼저 결정된 사항은, '그란 케이오스 제국 및 엘프리덴 왕국 간의 *셔틀 외교 부활'이었다.

"식량이라고 하니, 그 릴리 경단이라는 게 맛있더군요. 재료는 현혹 릴리의 땅속줄기라던가. 채취 방법을 꼭 가르쳐 주셨으

---

* 외교 방식 중 하나. 양국이 상대국을 자주 왕래하며 각국의 영토에서 교섭에 임하는 일을 뜻한다.

면 합니다."

"알겠다. 애당초 폰초의 이야기로는, 현혹 릴리의 수확 방법은 제국령 안의 산악 민족으로부터 배웠다고 했어. 그들의 협력이 있다면 도입도 간단하겠지."

"아니, 제국령 안에 그런 민족이 있었나요. 자기 나라인데도 알지 못했다니 부끄럽기 그지없네요."

"그런 법이겠지. 누구라도 등잔 밑은 어두운 법이니."

우리 나라도 그랬다. "뭐든 좋으니까 재능이나 특수 능력이 있는 녀석은 나와라."라고 불러냈더니 상당한 인재가 모였으니까. 아마도 찾아보면 더더욱 많은 인재가 있겠지. 이 나라를 발전시키기 위해서도 그런 이들은 끄집어내야만 할 것이다. 나는 세리나가 타준 커피를 마시며 잔느를 봤다.

"릴리 경단의 정보를 가르쳐 줬으니까 우리도 뭔가 정보를 받았으면 좋겠는데."

홍차를 마시던 잔느는 찻잔을 쟁반에 내려놓고 고개를 갸웃거렸다.

"어떤 정보를 바라시나요?"

"음식의 대가는 음식이면 되겠지. 뭔가 제국 측이 파악하고 있는, 일반적으로는 먹을 수 없는 식재료 같은 건 없을까?"

"……그렇다면 중요한 정보를 건네 드릴까요."

그리 말하더니 잔느는 장난을 떠올린 어린아이 같은 미소를 띠었다. 뭐라고 할까, 터무니없는 비장의 수단이라도 가지고 있는 듯한 분위기였다.

그리고 잔느는 자신만만하게 말했다.

"마물의 고기예요."

"……어?"

"마물의 고기는 먹을 수 있어요."

마물의…… 고기? 어, 정말인가?

"그 마물은…… 마왕령에서 온 마물인가? 던전에서 나오는 게 아니라."

"예. 맛은 의외로 무난했어요."

"잔느 경도 먹어 봤나?!"

아름다운 외모인 것치고는 와일드한데.

그건 그렇고, 마왕령의 마물을 먹었다……라.

토모에로부터 요랑족을 도와주었다는 코볼트의 이야기를 들었기에 조건에 따라서는 마왕령과의 교섭도 가능하다고 생각했는데…… 아, 하지만 마왕령에는 [마물]과 [마족]이 있다던가. 아마도 코볼트는 마족에 해당한다고 그랬을 터.

나는 조심조심 잔느에게 물었다.

"설마…… 코볼트 같은 걸 먹지는 않았겠지?"

그러자 잔느는 한순간 어리둥절한 뒤, 황급히 고개를 가로저었다.

"설마! 먹은 건 동물형 [마물]이에요! 아무리 그래도 [마족]처럼 인간 같은 형태인 걸 먹으려고는 생각하지 않아요."

"아니, 그 차이도 솔직히 잘 모르겠는데?"

"……과연. 엘프리덴 왕국은 마왕령과 접하지 않았다는 말이로군요."

무언가 납득한 듯 고개를 끄덕이는 잔느. 그리고,

"알겠어요. 이참에 드리는 이야기인데, 마왕령 및 마족, 마물에 관해 저희 쪽이 파악하고 있는 정보를 가르쳐드리죠."

잔느는 그렇게 말하고 천천히 이야기를 시작했다.

"우선 마왕령 출현의 이유는 저희도 파악하지 못했어요. 정말로 어느 날 갑자기 출현했다고 말할 수밖에 없어요."

"제국도 파악하지 못했나……."

"예. 그리고 마왕령에는, 마물이라 불리는 존재 가운데는 무리를 짓기는 해도 지성(知性) 없이 그저 생물을 먹어치우기만 하는 이형의 생물들과, 흡사 군대처럼 통솔된 움직임을 보이는 코볼트 같은, 인류 측과 차이가 적은 자들이 있어요. 우리는 구별을 위해서 전자를 [마물], 후자를 [마족]이라 부르기로 했죠."

그런 이야기는 선대 국왕 알베르토 경에게 들었지.

대륙 북쪽 끝에서 통칭 [마계]라고 불리는 공간이 출현, 그곳에서 다양한 크기의 마물이 튀어나와서 북쪽 나라를 대혼란에 빠뜨렸다.

인류 측은 연합해서 토벌군을 조직, 현지로 파견했지만 실패로 끝났다고 한다.

마왕령에는 지능이 낮은(혹은 없는) [마물]과 지능이 있고 강력한 전투 능력을 자랑하는 [마족]이 있고, 그 [마족]이 각국의 토벌군을 궤멸시켰다나. 토벌 작전에서 대패한 인류는 마계에서 쏟아져 나온 마물에게 대항할 수단을 잃고 북쪽 나라들은 차례차례 궤멸당해, 마물들은 현재의 [마왕령]이라 불리는 지역으로까지 서식 영역을 넓혔다고 들었다.

알베르토 경에게 들은 내용을 이야기하자 잔느는 진지한 표정으로 고개를 끄덕였다.

"그 이야기가 맞아요. 그리고 그 토벌군은 그란 케이오스 제국이 주도한 것이었죠. 지휘자는 선대 황제, 그러니까 저희 아버지였어요."

토벌군은 제국의 주도로 결성되었나. 인류 측 최강의 국가이니 당연한가.

"그렇다는 말은, 제국은 마족과 접촉하고 있다는 건가?"

"무기를 맞댔다……는 의미에서는 그렇겠죠. 언니도 저도, 토벌전 당시에는 아홉 살과 일곱 살이었기에 직접 본 건 아니지만요. 다만 시간이 지나고 마왕령의 위협을 맞닥뜨린 사람들의 증언을 분석하는 사이에, 서서히 당시의 상황이 판명되었어요."

"당시의 상황?"

"극초기, 많은 나라를 멸망시키고 셀 수 없을 만큼의 사상자를 냈으며 그보다 아득히 많은 숫자의 난민을 발생시킨 습격은, 모두 [마물]이 벌인 일이었던 것 같아요."

"마물? 마족은 없었나?"

"예. 그 시점에서는."

잔느는 그 부분에서 차를 한 모금 마시고 컵으로 시선을 떨어뜨리며 말했다.

"마족의 모습이 확인된 것은 토벌군을 요격했을 때가 처음이었어요. 마족이 인류 측의 토벌군을 궤멸시키면서, 말이죠. 그후, 전력을 잃은 인류 측은 마물의 습격을 막을 수가 없어서 영역을 크게 뒤로 물리게 되었어요."

"즉, 마왕령의 확대에는 두 단계 공정이 있었다?"

첫 번째 단계는 갑자기 출현한 마물의 습격. 두 번째 단계는 토벌군이 마족에게 궤멸당하고 전력을 잃은 뒤에 벌어진 마물의 습격. 아마도 상당히 시간 차이는 있을 테지만, 토모에를 포함한 요랑족이 난민이 된 습격은 이 두 번째 단계에 해당되겠지.

잔느는 고개를 끄덕이고 이야기를 계속했다.

"피해 상황도 마물과 마족에는 상당한 차이가 있는 모양이에요. 마물이 습격한 첫 번째 단계에서는 그야말로 무참한 광경이 펼쳐졌다고 들었어요. 마물이 뿜어내는 불길로 도시는 잿더미로 변하고 병사, 민간인, 남녀노소 구별 없이 잡아먹혔죠. 녀석들에게 습격당한 도시나 마을에는 '먹다 남긴' 것밖에 남지 않았다고 들었어요."

문자 그대로 [마물]…… [마(魔)의 생물]의 습격이었나. 메뚜기 무리에게 습격당한 것처럼, 인류마저 그저 먹이로만 인식할 뿐인 생물의 습격.

"그리고 두 번째 단계인 마족의 공격은 완전히 전쟁이었죠. 통솔에 따라 행동하며 압도적인 강함으로 토벌군을 쳐부쉈다고 들었어요. 또한 소수이지만 마족이 마을을 습격했다는 주민의 증언도 있어요. 그 상황은 각양각색, 물러나면 그 이상 습격하지 않았다는 장소도 있고 약탈이나 폭행, 학살이 벌어졌다는 장소도 있는 모양이에요."

"……마치 인류를 상대로 하는 것 같군."

장소에 따라 피해 상황이 다르다는 부분이 특히. 같은 군이라도 통솔이 되는 부대와 되지 않는 부대는 점령 후의 상황이 달라진다. 우리가 반을 점령했을 때에는 본보기를 준비하여 전군의 통솔을 꾀했지만, 그 본보기가 없었다면 반의 주민들에게 무법을 저지르는 녀석들이 틀림없이 나왔을 테니.

마물…… 그리고 마족인가…….

"그 차이는 어디서 왔을까. 마물이 진화한 게 마족일까?"

" '녀석들은 인간의 뇌를 먹고 지능을 얻은 거야!' ……. 한때 종교 관계자가 그런 이야기를 떠들어댄 모양이지만…… 미심쩍은 이야기죠. 그렇다면 마족의 숫자가 더욱 늘어났을 터. 국경선이 교착 상태에 빠진 뒤로 인류 측을 습격하는 건 마물뿐이에요. 그러니 현 상태를 유지할 수 있다고도 할 수 있겠지만."

……모르겠네. 마물이란, 마족이란 대체 뭐지?

"그러고 보니 파르남 근처에서 침전지를 파냈을 때 마물의 화석이 잔뜩 나온 적이 있었어. 아무래도 수천 년 이상 전에는 지표였던 부분이었나 본데."

"화석……이라는 건 뭐죠?"

아, 이 세계에서는 아직 일반적인 지식이 아닌가.

"간단히 말하자면 생물이 죽은 뒤에 흙 속에 남겨진 뼈를 가리키는 거야. 조건에 따라서 다르지만 뼈는 오랜 세월에 걸쳐 흙 속에서 석화되는데, 아직 수천 년밖에 안 된 뼈인 상태라도 화석이라고 부르지."

"과연…… 마물은 수천 년 전에는 지표면에 있었을지도 모른다는 건가요."

잔느는 생각에 잠긴 표정을 지었다. 의외로 냉정한 반응이네. 리시아한테 같은 이야기를 했을 대에는 훨씬 더 놀랐는데.

"……좀 더 놀랄 거라고 생각했어."

"생각해 보면 마왕령 출현 이전에도 던전 안에는 마물이 서식했어요. 그곳은 예전에 던전이 있었던 장소일까요?"

"왕국 역사에 그런 기록은 없고 전승도 없는 모양이야. 뭐, 수천 년 전 지층이니까 전승에도 남지 않을 정도로 오래되었을 가능성도 부정할 수는 없지만."

"흠…… 이건 제국 안도 조사해 볼 필요가 있겠네요."

잔느가 그리 말했다. 그건 이쪽으로서도 바라 마지않는 일이었다.

"꼭 부탁하고 싶어. 왕국은 왕국대로 각지를 발굴조사해 볼 생각이야."

"무언가 새로운 발견이 있으면 알려 주시길. 물론 이쪽에서 발견이 있다면 알려 드릴 테니."

"그러도록 하지."

제국령은 왕국령보다 훨씬 광대하다. 그곳을 조사해 준다면 새로운 발견을 기대할 수 있겠지. 물론 왕국은 왕국대로 조사를 진행할 생각이지만.

이리하여 왕국과 제국은 [영내 발굴조사 정보 공유]를 결정했다.

잔느는 한숨을 내쉬고는 홍차를 모두 마셨다.

"그런데, 마물을 먹을 수 있다는 이야기에서 꽤나 벗어나 버렸네요."

"그러고 보니…… 원래는 그런 이야기였지."

나도 내 커피를 모두 마시고는 세리나에게 각각 새로 타 달라고 했다. 각자 커피와 홍차를 받고 이야기를 계속했다.

"저희가 먹은 건 날개가 달린 뱀의 고기였어요."

"날개가 달린 뱀? 드래곤처럼?"

중남미의 신 중에 [케찰코아틀]이라는 게 있었던 것 같은데, 여기는 지구가 아니고 마물이라 그러니 평범하게 드래곤 같은 모습의 마물이겠지.

그리 생각했지만 잔느는 고개를 가로저었다.

"아뇨, 그렇게 보기 좋은 녀석이 아니었어요. 정말로 그저 거대한 뱀에 새의 날개 네 개가 달렸을 뿐인 생명체였죠."

그게 뭐야. 완전히 키메라잖아.

"잘도 그런 걸 먹겠다고 생각을 했네……."

"맛은 평범한 뱀이었어요. 새보다 생선에 가까운 느낌이고 꽤 맛있었어요."

뱀을 먹은 적이 있다는 시점에서 이미 놀랍지만…… 뭐, 먹는 풍습이 있는 나라도 있나. 내 마음속에서 뱀 고기라는 건, 현대 국어 수업에서 읽은 아쿠타가와 류노스케의 [라쇼몬]에 나오는 가짜 생선의 이미지지만…… 맛있는 걸까?

"잔느 경은 공주님이잖아? 꽤나 이상한 걸 먹네."

"군을 이끄는 장수이기도 하니까요. 그 지역의 음식을 먹을 수 있으면 병량에 여유가 생기죠."

"그건…… 합리적이네."

"그리고 그 마물을 먹어 보자고 생각한 계기인데, 마왕령으로 나가 있는 정찰 부대 중 하나가 '마족에게 조리된 것으로 보이는 마물의 잔해'를 발견했으니까요."

또 신경 쓰이는 단어가 나왔는데.

"조리된? 먹다가 남긴 게 아니라?"

"예. 날붙이로 토막 낸 것으로 여겨지는 뼈, 그을린 상태로 남겨진 머리 등을 보아하니 아마도 통구이를 한 다음에 해체해서 먹은 것으로 추측되었죠. 그래서 같은 종류의 마물을 붙잡았을 때, 먹을 수 있는지를 검증해 봤어요."

잔느는 다과로 나온 구운 과자를 덥석 먹었다.

"물론 독이 없는지 검사는 했다고요? 사람이 먹기 전에 동물한테 먹였죠. 그렇게 안전을 확보한 다음, 하사관부터 순서대로 먹어 봤어요."

"독을 검사하는 역할도 큰일이네……."

"그래서, 먹어 봤더니 담백하지만 산뜻한 맛이라 무난하게 먹을 만했어요."

"아니, 맛에 대한 감상보다도 좀 더 신경 쓰이는 부분이 있잖아."

마족이 마물을 먹었다는 사실이, 마물을 먹을 수 있다는 이야기 이상으로 충격적이었다. 즉, 마족은 마물을 같은 종족으로 보지 않는다는 거잖아.

나는 소고기나 돼지고기도 좋아하지만, 아무리 얼굴이 그럴지라도 인간형 몸통인 오크(돼지)나 미노타우로스(소)의 고기를 먹고 싶다고 생각하지는 않는다. 인간형 몸통인 것을 먹을 바에야 차라리 뱀이 낫다. 그런 심리가 마물들에게도 작용하는 것이 아닐까. 그런 생각을 하는 사이에, 내 머릿속에서 어떤 가설이 만들어졌다.

"저기, 잔느 경."

"왜 그러시죠?"

"어쩌면 마족과 마물은, 이쪽에서 말하는 '인류'와 '동물'이 아닐까?"

내가 그리 말한 순간, 그 자리의 분위기가 얼어붙었다. 잔느만이 아니라 리시아나 하쿠야도 놀라서 눈을 부릅떴다. 어라, 그렇게나 놀랄 만한 말이었나?

"……어째서 그렇게 생각하시는 건가요?"

잔느는 표정을 지우며 그리 물었다.

그렇게 생각한 이유를 설명하려다가…… 한순간 주저했다. 지금부터 말하려는 건 듣기에 따라서는 차별적인 발언으로 여겨지는 건 아닐까. 물론 내게 그런 생각은 없지만, 상대가 받아들이기에는 따라서는 불쾌하게 느낄지도 모른다.

……지금은 조금 더, 다른 사람들을 물리고서 이야기를 꺼내는 편이 좋으려나.

"으음…… 지금부터 하는 이야기는 너무 많은 사람들이 듣지는 않았으면 하는데."

"……알겠습니다."

잔느가 눈짓하자 제국 측 관료들이 일단 작업을 멈추고 집무실에서 조용히 나갔다. 우리도 이쪽의 관료를 물러나게 하고, 아이샤를 문 안쪽에 세워서 도청을 감시하게 했다. 방에 남은 것은 나, 잔느, 리시아, 하쿠야, 아이샤까지 다섯 명이었다. 나는 옆에서 회담 내용을 기록하던 리시아 쪽을 봤다.

"리시아도, 일단 기록은 멈춰 줘."

"……알았어."

리시아는 붓을 내려놓았다. 이것으로 지금부터 나누는 회담 내용이 기록에 남지는 않는다. 조금 전까지의 열기가 거짓말이었던 것처럼 적막해진 실내에서, 잔느는 어깨를 으쓱였다.

"사람들을 물릴 필요가 있다니 꺼림칙하네요. 어떤 폭탄 발언이 튀어나오는 건가요?"

"미안해. 경우에 따라서는 차별적인 발언으로도 들릴 이야기였거든."

"차별적인 발언? 마족과 마물의 관계가 대한 이야기가, 말인가요?"

의문스러워하는 표정의 잔느에게, 나는 신중하게 단어를 골라가며 말했다.

"그래. 어째서 그리 생각하느냐면, 내 눈에는…… 이 세계의 동물과 마물이 구별되지 않으니까. 이 세계의 동물은 내가 있던 세계의 동물보다도 크고, 거대한 이빨이나 날카로운 뿔 같은 공격적인 겉모습이야. 혹시 이 세계의 동물이 내가 있던 세계에 나타난다면, 내가 있던 세계의 사람들은 마물이라고 생각하겠지."

특히 라이노사우루스 같은 거대한 생물이 한 마리라도 나타난다면 큰 혼란이 벌어질 것이다. 그런 거구는 공룡이나 괴수로밖에 안 보일 테니까.

"흠…… 그런 걸까요?"

잔느는 고개를 갸웃거렸다. 내가 있던 세계의 동물을 모르는 잔느로서는 이 감각을 상상할 수 없겠지.

"그런 거야. 그리고…… 좀 더 말하자면, 수인족이나 드래고 뉴트 같은 종족과 마족의 구별도 영 안 돼."

"웃?! 그건……."

역시나 태도가 거칠어지려는 잔느를 손으로 제지했다.

"알고 있어. 수인족들의 입장에서 보면 '같은 취급 하지 마'라면서 화내겠지. 하지만 수인족도 마물도 존재하지 않는 세계에서 살던 나로서는 그 차이를 모르겠단 말이지."

파르남의 라이브 카페 [로렐라이]에서 카에데를 처음으로 봤을 때, 토모에 쪽의 요랑족과 카에데 쪽의 요호족을 구분할 수 없었다. 그때에,

'같은 개과니까 요견족이라고 뭉뚱그리면 안 되나?'

라는 발언을 했더니 리시아가,

'그런 말을 했다가는 요랑족도 요호족도 화낼 거야. 요견은 코볼트를 가리키는 말이니까, 인간으로 치자면 원숭이랑 같은 취급을 당한 느낌인걸.'

……그렇게 주의를 준 적이 있었다.

그때는 그런 법이려니 납득했다지만, 잘 생각해보면 요랑족과 요호족 그리고 코볼트의 차이는 뭘까?

"잔느 경은 요랑족이나 요호족과 코볼트는 차이를 알 수 있나?"

"그건 물론이죠. 요랑족, 요호족은 귀와 꼬리가 달려 있지만, 얼굴이나 몸은 인간족과 차이가 없어요. 반면에 코볼트는 개의 얼굴을 하고 있죠."

"하지만 수인족 중에는 동물의 얼굴을 한 사람도 있잖아?"

우리 쪽을 예로 들자면 육군대장 게오르그 카마인 등이 그랬다.

그 라이ㅇ 킹 같은 남자가 일본에 나타난다면, 우선은 틀림없이 마족 같은 부류로 여겨지겠지. 그 점을 지적하자 잔느는 팔짱을 끼고 신음했다.

"듣고 보니…… 그러네요. 으~음…… 아, 그렇지. 코볼트 족의 몸은 체모로 뒤덮여 있어요. 그러니까 수인족이 인간에게 동물인 부분이 있는 것과 반대로, 코볼트는 개가 인간처럼 이족보행하고 있을 뿐인 게 아닌가요?"

"그렇다면 털이 없는, 혹은 짧은 마족은 어떻게 구분하지? 그런 논리라면, 인간의 특징에 우락부락한 몸통을 가진 오크나 미노타우로스는 수인족이 되는 게 아닌가?"

"으음……."

되물으니 잔느는 생각에 잠겼지만 이윽고 "항복이에요."라며 두 손을 들었다.

"인류와 마족의 차이에 대해서 그렇게까지 생각해 본 적은 없었어요. 지적받고서 처음으로 인류와 마족을 감각만으로 판별하고 있었다는 사실을 깨달았네요."

"그러네…… 듣고 보니 이렇다 할 차이가 안 보여."

"어째서 이제까지 알아차리지 못했을까요……."

리시아와 하쿠야도 연신 고개를 끄덕였다.

아마도 이것이 이 세계 사람들의 공통 인식이겠지. 반대로 말하면, 이 세계의 사람들은 감각으로 인류와 마족을 구별할 수 있다고도 이야기할 수 있었다.

일본인의 감각으로 말한다면 조개 된장국은 좋아하지만 육상의 어패류일 터인 민달팽이는 보는 것도 싫다는 사람이 많겠지.

또한 오스트레일리아의 원주민이 나무 안의 애벌레를 먹는 영상에 쇼크를 받는 사람이, 껍질을 벗기면 똑같은 생김새인 빨간 새우는 아무렇지도 않게(게다가 생으로) 먹기도 한다.

생활환경이나 습관에 따라, 일상적인 인식에 차이가 생기는 것은 당연한 일이었다.

아마도 마족에 대한 이 세계 사람들의 인식은 그런 느낌이 아닐까?

"내가 있던 세계에선 인류는 인간족밖에 없었으니까. 엘프도, 수인족도, 드래고뉴트도, 마족도 없는 세계에서 살았으니 그걸 구별할 수 있는 감각이 없거든. 그러니까 내 눈에는, 마족 조차도 인류의 한 종류로 보이는 거야."

"폐, 폐하께서는! ……다크 엘프는 싫어하시나요?"

문 앞에 서 있던 아이샤가 버려진 강아지 같은 눈빛으로 물어봤다.

나는 싱긋 웃으며 말했다.

"그럴 리가 없잖아. 갈색 피부의 엘프라니 귀엽잖아. 물론 인간족의 정통파 미소녀도 말이야."

전반은 아이샤에게, 후반은 리시아에게 건넨 말이었다.

그런 내 말을 듣고 아이샤는 "정말이신가요!"라며 표정이 화악 환해지고, 리시아는 "그래 그래, 그것참 고맙네."라며 쌀쌀맞게 말했지만 입은 빙그레 웃는 모습이 아주 마음에 없지도 않은 듯했다. 그런 두 사람의 태도를 보고 잔느는 쓴웃음 지었다.

"사랑받고 있으시네요."

"나한테는 아까울 정도인 호위와 약혼자야."

"그건 또 참…… 후우."

잔느는 의자 등받이에 몸을 기대듯 힘을 쭉 뺐다.

"누설 금지로 해 두어서 정말 다행이네요. 혹시 그대로 이야기가 진행되었다면, 저는 우리 나라의 관료들에게 칼을 맞았을지도 몰라요."

칼을?! 갑자기 너무 뒤숭숭한 거 아냐?!

"그, 그런 일까지 벌어질 이야기였나?"

"그럴 만한 일이에요. 지금 이야기가 퍼진다면, 소마 님의 평판이 떨어지는 것만으로 그치지 않겠죠. 이 대륙 전체가 분란으로 뒤덮일 거예요. 그렇죠? 하쿠야 경."

"말씀하신 그대로입니다. 좀 더 빨리 가르쳐 드렸어야 했습니다."

하쿠야는 고개를 끄덕이더니 나무라는 듯한 시선을 보냈다. 어라, 좀 화났나?

"아시겠습니까, 폐하. '마족과 수인족 등의 구별이 힘들다'라는 이야기가 퍼진다면, 아미도니아 공국처럼 인간족 지상주의인 나라나 선민사상에 사로잡힌 하이 엘프의 나라 [가란 정령 왕국] 같은 나라에서, 다른 종족의 생김새에 대한 공격거리를 주게 됩니다. 수인족이나 드래고뉴트는 마족이라며 배척하거나, 혹은 '적과 내통하는 게 아니냐'는 주장과 함께 부당한 탄압을 가할지도 모릅니다."

가란 정령 왕국은 대륙을 기준으로 북서쪽에 있는 섬나라였던가.

크고 작은 두 개의 섬으로 이루어진 나라였지만, 그중에 작은 섬은 마물의 공격을 받고 버려졌고 큰 섬 일부도 점령당했다는 모양이다. 모양이다……라는 추측성 표현인 것은, 이 나라가 무척 폐쇄적이라 내부의 정보가 외부로 거의 흘러나오지 않기 때문이었다.

미남미녀가 많은 엘프족 중에서도 특히 그런 경향이 강한 하이엘프는, 자신들을 신에게 선택받은 백성이라 칭하며 다른 종족을 얕잡아 보고 교류하는 것을 꺼렸다.

그것은 마물에게 침공당한 현 상황에서도 변함이 없는 듯했다.

그런 가란 정령 왕국이나 아미도니아 공국 같은 나라라면, 확실히 이 정보를 주요 종족의 우월성을 드러내기 위해 이용할 것 같았다. 실제로 아미도니아는 엘프리덴 왕국을 향한 증오를 부추겨서 자신들이 통치하기 편한 모양새를 만들어 냈다.

증오나 편견을 이용하려는 나라도 있는 것이다. 잔느도 고개를 끄덕였다.

"하쿠야 경의 말이 옳아요. 또한 우리 나라나 귀국처럼 다민족 국가도 남의 이야기처럼 흘러가지는 않겠죠. 그런 사상이 만연한다면 저희는 자국 내에 종족 간 대립이라는 불씨를 품게 될 거예요. 외부의 위협에 더해서 내부 대립까지 끌어안게 된다면……."

"……미안하군. 거기까지는 생각하지 않았어."

나는 순순히 머리를 숙였다. 두 사람의 지적은 타당했다. 이것은 내 체면이 어쩌고, 그것만으로 넘어갈 이야기가 아니었다. 좀 더 위기감을 가지고 발언해야 했다.

반성하고 있자니 잔느는 "아니요."라며 고개를 가로저었다.

"지적받지 않았다면 깨닫지 못했을 테죠. 성가신 문제이기는 하지만, 모르다가 어느 날 갑자기 맞닥뜨리는 것보다는 나아요. 저희도 준비할 수 있으니까요."

"그리 말해 주니 고맙네. ……하지만 지금 당장 대책이 떠오르진 않는데."

내가 그렇게 말하자 잔느도 어깨를 늘어뜨리며 한숨을 내쉬었다.

"인류 선언으로는 소수민족을 핍박하지 않도록 호소했지만, 그 약속은 어디까지나 국가를 상대로 한 거예요. 국책으로…… 가령 상층부가 명령을 내리는 형태로 핍박한다면 개입할 수도 있을 테지만, 일반인을 상대로는 소속 국가에 감독 책임을 묻는 정도밖에 할 수 없어요."

"애당초 우리처럼 [인류 선언]에 가맹하지 않은 나라도 있어. 게다가 다른 나라의 정책에 억지로 개입하려고 들면 반발을 낳고, 최악의 경우에는 전쟁이 날 거야."

"그 말이 옳다고 생각해요. 게다가 아직 마물이나 마족에 대한 정보가 모두 갖추어진 것도 아니죠. 불확정 요소가 많은 이상, 결론을 서두르는 건 위험하겠죠."

결국 이 문제는 제국과 왕국에서 계속하여 이야기를 나누기로 결정했다.

밖으로 나가 있던 관료들을 다시 불러들이고, 심야가 가까워져서도 회담은 계속되고 있었다.

이런 시간쯤 되면 배도 고파지기 마련.

잔느는 다른 나라의 요인이니까 본래라면 연회라도 열어야 할 테지만, 나도 잔느도 시간이 아까웠기에 식사는 회담을 진행하며 먹기로 했다.

작업을 하면서도 먹을 수 있는 거라면, 나는 잔느 일행에게 우리 나라에서 유행시킬 수 있을지 검토 중인 어느 빵을 대접하기로 했다. 그 빵을 먹은 잔느의 감상은,

　"아니, 이건! 주식에 주식을 겹치는 미스 매치한 겉모습인데도, 베어 물면 두 가지 다른 식감이 베스트 매치가 되네요. 토마토 소스도 신맛이 있어서 좋아요. 게다가 본래 접시나 포크 없이는 먹을 수 없는 걸 빵에 끼우니, 한손으로도 가볍게 먹을 수 있게 되는 이 발상에는 그저 감탄할 따름이에요! 훌륭해요!"

　……그렇게 열성적으로 칭찬해 주었다. 샌드위치라고 생각했나?

　천만에, [나폴리탄 빵]이었다. 사실은 [야키소바 빵]을 만들고 싶었지만, 어찌해도 그 농후한 소스를 재현할 수가 없었거든. 그러니까 원래 이 세계에도 있었던 파스타와 토마토소스를 사용해서 나폴리탄 빵을 만들어본 것이었다. 참고로 농후한 소스를 포기한 건 아니고, 부하인 폰초에게 연구를 시킨 참이었다.

　"처음 봤을 때는 솔직히 의심했지만, 정말로 맛있네."

　"빵도 파스타도 진귀한 음식이 아닌데, 같이 합치면 신선한 식감이 되는 거로군요."

　리시아와 하쿠야도 호평인 듯했다.

　식량 문제도 거의 해결되었으니, 앞으로는 젤린 우동 같은 기발한 음식만이 아니라 지구의 요리를 재현해서 유행시키는 것도 괜찮을지 모르겠다. 식문화의 발전은 나라의 브랜드 이미지 향상과 외화 획득으로도 이어지는 것이니까.

참고로 이런 메뉴에 가장 열심히 덤벼드는 아이샤의 경우에는…….

　"덥석덥석, 후우!"

　호위를 위해 내 등 뒤에 서 있으면서도 열심히 나폴리탄 빵을 입으로 밀어 넣고 있었다. 그보다, 아이샤. 대체 몇 개나 먹는 거야? 접시 위에 산더미처럼 쌓여 있던 게 어느샌가 언덕 이하로 낮아져 있었다.

　배고픈 다크 엘프는 이럴 때에도 마찬가지였다.

　"후우…… 그럼 슬슬 [반] 점령에 관해서 이야기를 나누도록 할까요."

　빵을 모두 먹고 한숨을 돌린 참에, 잔느가 이야기를 꺼냈다.

　"제국으로서는 [인류 선언]을 준수하여 무력에 따른 국경선의 변경을 인정할 수는 없어요. 엘프리덴 왕국은 아미도니아 공국에 반과 그 주변 영지의 반환을 요구합니다."

　"왕국으로서는 그 요구를 받아들일 수 없겠군. 먼저 공격한 건 아미도니아 공국 쪽이야. 정당성은 이쪽에 있는 것 같은데?"

　"먼저 손을 대도록 공작했다, 그렇게 보이기도 합니다만?"

　"내정 간섭을 엄청나게 해댔거든. 저지르던 쪽이 당하는 쪽으로 바뀐 순간에 불평을 늘어놓는 건 도리에 어긋나는 일이겠지. 제국은 괜찮겠나? 이런 폭거를 용납한다면 [인류 선언]의 가맹국과 비가맹국 양쪽에 얕보이게 될 거라고."

　"그렇군요. 그러니 제국은 아미도니아에게도 상응하는 대가를 지불토록 만들 테죠. 이번 건은 제국으로서는 양쪽 모두 처벌할 수밖에 없다고 생각해요."

뭐…… 그렇게 나오실 테지.

아미도니아 공국이 인류 선언에 가맹한 이상, 제국은 공국 측에 서서 엘프리덴에게 영토 반환을 압박할 수밖에 없다.

그렇다고 이대로 아미도니아의 폭거를 용납한다면 가맹국의 폭거를 초래, 비가맹국의 반발을 낳는다. 그러니까 아미도니아에게도 엄한 처벌을 내려, 가맹국에게 이래서는 안 된다고 못을 박아 둘 생각이겠지. 그것이 가능할 정도로, 제국은 강한 힘을 지니고 있다.

나는 잔느에게 시험하는 듯한 시선을 보냈다.

"혹시 응하지 않는다면 무력에 호소하겠다고?"

"도저히 취하고 싶지 않은 수단이지만…… 필요하다면 어쩔 수 없죠. 지금 현재 제국은 왕국군과 같은 정도의 '병력' 밖에 데려오지 않았지만, '전력'을 따지자면 왕국군과 공국군을 동시에 전멸시킬 수 있을 만큼의 힘이 있다고 자부합니다."

대마장갑 병단, 그리폰 부대, 대포를 짊어진 라이노사우루스……. 성벽에서 본 강력한 여러 병과가 떠올랐다. 잔느의 말에는 요만큼의 과장도 없었다.

"……그렇겠지. 우리도 싸우고 싶지는 않아."

나는 테이블 위에 두 팔꿈치를 짚고 입가에 양손을 깍지 꼈다.

"그러니까 우선 서로의 의사를 정리하지."

"의사, 라고요?"

"그래. 제국으로서는 국경선의 변경을 인정하고 싶지 않다.

그러니까 왕국이 점령 중인 반을 반환해 줬으면 한다. 이걸로 틀림없겠지?"

"……예. 맞아요."

잔느는 고개를 끄덕였다. 그렇게 제국의 의사를 확인하고 이야기를 진행했다.

"그리고 이쪽의 의사 말인데, 우리 나라에 적대 행동을 계속 취하는 아미도니아 공국의 힘을 깎아내는 것이다. 두 번 다시 우리 나라에 간섭하지 않도록 말이지. 그리고 우리 나라로 침공한 보상은 받아야겠어. 반은 그 보상으로 받아낸 거고."

"……과연. 특별히 반을 원했던 건 아니로군요. 즉, 무상 반환은 있을 수 없는 일이지만 공국 측이 대가를 지불한다면 반환에 응할 용의가 있다."

역시 이야기가 빠르네. 내가 고개를 끄덕이자 잔느는 날카로운 시선을 보냈다.

"율리우스 공의 목이라도 원하나요?"

"그런 게 한 도시의 대가가 될 리 없잖아."

"그럼…… 역시 돈인가요."

"그렇지. 공국이 우리 나라에 배상금을 지불한다면 반을 반환하지. 제국도 공국에 상응하는 대가를 지불하게 만들겠다, 그랬으니까 딱 적당하잖아."

긴 안목으로 봤을 경우, 방법에 따라서는 얼마든지 부를 만들어 낼 영토를 일시적인 자금만으로 양도하는 건 마이너스다. 그러나 최근까지 아미도니아의 영토였다는 것, 그리고 제국과의 관계를 고려하면 그리 나쁜 판단은 아니겠지.

　제국 측도 마찬가지로 공국에는 영토를 반환토록 했다는 대의 명분이 서고, 그 밖의 가맹국에도 "혹시 아미도니아 공국과 비슷한 행위를 할 경우, 영토를 빼앗지 않더라도 배상금을 지불하게 만들겠다."라고 못을 박아둘 수 있다. 그것은 즉, 비가맹국의 신용으로도 이어질 터. 잔느는 한숨을 내쉬었다.

　"율리우스 공은 반발할 것 같네요……."

　"원흉에게 베풀 자비는 없어. 지불은 제국 금화로 결제하게 해줘. 율리우스 공은 경제에 밝지 않은 모양이니까 말이야. 배상금 따윈 질 나쁜 금화를 날조하면 된다고 생각할 것 같으니."

　"우리 나라도 끌어들이는 건가요……."

　"이번 아미도니아의 폭거는 제국 측에도 관리 책임이 있어. 그 정도는 받아들여 줘야지."

　"……무어라 드릴 말씀이 없네요."

　쓴웃음을 지으며 어깨를 으쓱인 뒤, 잔느는 갑자기 진지한 표정을 지었다.

　"소마 님께 묻고 싶어요. 어째서 엘프리덴 왕국은 언니가 주도하는 [인류 선언]에 가맹해 주지 않는 건가요? 혹시 가맹해 주었다면, 이번 건에 있어서도 제국과 왕국이 대립하는 일도 없었을 거라 생각하는데……."

　잔느는 리시아 쪽을 흘끗 봤다.

　"리시아 공주 앞이라 죄송하지만, 선대 국왕 알베르토 경이 [인류 선언]에 가맹하지 않았던 건…… 뭐, 납득할 수 있어요.

그게…… 가맹하지 않았다기보다는…….”

“가맹 여부의 판단을 내리지 못했던 거겠지. 우유부단하니까.”

말하기 어려워하는 잔느 대신에 리시아가 시원하게 잘라 말했다. 잔느는 조금 미안해하며 “그 말이 맞아요.”라고 수긍했다.

“하지만 소마 님은 마왕령의 위협도, 그리고 인류가 하나 되어 싸우는 것의 중요성도 제대로 인식하고 있으신 것 같아요. 처음에는 당신이 이 세계로 불려오게 된 원인을 만들어 버린 우리를 신용할 수 없어서 그런 거라고 생각했어요. 하지만 당신은 좀 전에 우리를 원망하는 마음은 없다고 말해 주었죠. 그렇다면 어째서 언니가 제창한 [인류 선언]에 참가하지 않았던 건가요.”

내 눈을 똑바로 보면서 말한 터라 곤란해지고 말았다.

그 대답을 지금 이야기할 수는 없었다. 그렇다고 거짓말을 하거나 끝까지 모르쇠로 넘어간다면, 제국과의 관계에 악영향이 생기겠지.

나는 잠시 생각에 잠긴 뒤, 천천히 입을 열었다.

“이건…… 내가 있던 세계의 ‘옛날이야기’ 야. 옛날 옛적, 세계에는 동서로 두 신이 있었다.”

동쪽의 신은 이렇게 말했습니다.

“세계는 평등해야 한다. 그러니 인간이여. 모두 같은 시간 밭을 경작하고, 얻은 작물을 모두 똑같이 분배해야 한다.”

반면에 서쪽의 신은 이렇게 말했습니다.

"세계는 자유로워야 한다. 그러니 인간이여. 한 사람, 한 사람이 밭을 경작하고 노력하면 노력한 만큼 작물을 많이 얻으라."

동쪽의 신은 서쪽의 신에게 말했습니다.

"당신의 방식으로는 부유한 자는 점점 부유해지고 가난한 자는 점점 가난해진다. 그런 세계에서는 이윽고 부유한 자와 가난한 자 사이에 분쟁이 발생할 것이다."

서쪽의 신은 동쪽의 신에게 말했습니다.

"아무리 노력해도 똑같이 분배된다면, 인간은 의욕을 잃을 것이다. 그리 된다면 분배되는 양도 줄어들어 사회 전체가 가난해지는 게 아닌가."

이리하여 동쪽의 신과 서쪽의 신은 대립했습니다. 신들 사이의 다툼은 각각의 신을 믿는 나라에까지 퍼졌습니다. 이쪽이 옳다, 그쪽이 그르다. 동서의 나라들이 대립하는 가운데, 곤란해진 것은 그 경계 부근의 나라들이었습니다.

각각의 신을 믿는 나라가 전쟁을 시작한다면, 가장 먼저 피해가 나오는 것은 자신들입니다. 집도 밭도 엉망진창이 되어 버립니다. 그럼 어떻게 해야 할지 생각하자니, 경계 근처의 나라들에 사는 사람들이 어떤 사실을 떠올렸다.

"그렇지! 대립하는 건 어쩔 수 없다고 쳐도, 전쟁이 벌어지는 않도록 규칙을 만들면 되는 거야!"

그리고 경계 근처에 사는 나라들은, 동서의 많은 나라들과 함께 어떤 규칙을 만들었습니다.

"하나, 무력으로 국경선을 변경하는 걸 그만두자."

"하나, 각각의 나라에 사는 민족에게 자신의 일은 자신이 결정할 수 있는 권리를 주자."

"하나, 동서의 나라가 문화를 교류해서 친한 사이가 되자."

"뭔가요, 그 이야기는?!"

내가 이야기를 마치자 잔느가 거칠게 말했다.

갑자기 시작된 옛날이야기에 처음에는 의아하다는 표정을 짓고 있었지만, 이야기가 진행될수록 서서히 잔느는 눈을 부릅떴다. 그때까지 잔느는 어딘가 여유 있게 행동하고 있었지만, 이 시점에서 그 여유를 잃었다.

리시아도 하쿠야도 비슷한 표정을 지었다.

잔느는 테이블에 양손을 척 올리고는 몸을 내밀었다.

"경과는 모르겠지만, 정해진 규칙은 [인류 선언] 그대로잖아요! 그래서, 그 결말은 어떻게 된다는 건가요?!"

잡아먹을 듯이 말하는 잔느를 향해 나는 조용히 고개를 가로저었다.

"이 다음은…… 지금은 아직 말할 수 없어."

"소마 님!"

"하지만 나는, 이 이야기의 결말을 알고 있어."

"그 규칙으로는…… 전쟁은 막을 수 없었나요?!"

불안한 듯 묻는 잔느를 향해 나는 고개를 가로저었다.

"아니, 적어도 두 신이 대립하던 시대에는, 두 신의 전면전쟁이라는 최악의 시나리오는 피했지. 이윽고 동쪽의 신이 분열하여 싸울 힘을 잃으면서, 서쪽의 신도 안심하고 대립을 관뒀어."

"해피엔딩이잖아요. 어디에 문제가?"

"뭐, 여기서 끝났다면 그야말로 '해피엔딩'이었을 테지만 말이지."

"뒷이야기가 더 있나요?"

"……지금 이야기할 수 있는 건 여기까지야. 미안하지만 이이상, 속사정을 드러낼 수는 없어."

나는 강한 말투로 단호히 말했다. 잔느는 캐묻고 싶었던 모양이지만 내 눈을 보고는 단념한 듯했다. 나는 그런 잔느에게 이야기했다.

"걱정하지 않아도 곧 알게 돼. 제국에 폐가 되지는 않아."

"……불안하네요."

"믿어 줬으면 좋겠는데, 우리 나라로서는 귀국과 행보를 나란히 하고 싶어. 마리아 황제 폐하가 '인류가 하나 되어 마왕령의 위협에 대응한다'는 이상을 앞세우는 한, 왕국은 제국의 적이 되지 않겠다고 약속하지."

그러나 잔느는 수상쩍어하는 표정 그대로였다.

"[인류 선언]에는 참가해 주시지 않는 거죠? 그런데도 믿으라고요?"

"[인류 선언]만이 맹약이 아니잖아. [인류 선언]에는 참가할 수 없지만, 우리 나라는 제국과 서로 동맹을 맺고 싶어. 그것도 비밀리에 말이야."

"비밀 동맹……인가요?"

나는 무겁게 고개를 끄덕였다.

"우리도 간신히 국내가 안정되었어. 앞으로는 군제 개혁도 진행해서 통일된 의사 아래에 전군을 움직일 수 있는 체제를 갖출 생각이야. 또한 이번 싸움으로 아미도니아 공국의 엄니를 꺾었지. 우리 나라는 간신히 군을 자유로이 움직일 수 있게 되었어."

"…………."

"그래서 말이야. 제국은 지금 동방 제국 연합의 구원 요청에도 군을 파견했지?"

"……예. 그곳은 중소국가의 집합체이지만, [인류 선언]에 가맹한 나라가 대부분이에요. 맹주로서 군을 파견하는 건 당연하죠."

"그거야. 그 역할, 우리 나라에게 맡겨 줄 수 있을까."

"읏?! 진심인가요?!"

잔느는 놀라서 소리쳤다. 내가 제안한 바는 이랬다.

이 대륙의 중앙에는 지형이 험하며 지혜 있는 드래곤이 사는 성룡 산맥이 있다. 마물과 마족이 남하할 경우, 반드시 이 성룡 산맥의 동서쪽으로 남하하게 되겠지.

그리고 서쪽의 남하에는 제국이, 동쪽의 남하에는 왕국이 대처하자고 제의한 것이었다. 구체적으로는 동방 제국 연합이 마왕령의 위협으로 위기에 빠지면 왕국이 원군을 보낸다는 것이었다. 다만 이러려면 수순이 필요했다.

"그때 말인데, 동방 제국 연합에서 보낸 구원 요청을 인류 선언의 맹주인 제국이 받고, 원군 파견을 우리 나라에 요청한다. 우리 나라는 제국의 요청에 따라 원군을 파견한다는 형식으로 하고 싶어."

"……뭔가 답답한 이야기네요. 어째서죠?"

"우리는 아직 국력으로는 대국이라 부를 수 있을 정도도 아니지만, 국토 면적을 따졌을 때는 마왕령을 제외하면 2등이야. 국토 면적 1등과 2등이 손을 잡았다는 사실이 알려지면 경계하는 나라도 생기겠지. 제국과 왕국 사이에 낀 아미도니아 공국, 용병국가 제므, 톨기스 공화국 등등은 특히나. 그러니까 제국과 왕국이 협력 관계에 있다는 사실을 최대한 알리고 싶지 않아."

"과연. 그래서 비밀 동맹이로군요."

잔느는 생각하는 표정을 지었다. 이 맹약의 장단점에 대해 생각하는 거겠지. 하지만 제국의 입장에서 이 제안에 단점은 없을 터였다.

동쪽으로 돌릴 몫의 전비도 아낄 수 있고, 마왕령과 본국이 인접한 서쪽 방비를 튼튼히 할 수도 있으니까. 걱정이 되는 부분이라면 우리 쪽의 속셈일 테지만 말이지…….

잠시 후, 잔느는 고개를 끄덕였다.

"우리로서는 받아들여서 손해 볼 것 없는 제안이라고 생각해요. 하지만 그것을 받아들였을 때, 왕국 측에 무슨 장점이 있는 거죠?"

"굳이 들자면 제국의 신뢰를 얻는 걸까. 그리고 전쟁에 참가하는 거니까, 전쟁 지원금은 추후로 요구하지 않았으면 해."

"그건 물론. 지원금은 어디까지나 전쟁에 참가하지 않는 나라에게 요청하는 거니까요. ……하지만, 그걸로 되겠어요? 이득이라고 부를 정도는 아닌 것 같은데……."

"뭐, 인류의 존망이 걸렸을 때에 이해득실을 따지고 있어서야 안 되잖아. 나라가 안정되었는데도 모른 척 관망하고 있노라면 다른 나라에 백안시당할 테고."

"과연……."

잔느는 팔짱을 끼더니 "으음." 하고 신음했다.

"그리 된다면 어떻게 긴밀히 연계를 취하느냐가 문제겠네요. 제국과 왕국은 대륙의 양 끝에 있으니까, 의사소통에 시간이 걸리고 말 거예요. 구원 요청을 그렇게 우회시키는 건 상관없지만, 그 시간 때문에 때를 맞추지 못하게 되어서야 곤란해요."

"그 점에 대해서는 생각이 있어. ……하쿠야, 그걸 가져와."

"예."

하쿠야는 일어서서 방을 나가더니 잠시 후 종이 박스 정도 크기의 나무상자를 품고 돌아왔다. 그리고 하쿠야는 그 상자를 잔느에게 건넸다.

상자를 건네받은 잔느는 의아하다는 표정으로 물었다.

"이건 뭔가요?"

"열어 봐. 그걸 마리아 경에게 전했으면 해."

"이건…… 수신기인가요? ……앗!"

아무래도 잔느도 알아차린 모양이었다. 상자에 든 것은 삼공에 대한 최종권고에도 사용했던 국왕 방송의 간이 수신기였다.

"그 수신기는 우리 나라가 보유한 보옥 중 하나와 파장이 맞춰져 있어. 잔느 경이 제국으로 돌아가면, 제국이 보유한 간이 수신기를 하나 보내 줬으면 해. 물론 마찬가지로 제국이 보유한 보옥과 파장을 맞춰서 말이야. 그걸로 언제든지 연락을 취할 수 있겠지."

즉, 서로가 보유한 보옥과 간이 수신기를 사용해 제국과 왕국에 핫라인을 만들자는 말이었다. 보옥과 달리 간이 수신기는 간단하게 옮길 수 있다.

어느 쪽 나라가 간이 수신기에 회담을 요청하면, 다른 한쪽이 보옥이 있는 장소로 가서 곧바로 회담을 진행할 수 있는 것이었다. 이것만으로는 영상만 보낼 뿐 문서 조인 같은 건 불가능하겠지만, 서간을 들린 관료가 오가게 한다면 그것마저도 가능해진다.

이 제안에 잔느는 연신 감탄했다.

"이거라면 제국을 떠날 수 없는 언니와도 간단히 회담을 할 수 있겠네요. 뭐라고 할까, 소마 님의 발상력에는 전율마저 느껴져요."

"거창하긴. 내가 있던 세계에서는 평범한 일이니까 말이지."

"이게 평범하다고 생각하는 게 이미…… 저기, 소마 님? 지금부터 조금 폭언을 허락해 주셨으면 하는데, 괜찮으실까요?"

폭언? 무슨 소릴 하려는 거지?

"허가하지."

"감사합니다. 그럼…… 리시아 공주."

"어, 나?!"

갑자기 자신에게 이야기가 돌아오자 리시아는 움찔했지만 잔느는 개의치 않고 계속 이야기했다.

"알베르토 경에게 다시 왕위를 돌려줄 생각은 없나요? 지금이라면 제국은 전력으로 지원할게요."

양위 추천?! 내 눈앞에서 무슨 소릴 하는 거야?! 리시아도 한 방 먹은 듯 넋이 나갔지만 제정신을 차렸을 때에는 얼굴을 붉히고 화냈다.

"갑자기 무슨 소릴 하는 건가요! 그럴 리가 없잖아요!"

"괜찮잖아요. 원래 알베르토 경이 국왕이었으니까. 그리고 자유로워진 소마 님을 우리 나라에 주세요! 혹시 와 주신다면 재상이든 뭐든 원하는 지위를 드릴게요! 아예 언니와 맺어져서 황제가 되어 줬으면 좋겠어요!"

아니, '지금 계약하시면 세제를 증정해 드립니다' 같은 소리를 해도…… 그보다도 제국의 황제를 너무 가볍게 취급하는 거 아냐?! 리시아가 격앙했다.

"당신은 자신이 무슨 소릴 하는지 알고는 있나요?!"

"저는 제정신이에요. 소마 님의 사고는 시대를 앞서가고 있어요. 저는 언니와 소마 님이 만드는 제국을 보고 싶어요. ……이럴 거라면 전쟁 지원금을 받지 말고 어떻게든 소마 님께서 와 주었더라면 좋았을 텐데. 지금부터라도 제국으로 와 주시지 않겠나요?"

"그야 당연히 안 되죠!"

내가 무어라 말하기도 전에, 리시아는 책상을 탕 두드렸다.

"소마는 내게…… 왕국에 필요한 인간이야!"

송곳니를 드러낼 정도로 굉장히 험악했다. 리시아만이 아니라 등 뒤에 선 아이샤 쪽에서도 기분 나쁘다는 오라가 풍기는 것을 알 수 있었다. 무기에 손을 대고 있으니까.

나를 이다지도 생각해 주는 건 기쁘지만, 일단 잔느는 다른 나라의 요인이다. 너무 시비조로 나서는 것도 곤란하지. 나는 리시아의 머리를 상냥하게 쓰다듬었다.

"진정해, 리시아. 나는 어디에도 안 갈 거니까, 알겠지?"

"……미안해. 좀 흥분했어."

"아이샤도 대기! 검자루에 손을 대려고 하잖아!"

"제, 제 취급이 너무하지 않나요!?"

항의하는 아이샤를 무시하고 나는 잔느 쪽을 봤다.

"미안하지만, 그 요청에는 응할 수 없겠네. 마리아 황제 폐하는 매력적인 여성이라고 들었지만, 나는 리시아가, 그리고 다른 이들이 있는 이 나라에서 왕 노릇을 하고 싶어."

"후우…… 알고 있어요. 하지만 아깝다고 생각하는 건 정말이에요."

그리고 "폭언을 허락해 주셔서 감사했습니다."라며 잔느는 머리를 숙였다.

"다시 동맹 건으로 돌아가서…… 이런 중요한 안건을 제가 혼자서 결정할 수는 없어요. 국왕 방송을 이용한 수뇌 회담이라는 훌륭한 제도를 제시해 주셨으니, 언니와 직접 교섭하시는 게 좋을 거라 생각해요. 그런 의미에서 왕국의 외교 관료 몇 명을 제국으로, 제국의 외교 관료 몇 명을 이쪽에 두기를 원합니다만, 저희 관료들을 차후 왕국으로 데려가 주실 수 있으실까요?"

"과연, 그러면 연계를 취하기 쉽겠네. 허락하겠다만…… 이건 어떨까. 외교 관료의 대표에게 [특명 전권 대사]의 칭호를 주고, 양국의 수도에 [대사관]을 세워서 상주시키는 건. 뭔가 결정할 때마다 양국을 오가는 건 비효율적이니까 말이지."

"그건 훌륭하네요! 당장 검토하도록 할게요. 정말이지…… 소마 님의 지혜는 샘솟는 우물 같군요."

그러니까, 내가 생각한 게 아니라니까.

과대하게 평가받아 봐야 주눅이 들 뿐인데 말이지…… 뭐, 그건 제쳐 놓고, 그 뒤로도 나와 잔느는 많은 이야기를 나누었다.

하나 예를 들자면, 황제인 마리아가 노예 제도를 폐지하고 싶어 한다는 것 등이었다.

마리아는 인신매매의 온상인 이 제도를 예전부터 없애고 싶어 했는데, 마왕령의 위협이 들이닥친 이런 시기에 국내의 일치단결을 꾀하자는 명목으로 실행하려 하는 모양이었다. 평시라면 받아들여지기 어려운 정책도, 지금이라면 관철할 수 있다고 판단했기에 기회를 잽싸게 포착한 것이었다. 그저 '이상주의자'는 아닌 모양이었다.

나도 노예 제도를 폐지하는 것 자체에는 찬성이었지만, 다만 그 흐름이 지나치게 갑작스러운 것 같았기에 '기다리는' 중이었다. 급격한 변혁은 설령 그것이 올바른 것일지라도 반드시 혼란을 초래한다. 자유, 평등, 박애를 주창한 프랑스 혁명은 숙청의 폭풍을 낳았고, '아랍의 봄'이라며 환영받은 민주화 운동은 (물론 운동 자체를 부정할 생각은 털끝만큼도 없다) 주변국에 커다란 혼란을 일으켰다. 나는 그런 사례를 아는 사람이니까 신중하게 움직일 수밖에 없었다.

그러니까 나는 제국에, 노예 제도는 단계를 거쳐서 한 걸음씩 나아가야 한다고 말해 두었다. 가능하다면 왕국이 나아가려는 움직임에 보조를 맞추었으면 한다고.

뭐, 그런 중요한 이야기가 척척 튀어나왔기에, 양국의 관료들은 바삐 움직이고 있었다. 깊은 밤이 되어 회담이 마무리된 뒤에도 그것은 계속되었다.

틀림없이 그들은 오늘 철야를 하겠지. 그런 관료들은 슬쩍 바라보며, 나는 리시아와 잔느를 데리고 집무실 테라스로 나왔다.

가을도 깊은 심야이기도 해서 무척 서늘했다.

나는 세리나에게 핫밀크를 큰 맥주잔 사이즈 나무컵에 부탁하고, 교섭 종료의 기념, 이라는 것도 아니지만 어쨌든 셋이서 건배했다.

리시아가 "제국의 번영에."라며 컵을 들고,

잔느가 "왕국의 발전에."라며 컵을 들고,

나도 "양국의 우호에."라며 컵을 들었다.

"""건배!"""

우리는 나무컵을 맞부딪쳤다.

내용물이 핫밀크라서 건배한 뒤에서 홀짝홀짝 마실 수밖에 없었지만(호쾌하게 마시면 화상을 입는다)…… 아, 맛있네. 이 세계에 와서 우유가 맛있다는 걸 새삼 느낀다. 저온살균은커녕 무살균(짜낸 뒤에 [플랜더스의 개]에서 본 것 같은 금속 용기에 담아서, 강이나 우물에서 식혔을 뿐이겠지)이니까, 우유의 맛이 전혀 죽지 않는다.

그만큼 안전에 문제가 있겠지만…… 이 농밀함을 참을 수가 없어!

"이번 회담은 소득이 많았네요."

핫밀크의 맛에 빠져 있자니 잔느가 그리 말했다.

"무척 오래 이야기했네요. 벌써 동이 틀 때가 다 됐어요."

"……지금 생각하면 오늘 안 해도 될 이야기까지 나눈 것 같네."

기껏 국왕 방송을 사용한 핫라인을 만들었으니, 몇 가지 의제는 나중에 해도 괜찮았을 텐데. 그 때문에 업무량이 늘어난 양국의 관료들에게는 미안한 짓을 했다.

"심야라서 그런지 이상하게 분위기를 타는 바람에……."

"어쩔 수 없죠. 의지가 되는 맹우가 생겨서 기뻤던 거예요."

그리 말하고 잔느는 웃었다. 맹우……인가.

확실히 비밀 동맹이라고는 해도, 제국과는 맹우라고 부를 수 있는 관계가 되었다. 이 비밀 동맹이 훗날 세계에 어떤 영향을 줄 것인가…… 지금은 아직 확실하게 알 수는 없지만, 자국 외에 가치관을 공유할 수 있는 나라가 있다는 건 든든한 법이었다. 제국으로서도 같은 기분을 느끼고 있겠지. 그리고 잔느는 갑자기 진지한 표정을 지었다.

"그런 동쪽의 맹우에게 전하고 싶은 게 있어요."

"그게 뭐지? 서쪽의 맹우."

"마왕령에 있다고 하는 '마왕'이라 불리는 존재에 대한 이야기에요."

마왕. RPG 지식으로 말하자면 마물과 마족을 지배하는 자라고 여겨지는 존재였다. 확인되지는 않았으나 마왕령에도 그런 존재가 있을 거라고, 선대 국왕 알베르토 경에게 들었다.

"잔느 경은 본 적이 있나?"

"아뇨. 애당초 봤다는 사람은 없어요. 최고의 토벌군을 파견했을 때 마왕령 가장 깊은 곳까지 쳐들어갔었습니다만, 그 토벌군도 전멸에 가까운 피해를 입었으니까요."

"응? 그럼 어떻게 있다는 사실을 아는 거지?"

"토벌군이 궤멸했을 때, 마족 가운데 말을 할 수 있는 것으로 보이는 자가 있는 보고가 있었고, 그자가 어떤 단어를 자주 입에 담았다고 해요. 우리 나라의 연구자는 그 단어야말로 마왕의 이름이 아닐까, 그렇게 추측하고 있어요."

그리고 잔느는 말을 멈추더니 무언가 선고하는 그 단어를 입에 담았다.

"그 단어는…… '디발로이'."

"디발로이…… [마왕 디발로이]?"

"예. 그것이 마왕의 이름이라고들 해요."

잔느는 진지한 표정으로 고개를 끄덕였다. 마왕 디발로이인가…… 응?

"마왕 디발로이…… 마왕…… 디발로이, 마왕……."

어라? 뭐지? 그 프레이즈를 어디선가 들은 기억이 있었다.

데자뷔인가? ……아니, 그런 게 아니다. 들은 기억이 있었다. 어딘가에서. 어딘가. 여기가 아닌, 어딘가에서. 이 세계가 아냐. 저쪽 세계?

아니, 잠깐만. 어째서 지구라고 생각하는 거지. 지구에 마왕 같은 건 없잖아. 애당초 디발로이 같은 건 몰라. 그럴 터인데, 뭔가가 걸렸다.

"왜, 왜 그래?! 소마!"

정신이 드니 리시아가 나를 부축하고 있었다. 아무래도 나는 머리를 부여잡고는 휘청거린 모양이었다. 걱정스러운 표정을 짓는 리시아와 잔느에게 나는 미소를 지어 보였다.

"괜찮아. 갑자기 잠이 쏟아졌을 뿐이니까."

"흠, 늦은 시간이니까요. 오늘은 이만 쉴까요."

잔느도 그리 말해 주었기에, 내일 낮에 다시 알현실에서, 이번에는 율리우스도 있는 자리에서 오늘 결정된 사항을 공표하기로 하고 우리는 쉬기로 했다.

세리나에게 잔느를 객실로 안내하도록 부탁하고, 나와 리시아는 리시아가 사용하는 방으로 향했다. 빨리 쉬고 싶었지만 내 침대는 집무실에 있었다.

아무리 그래도 관료들이 일하는 옆에서 잘 수도 없었기에, 리시아가 사용하는 방 한편이라도 빌려야겠다고 생각한 것이었다.

　"소마…… 정말로 괜찮아?"

　방에 도착했을 때, 리시아는 걱정스레 그리 물었다.

　"……괜찮아. 조금 피로가 드러났을 뿐이니까."

　"거짓말! 사흘 정도는 아무렇지도 않게 밤을 새는 소마가, 이제 와서 하루 정도 밤늦게까지 깨 있는 걸 정도로 피곤할 리가 없잖아!"

　"아니, 그걸로 알아보는 것도 좀 어떨까 싶은데……."

　"하아…… 이리 와."

　리시아는 침대에 앉더니 옆에 앉으라고 재촉했다.

　귀여운 여자아이의 침대에 앉다니 두근두근하는 시추에이션이지만, 아무 말도 못 하게 만드는 리시아의 분위기에 압도되어 얌전히 따르기로 했다.

　그러자 내가 앉은 순간, 리시아는 내 머리를 붙잡더니 자기 무릎 위에 얹었다. 오랜만에 하는 무릎베개였다. 위쪽에서 리시아의 다정한 목소리가 내려왔다.

　"이유는 모르겠지만, 피곤할 때 정도는 나한테 의지해."

　그리 말하고 리시아는 내 이마를 쓰다듬었다.

　"……미안해. 고마워."

　"후후, 천만에요."

　나는 눈을 감고 몸의 힘을 뺐다. 마왕 디발로이의 이름을 들었을 때, 들은 기억이 있다는 사실에 느낀 막연한 불안. 그것이 해

소된 것은 아니지만, 머리를 쓰다듬어 주니 마음이 가벼워지는 듯한 느낌이 들었다.

리시아 덕분에 잠에 빠질 때까지, 나는 불안을 느끼지 않을 수 있었다.

♔ 제5장 ✦ 철수

──────대륙력 1546년 10월 22일

그란 케이오스 제국과 비밀 동맹을 맺은 다음 날 오후.

나와 잔느와 율리우스는 또다시 알현실에 모였다.

모두가 전날과 같은 위치에 있는 가운데, 내 비스듬히 앞쪽에 선 하쿠야만이 율리우스 쪽으로 한 걸음 나와서 어제 회담으로 결정된 내용이 적힌 종이를 읽고 있었다.

"[왕국군은 반을 포기하고 엘프리덴 왕국으로 귀환한다.]"

하쿠야가 그리 말한 순간에 율리우스는 자못 당연하다는 표정을 지었지만, 이어서 읽은 내용을 듣고 안색이 바뀌었다.

"[그 조건으로, 아미도니아 공국에 엘프리덴 왕국에 전쟁 배상금 지불을 명령한다. 이것은 포로 반환을 위한 배상 교섭과는 별개로 한다.]"

"무슨 소리야?!"

율리우스는 잔느에게 바짝 다가섰다.

"잔느 경! 이건 대체 어찌 된 건가?!"

"어찌 되기는…… 저는 의뢰받은 대로 확실하게 영토를 돌려

받았습니다만?"

잔느는 어깨를 으쓱였지만 율리우스는 납득하지 못하는 모양이었다.

"장난치는 건가! 배상금을 지불하라니, 이래서야 완전히 패전국 아닌가!"

"그리 말씀하셔도 어쩔 수 없는 상황일 텐데요. 수도를 잃은 상태이니까."

"그렇지 않아! 우리는 아직 지지 않았어. 고작해야 일개 도시가 함락되었을 뿐이잖나!"

"……그렇다면 뒷일은 알아서 하시면 되겠네요. 제국은 두 나라의 이번 분쟁에서 손을 떼겠습니다. 정전이든 속전이든 마음대로 하시죠."

잔느가 그리 말하니 율리우스는 "윽." 하고 말문이 막혔다. 그런 율리우스의 모습을 보며 잔느는 한숨을 내쉬었다.

"애당초 그 일개 도시…… 수도를 일개 도시로 취급해도 되는지는 무척 의문이지만, 수도를 탈환하지도 못하니까 저희에게 조력을 청하셨죠? 그렇다면 이 전쟁은 당신들의 패배입니다. 제국은 [인류 선언]의 맹주로서 변경된 국경선을 원래대로 되돌릴 방법을 마련했습니다. 이 이상의 사안에 개입할 수는 없어요."

"하지만 배상금이라니……."

"율리우스 공. 이번 일에 언니 마리아는 무척 슬퍼하고 계세요."

잔느는 율리우스에게 마치 내치듯 차가운 시선을 보냈다.

"마왕령의 위협에 인류를 단결시키고자 만든 [인류 선언]을 틈을 파고들어 벌인 침략 행위. 맹주로서 못 본 척할 수는 없습니다."

"그건…… 선대 공왕 가이우스가……."

"그렇다고 하더라도. 그걸 말리지 않았던 귀공에게도 책임은 있습니다. 어쨌든 이 이상, 인류 선언 가맹국에서 이런 어리석은 행위를 저지르는 자가 나오지 않도록 만들기 위해서라도 엄한 처분은 필요하다고 생각했으니까요. 귀국이 그 판례가 되어 주셔야겠어요."

우와…… 말 자체는 정중하지만, 요컨대 '귀하의 나라를 본보기로 삼아서 인류 선언 가맹국의 분위기를 다잡아야겠습니다.' 라는 거잖아. 율리우스는 분노로도 고뇌로도 단정할 수 없을 표정으로, 움켜쥔 양손을 바르르 떨고 있었다.

"……혹시 그게 싫다면."

"조금 전에 말씀드렸던 그대로입니다. 멋대로 하시면 되겠죠. 제국은 이 싸움에서 손을 떼고 아미도니아 공국을 인류 선언에서 제외하겠습니다."

"윽?! 잠깐만! 그리 된다면 우리 나라는……."

"예. '가맹국이 상대가 아니라면 쳐들어가도 인류 선언에 위반되지 않는다' 라는 당신의…… 실례, 아버님의 견해가 아미도니아에도 적용되겠죠."

아미도니아 공국은 사방으로 4개국에 둘러싸여 있었다.

서쪽으로 각국에 용병을 파견하며 영세중립국을 표방하는 [용병 국가 제므].

남쪽으로 북상 정책이 국시이고 인류 선언에도 가맹하지 않은 [톨기스 공화국].

북쪽으로 가치관이 다른 나라와는 다른 종교 국가 [루나리아 정교황국].

그리고 동쪽으로 우리 [엘프리덴 왕국]이 있다. 우리는 제쳐 놓더라도 지금 인류 선언의 보호를 잃는다면 나머지 3개국에 먹힐지도 모른다.

선대 공왕 가이우스 8세는 제국과 손을 잡고, 제프의 용병과 계약하고, 유약했던 선대 국왕 알베르토의 통치 하에 있는 엘프리덴 왕국을 위압하고, 남북의 국가를 상대로는 무위를 보여 주는 것으로 나라를 유지했다. 이건 이것대로 균형 외교가 가능했던 거라 할 수 있겠지.

율리우스에게 그 재능이 있을까?

재능이 있을지라도 젊은 율리우스에게 그리 행동할 수 있을 만큼의 권위가 있을까?

권위의 계승은 본래, 선대가 살아있는 동안에 서서히 진행되어야 한다.

그러나 가이우스는 이제 없다. 율리우스는 지금부터 밖으로는 다른 나라의 위협, 안으로는 가신들의 통솔이라는 어려운 문제와 싸워야만 하는 것이다. 그런 중요한 시기에 인류 선언에서 제외되어 제국의 권위를 빌릴 수가 없게 된다면 순식간에 '내몰리게' 된다.

율리우스도 그건 알고 있으니 고뇌에 가득 찬 표정으로 잔느에게 머리를 숙였다.

"……중재안을, 받아들이겠다."

"좋은 판단입니다. 율리우스 공."

율리우스는 원통하다는 표정을 지었지만 여기서 양보할 수는 없었다.

어쨌든 이야기가 정리된 모양이니 구체적인 금액 교섭으로 들어갔다.

제시된 것은 아미도니아의 연간 예산 2년 치, 그것을 10년 동안 분할 납부하며 제국 금화로 지불할 것을 요구했다. 즉, 앞으로 10년 동안 연간 예산의 2할을 지불토록 요구한 것이다.

율리우스는 당연히 반발했지만 잔느가 설득(협박?)하는 형태로 납득시켰다. 연간 예산의 5할 이상을 군사 관계에 할당하고 있는 아미도니아의, 바로 그 군비를 빼앗는다는 의미도 있었다. 군비를 줄이면 지불하지 못할 금액도 아니라고 생각하지만, 과연 아미도니아가 그럴 수 있을까.

"잔느 경. 이것이 지불되지 않는 경우에는."

"알고 있어요. 제국은 반이 엘프리덴 왕국으로 편입되는 것을 지지하겠습니다."

"큭……."

율리우스는 분한 모양이었지만, 그 이상은 아무 말도 할 수 없는 듯했다. 그걸 확인하고서, 나는 잔느에게 제안했다.

"하지만 잔느 경. 이대로라면 지불을 미루고 반의 수비를 굳히는 경우도 고려할 수 있겠지. 아무리 제국에 편입을 인정받더라도 한번 손을 뗀 도시를 다시 함락시키는 건 수고가 들어. 그러니 지불액에 맞는 담보를 받았으면 하는데."

"담보, 라고요?"

"배상금을 지불할 때까지 받아 놓는 물품 말이지. 배상금이 지불되지 않을 경우, 그 물품의 소유권은 우리에게로 넘어온다. 물론 배상금이 제대로 지불된다면 돌려주지."

"과연…… 그래서, 어떤 걸 요구하시나요?"

"국왕 방송의 보옥."

"뭐라고! 우리 나라에 하나밖에 없는 물건이라고!"

율리우스가 격앙했다. 뭐, 국왕 방송의 보옥은 지금의 기술로는 도저히 만들 수 없는 보물이다. 자산 가치를 따지자면 아미도니아의 연간 예산 1년 치는 되겠지.

하지만,

"별로 사용하지 않았을 텐데. 줘도 상관없잖아?"

"말도 안 되는 소리! 우리 나라의 백성을 선동할 속셈이냐!"

"수신 장치의 파장을 바꾸면 그만인 이야기야. 그것만으로 더는 엘프리덴 측의 방송을 수신할 수는 없을 텐데."

"윽…… 그건 그렇지만……."

율리우스는 불쾌하다는 표정을 지었지만 의외로 시원스레 납득한 모양이었다.

이렇게 편리한 물건을 연초의 결의 표명 발표에만 사용한 모양이니, 군사 제일주의자인 율리우스로서는 그 가치를 알 수 없는 거겠지. 어쩌면 커다란 실물자산 정도로밖에 인식하지 않는

것일지도 모른다. 그렇게 생각하고 있자니,

"폐하. 잠깐 괜찮으시겠습니까."

그리 말하며 하쿠야가 귓속말을 했다. 그 내용을 듣고 나는 미간을 찌푸렸다.

"그거…… 반 정도는 네 취미 아냐?"

"무슨 소리를 하시는 겁니까. ……는 지혜의 결정체입니다."

"……뭐, 상관없나. 율리우스 공."

"……뭐냐."

"부족한 담보만큼 이 성의 서고에 있는 책을 받았으면 하는데."

하쿠야의 제안은 이것이었다.

아미도니아의 서고에서 먼지를 뒤집어쓰고 있는 서적을 받자는 것이었다.

이 세계에서 종이는 아직 귀중하여 책의 유통량도 적었다. 엘프리덴 왕국에 없는 서적이 아미도니아에 있는 경우도 충분히 생각할 수 있었다. 게다가 서적이라면 우리가 가지고 있는 동안에 필사할 수도 있다. 율리우스는 코웃음을 쳤다.

"괜찮겠지. 하지만 그 이상의 물건에는 손대지 마라. 특히 무기나 방어구 반출은 허락지 않겠다."

"교통망을 정비할 자금을 만들려고 팔아치운 것도 있는데? 이 도시의 정비를 위해서 사용한 자금이니까 돌려달라고 해도 못 돌려주니까 말이지."

"큭, 그렇다면 이 이상 손대지 마라!"

"……알았다."

서적보다도 무기가 중요한가. 방심할 수 없는 나라들에게 주위를 둘러싸인 상황에서는 타당한 판단이지만, 한 나라의 지혜가 모인 서적이 유출되는 것이 얼마나 무서운 일인지 모르는 듯했다.

잔느 쪽을 보니 그녀도 같은 생각을 했는지 쓴웃음을 짓고 있었다. 그럼 배상금 이야기가 마무리된 참에, 그 밖의 사안에 대해서도 결정지었다.

"엘프리덴 왕국군은 포로가 된 우리 나라 병사를 반환해 주었으면 한다."

"알겠다. 다만 귀족 및 기사 계급 이상은 몸값을 지불할 것."

"……알았다."

"다만 귀국이 우리 나라로 침공했을 때, 우리 나라 안에서 마을을 습격하고 약탈을 저지른 전쟁 범죄자를 조사하고 그 리스트를 작성했다. 포로 가운데 이 리스트에 있는 자는 우리 나라에서 심판할 터이니 인도에 응할 수는 없다."

하쿠야가 생각해낸 궁여지책 '가공의 마물 [플레임 피에로]를 사용한 피난 유도'로 아미도니아 공국군의 진로 상에 있던 마을의 사람들을 대부분 대피시킬 수 있었다.

그러나 그럼에도 피해가 아예 없지는 않았다.

공국군은 각지로 척후병을 보낸 모양이고, 운 나쁘게도 조우한 사람이 살해당한 사례도 있는 모양이었다. 무고한 백성을 살해한 죗값은 반드시 치르도록 만들 것이다.

"또한 리스트에 이름이 있지만 아직 귀국에 있는 자의 신병 인

도를 요구한다. 이 인도가 완료되고 나서 포로 반환을 진행하고
자 한다."

"……알겠다. ……그러나."

율리우스는 하쿠야로부터 전범 리스트를 받아들며,

"반환되는 포로들 중에 로로아는 있나?"

그리 말했다. 로로아? 누구지?

"모르겠는데. 누구냐?"

"로로아 아미도니아. 내 여동생이다. 회전 당시에는 반에 있
었을 텐데."

"여동생? 반 성문이 열렸을 때, 희망자는 퇴거시켰다. 남아
있던 귀족, 기사 계급 이상인 자는 마르가리타 정도였을 터. 왕
족을 붙잡았다는 보고도 없었다."

"……그럼 됐다."

그리 말하고 율리우스는 더 이상 흥미 없다는 듯 이야기를 끝
냈다. 여동생이 행방불명이잖아? 그런 것 치고는 태도가 담담
했다. 걱정되지 않나?

"필요하다면 목격자가 없는지 찾을까?"

"필요 없다."

"필요 없다니……."

그러자 하쿠야가 옆으로 다가와서 귓속말했다.

("아마도 공왕 후계자 다툼이 벌어지는 걸 경계하는 거겠죠.
제가 조사해 본 바로는, 로로아 공주는 아미도니아 공왕가에서
는 보기 드문 문관 성향이라고 합니다. 무관을 편애하는 율리우

스 공은 문관에게 인기가 없습니다. 문관들이 로로아 경을 추대하여 자신에게 대항하는 게 두려울 테죠.")

("가이우스가 없는 지금, 몇 안 되는 육친일 텐데?")

("왕가에는 자주 있는 일입니다.")

("그건 알지만…… 딱히 알고 싶지 않네.")

지구의 역사를 봐도 왕가의 후계자 다툼은 드물지 않았다.

엘프리덴 왕궁에서도 리시아의 어머니인 엘리샤 님이 왕위를 계승했을 때에는 친족다툼으로 전멸에 가까운 상태였다는 모양이니까.

확실히 정적이 되는 상대의 배제는 마키아벨리도 추천했다. 하지만…… 가족이 없는 고독을 아는 몸으로서는, 하나뿐인 여동생 정도는 소중히 대하라고 생각하고 만다. 무르다고 할지도 모르겠지만, 이것만큼은 양보할 수 없는 부분이었다.

"아아, 그렇지. 지금 언급한 마르가리타 말인데, 왕국 쪽으로 넘겨받고 싶다. 반의 안정에 협력해 준 입장이니 그쪽에서도 어찌 취급할지 곤란할 테지."

"마르가리타 완다 장군인가?"

율리우스는 잠시 생각하는 모습을 보인 뒤에,

"……그쪽에 있는 귀족 포로 다섯 명을 무상으로 해방해 준다면 허락하지."

그리 말했다. 포로로서의 가치를 생각한 거겠지. 그리고 취급하기 곤란한 장군 하나보다도 자신에게 순종하는 부하의 몸값을 깎는 게 득이라고 판단했을 테고. 하나를 넘겨주고 포로 다섯을 돌려받는다는 것도 상당히 만만찮은 판단이었다.

"알겠다. 그 조건을 받아들이지."

"……좋은 장수이기는 했지만 그렇게까지 바랄 정도의 인재였나?"

의아해하는 율리우스의 태도에 나는 쓴웃음을 지었다. 전력으로밖에 사람의 가치를 판단하지 못하는 율리우스는 마르가리타의 가치를 알 수 없겠지. 가수로서, 또한 사회자로서 마르가리타는 국왕 방송의 프로그램 제작에 빠져서는 안 되는 인재가 되었다.

뭐, 그걸 굳이 설명할 이유도 없으니 가만히 있었다.

대부분의 이야기가 정리된 참에, 나는 이번 교섭의 종결을 선언했다.

[엘프리덴 왕국은 반을 반환하는 대신에 고액의 배상금을 받고.]

[아미도니아는 배상금을 지불하는 대신에 반을 돌려받고.]

[제국은 이번 소동의 조정자로서 존재감을 드러냈다.]

……그런 결말에 우선은 만족했다고 할까. 불이익을 짊어진 것은 아미도니아뿐이고, 제국에 손해는 없고, 왕국도 타당한 이익을 거두었다고 할 수 있겠지.

"율리우스 공."

교섭이 끝나고 이제 네놈과 할 이야기는 없다는 듯이 발길을 돌리려던 율리우스를 나는 불러 세웠다.

"……뭐냐?"

"내가 있던 세계의 정치사상가 마키아벨리는 이렇게 말했다. '고생하여 얻은 나라는 다스리기 편하고, 고생하지 않고 얻은 나라는 다스리기에 어렵다'."

"? 무슨 뜻이지?"

몸을 돌려 나를 노려보는 율리우스의 눈을 똑바로 바라보며 말했다.

"나는 귀공들을 격파하고 반을 손에 넣었다. 대부분의 귀족 및 기사 계급인 자들을 내쫓았고, 정적이 될 법한 자도 배제했지. 그러니까 내가 이대로 반을 다스린다고 해도 큰 문제가 일어나지는 않았을 거야. 하지만…… 귀공은 어찌 될까? 귀공이 이 도시에 돌아온다고 아무 일도 없이 다스릴 수 있을까?"

"……무슨 소릴 하는 거냐. 여긴 애당초 내 나라다."

"하지만 이제까지 엘프리덴령이었지. 귀공은 그런 곳을 제국의 위신이라는, 말하자면 타인의 힘을 빌려서 되찾은 거야. 이건 마키아벨리가 말한 '고생을 하지 않고 나라를 얻었다'는 상태라고."

역사에는 친인척의 권위나 강국의 지원 등으로 고생 없이 군주가 된 자가 있다. 그러나 그렇게 후견인의 힘으로 척척 올라간 자는, 그 후견인을 잃는 순간에 운을 잃는 법이다.

마키아벨리가 이상적인 군주상으로 삼은 이탈리아의 풍운아 체자레 보르자가, 후견인이자 아버지였던 로마 교황 알렉산데

르 6세의 죽음을 계기로 몰락했듯이.

혹은 항우와 유방이 싸우던 시대, 항우 측의 천거로 추대되어 농민에서 왕이 된 초왕이, 이윽고 용도가 사라졌다고 판단되자 죽임을 당한 것처럼 말이다.

자신의 수도를 되찾는 데에 제국의 권위를 빌리고 만 율리우스를, 아미도니아의 제후도 백성도 가벼이 보게 되겠지. 무위로 두려움을 산 가이우스 8세도 이제는 없는 것이다.

과연 예리할지언정 박력이 부족한 율리우스가 제후를 억누를 수 있을까. 나 이상으로 반 민중에 헌신해 신뢰를 얻을 수 있을까.

"'고생하지 않고 군주가 된 자는 크게 노력할 필요가 있다'. 원한을 이야기하기 전에, 최선을 다해서 국민을 위한 정치를 하는 게 좋을 거야."

"……쓸데없는 참견이다."

마음에도 없는 내 조언을 일축하고, 율리우스는 떠났다. 잔느는 그저 어깨를 으쓱였다. 나는 다가가서 잔느와 악수했다.

"결실이 많은 교섭이었어. 마리아 황제 폐하께도 잘 전해 줬으면 해."

"반드시. 하쿠야 경도 건강하시길. 언젠가 주군에 대한 불평을 안주 삼아 술 한잔 하죠."

"그렇군요. 술통을 준비하고 기다리겠습니다."

그게 뭐야. 술통을 준비할 정도로 불평이 넘친다는 건가? 시선을 보내자 노골적으로 눈길을 피했다. 그걸 보고 잔느는 경쾌하게 웃었다.

"다음에는 같은 진영에서 만나고 싶네요. 언젠가 언니와도 직접 이야기를 나누어 주세요."

"……그렇군. 마리아 경과 이야기할 수 있는 날을 기대하고 있지."

우리는 맞잡은 손에 힘을 실었다.

철수가 결정된 뒤의 행동은 빨랐다.

반의 반환이 결정된 이상, 머무를수록 전비를 낭비하는 셈이었다. 왕국군은 입성했을 때와 마찬가지로 당당하게 반에서 병사를 물렸다.

반 근처에 머무르고 있는 아미도니아군의 병력은 압도적으로 적고, 또한 제국군도 엄중히 감독하고 있었기에 추격에 대비할 필요도 없었다.

왔을 때와 마찬가지로, 나는 행렬 한가운데 즈음에서 아이샤가 재갈을 붙잡은 말을 타고 리시아의 말과 나란히 나아갔다. 입성할 때, 왕국군의 행렬을 바라보는 반 주민들은 겁먹은 눈빛이었다. 그러나 지금은 그 분위기가 살짝 바뀌었다.

딱히 포고령을 내리지도 않았는데도 길가에 늘어선 민중의 표정은 어쩐지 불안해하는 모습이었다. 그런 민중의 모습을 보고 리시아가 의아하다는 표정을 지었다.

"어째서 다들 저런 표정이지? 해방되어서 기쁘다든지, 간신히 나가 주는 거냐고 안도한다든지, 그런 표정이라면 이해할 수 있겠지만…….”

“아마도…… 불안하겠지. 아미도니아의 치세 아래로 돌아간다는 게.”

“불안이라니, 원래대로 돌아가는 것뿐인데?”

“그러니까 말이야. ‘또 예전의 생활로 돌아가는 건가’라고 불안해하는 거야.”

나는 똑바로 앞을 바라보며 말했다.

“반의 주민들은 아미도니아 공왕가의 압정 아래에 있었어. 그게 당연했을 무렵에는 신경 쓰지 않았을 테지만, 왕국군의 점령 하에 놓이면서 그것이 당연한 게 아니라는 사실을 알아 버렸지. 나는 공왕가와는 달리 자신의 생각이나 사상을 표현하는 자유를 인정했으니까. 그러니까 그들은 우리가 떠나고 율리우스가 돌아오면서 또다시 억압당하는 시대로 돌아가지는 않을까 불안할 거야.”

뭐…… 실제로도 그렇게 되겠지. 율리우스가 반으로 입성하면 당연히 느슨해진 이 분위기를 다잡으려고 들 터. 리시아는 길가의 백성들을 가엽다는 듯이 보고 있었다.

“자유를 알아 버렸기에 원래의 생활로 돌아갈 수 없게 되었다…… 그야말로 중독이네.”

“절묘한 비유라고는 생각하지만…… 좀 더 긍정적인 표현은 없어?”

“사실이잖아. 하지만 자신들의 나라잖아? 그리 간단히 의식을 바꿀 수 있는 거야?"

"내가 있던 세계에는 '가혹한 정치는 호랑이보다 무섭다'는 말이 있어. 이 경우에는 '압정은 정복자보다 원망스럽다'고 할까. 민중은 인의나 도덕으로 움직이는 존재가 아냐. 자국에 자신의 이익이 있다면 외적을 막고, 타국에 자신의 이익이 있다면 앞장서서 성문을 열고 마는 법이지."

내가 그리 말하자 리시아는 "후우⋯⋯." 한숨을 내쉬었다.

"소마랑 같이 걷고 있으면 세상의 힘겨운 면만 보게 되네."

"싫어졌어?"

""팍팍 덤벼 봐(보세요!)""

어째선지 말 재갈을 쥔 아이샤까지 입을 모아 말했다.

"어째서 아이샤까지?!"

"폐하와 걸어가는 길에 노고 따윈 없습니다!"

충성심이 너무 높잖아. 슬슬 [국왕의 개] 같은 별명이 붙을 듯한 기세였다. 그런 아이샤를 보고 리시아는 쿡쿡 웃었다.

"나도 같은 기분이야. 너랑 함께라면 어떤 현실이라도 받아들일 수 있어."

"⋯⋯그런가. 자, 그럼 돌아갈까."

————모두가 기다리는, 우리의 나라로.

————그로부터 일주일 뒤.

그란 케이오스 제국으로 귀환한 잔느가 황도의 성에 도착하자, 한숨 돌릴 틈도 없이 곧바로 언니인 황제 마리아가 그녀를 불렀다.

잔느가 난처해하면서도 마리아의 집무실로 걸음을 옮기자, 방 안에서는 언니가 서서 기다리고 있었다. 항상 이 시간이면 아직껏 관료들이 바삐 일하고 있을 터인데, 오늘은 사람을 물렸는지 방 안에는 마리아밖에 없었다. 온화한 미소를 띠면서도 늠름하게 선 그녀의 모습에서는 황제의 위엄이 느껴졌다.

잔느는 가슴에 손을 대고, 자신을 맞이한 마리아를 향해 인사했다.

"언니. 지금 막 공국의 수도 반에서 귀환했습니다."

"잘 돌아왔습니다, 잔느. 결과는 어찌 되었습니까?"

"말썽은 있었지만, 거의 희망했던 그대로 수습되었습니다. 공국의 수도 반 및 주변 영토도 엘프리덴 왕국에서 아미도니아 공국으로 반환되었습니다."

"수고했어요. 잘해 주었군요. ……그럼."

그리고 마리아가 손뼉을 짝 치고는 싱긋 웃었다.

"업무 모드는 이걸로 끝. 어서 와요, 잔느."

그리 말하고 마리아는 잔느를 끌어안았다.

"어, 언니?!"

갑자기 안겨서 잔느는 당황했다.

"갑자기 뭐하는 거예요! 황제 폐하께서 경망스럽게 이러시면 어떻게 해요?!"

"그치만, 한동안 잔느의 얼굴을 못 봐서 쓸쓸했는걸요. 가족 이외에는 다들 황제 취급만 하지, 하나 더 있는 여동생은 여전히 연구실에 틀어박혀 있지."

"그치만, 이 아니잖아요! 정말이지, 어린아이도 아니고."

그리 말하면서도 잔느는 마리아의 등을 토닥토닥 두드렸다. 언니가 이 나라의 황제로서 짊어지고 있는 중책과 고독을 알고 있기에 그것을 쉽사리 뿌리칠 수는 없었던 것이다.

마리아는 몸을 떼더니 집무실 옆에 설치된 멋들어진 침대에 앉아서는 옆을 툭툭 두드려 잔느에게 앉으라고 재촉했다.

"그래서 그래서, 소마 왕은 어떤 분이었나요?"

자기 전에 옛날이야기를 조르는 아이처럼 눈을 반짝이는 언니를 보고, 잔느는 두통이 느껴지는 것만 같았다. 다만 이야기하지 않으면 풀어 주질 않을 것 같았기에, 잔느는 체념하고 교섭할 때의 일을 차례차례 이야기하게 되었다.

"알겠어요. 우선은 사전에 반을 조사하러 들어갔을 때의 이야기인데……."

잔느는 소마와 반의 길모퉁이에서 만났을 때부터 비밀 동맹을 맺기에 이르기까지의 경위를 공들여서 설명했다. 잔느가 이야기하는 내용에 따라, 듣고 있는 마리아의 표정이 연신 바뀌었다. 소마가 용사 소환으로 불려 나온 사실에 화를 내지 않고 이쪽의 의도를 제대로 이해해 주었다는 이야기를 듣자 안도한 표정을 지었다.

소마가 '마물과 마족이 이쪽 대륙에서 말하는 인류와 동물의 관계 아닌가.' 라고 지적했다는 이야기를 듣자 놀라움과 불안이 뒤섞인 듯한 표정이 되었다.

교섭하는 도중에 먹은 나폴리탄 빵이라는 음식이 맛있었다고 이야기하자,

"잔느만 먹고, 치사해요!"

그러면서 삐친 표정을 지었다. 잔느는 이야기를 하며 이만큼 표정이 풍부한 언니를 보는 것은 오랜만이라고 느꼈다. 아마도 기분이 고양된 것이리라.

그런 마리아가 가장 감정을 폭발시킨 것은 비밀 동맹에 관한 이야기였다.

소마가 제안했던 '서쪽 수비는 제국이, 동쪽 수비는 동방 제국 연합에 원군을 보내는 방식으로 왕국이 맡겠다' 는 비밀 맹약. 그 것을 들은 마리아는 침대에 몸을 던지고는 배를 붙잡고 데굴데굴 구르며 웃었다. 잔느는 그런 언니의 태도에 기가 막혔다.

"언니. 딱히 웃을 만한 일이 아니라고 생각하는데요?"

"후후후…… 미, 미안해요. 하지만 재미있어서."

마리아는 지나치게 웃느라 눈가에 배어나온 눈물을 훔치며 그리 말했다.

"재미있다고요?"

"그게, 바로 얼마 전까지는 우리가 배려해야만 했을 정도로 쇠퇴의 길을 걸어가던 나라가, 어느샌가 대륙의 동쪽을 맡기기

에 충분한 맹우가 된걸요. 마치 요정이 환각 마법을 건 것 같잖아요."

"뭐…… 확실히 꽤나 사태가 어지럽게 움직이고 있네요."

"그래. 그거예요, 잔느."

마리아는 갑자기 웃음을 거두더니 진지한 표정으로 말했다.

"저기, 잔느. 왕국에서 용사는 어떤 존재라고 전해지는지 기억하나요?"

"보고서에 있었죠. 그게…… [시대의 변혁을 이끄는 자]였던가요?"

"그래요. [마왕을 쓰러뜨리는 자]도 [천하를 다스리는 자]도 아닌, [시대의 변혁을 이끄는 자]인 거예요. 소마 왕은 용사로서 소환되었음에도 불구하고, 국왕으로서 내정밖에 하질 않으니까 정말로 용사인지 의문시하는 목소리도 있어요."

"확실히 용사라는 칭호와는 위화감이 있네요. 강할 것 같지도 않았고."

실제로 소마와 대면한 잔느의 이야기를 듣고 마리아는 고개를 끄덕였다.

"그렇죠. 우리가 떠올리는 '용사상'과 거리가 멀다고 생각해요. 하지만 용사라는 이미지에 구애되지 않고, 어디까지나 [시대의 변혁을 이끄는 자]로서 본다면 어떨까요? 최근에 사태가 이다지도 빨리 움직이는 걸 생각하면, 그야말로 [변혁]이라고 느끼지 않나요?"

"앗?!"

그 말을 듣고 잔느는 숨을 삼켰다. 마리아는 일어서서 창가에 섰다. 그리고,

"예상보다 더 재미있는 사람인 것 같네요. 아아, 빨리 직접 이야기해 보고 싶어."

동쪽 하늘을 바라보며 마리아는 부드럽게 미소 짓는 것이었다.

　모험가 길드. 던전 탐색을 생업으로 하는 모험가들을 상대로 던전에서 발견된 유물이나 던전산 마물의 소재를 매입하고, 또한 해수 구제나 행상인 호위, 던전에서 흘러나온 마물 토벌 등의 퀘스트를 알선하는 장소다. 모험가는 각국을 오가는 일이 많기에 모험가 길드는 국가에서 독립된 조직이 되었다.

　그런 모험가 길드의 파르남 지부를 열혈 미남 검사 디스, 동안 슬렌더 여도적 유노, 울끈불끈 마초 권투사 오거스, 온화한 호청년 신관 페브랄, 서글서글한 글래머 마도사 줄리아의 모험가 파티가 방문했다.

　"디스 일행이시군요. 마을사람 호위 퀘스트 상금이 나왔어요."

　접수처 아가씨는 사무적인 인사를 하고는 은화가 든 주머니를 건넸다. 주머니는 묵직하게 부풀어 있었기에 유노와 오거스는 눈을 반짝였다.

　"이거, 두 달 치 벌이 이상 아닌가?!"

　"다섯이서 나눠도 상당한 액수일 것 같은데?! 이걸로 너클을 새로 만들 수 있어…… 아니, 좀 더 품질 좋은 걸로 바꿀 수 있어!"

상금에 눈이 먼 두 사람을 제쳐놓고 페브랄은 고개를 갸웃거렸다.

"아무리 파티 단위가 아니라 한 사람마다 상금이 나왔다고는 해도, 호위 퀘스트에 이런 액수는 지나치게 많은 것 같군요. 뭔가 특별 수당이라도 나왔나요?"

페브랄이 묻자 접수처 아가씨가 싱긋 미소 지으며 고개를 끄덕였다.

"예. 이번 퀘스트는 왕성에서 나온 '남쪽에서 신종 마물로 여겨지는 【플레임 피에로】가 출현했으니 인근 마을의 사람들을 피난시키고자 그들의 호위를 부탁한다.'는 내용이었는데, 운 나쁘게 아미도니아 공국과의 전쟁과 겹쳐 버려서 공국군과 접촉했다는 보고가 다수 올라왔어요."

"아, 그거. 나도 접촉했어."

유노가 그리 말하자 접수처 아가씨는 또다시 고개를 끄덕였다.

"다행히도 마을의 사람들은 이동시켰던 덕분에 국민들이 공국군에 당하는 피해는 상당히 줄어들었지만, 모험가 분들 중에는 '예상 밖'의 수고를 끼쳤다면서 왕성 쪽에서 위험수당이 나왔어요. 그만큼 추가되었다는 거예요."

"과연……."

디스 일행은 상금을 받아들고는 길드 안에 설치된 카페&바 공간의 테이블로 이동했다. 상금을 제대로 5등분하며 디스가 페브랄에게 물었다.

"아까 이야기…… 어떻게 생각해?"

"어떻게, 라는 건 예상 밖의 위험수당 말인가요?"

페브랄이 되묻자 디스는 고개를 끄덕였다.

"우연히 이런 타이밍에 플레임 피에로에게 습격당한 마을이나 도시가, 우연히 공국군의 진로와 겹쳐 있어서, 우연히 마을 사람들을 피난시켰기에 인적 피해는 경미했다……라니, 아무리 그래도 너무 편의적이지 않나?"

"……그러네요. 어쩌면 왕국 측이 경계하던 건 처음부터 공국군이었을지도 모르죠. 공국군의 침입을 내다보고 우리에게 서둘러서 주민을 피난시켰다든지?"

페브랄이 그런 추론을 세우자 유노가 고개를 갸웃거렸다.

"응? 하지만 나는 실제로 플레임 피에로를 무사시 도련님 형씨랑 같이 봤는데?"

"그 모습은 마네킹 인형 몸통에 머리가 횃불처럼 타오르는 느낌이었지? 간단하게 만들 수 있을 것 같잖아."

"각본이었다는 거야~?"

줄리아가 느긋한 태도로 묻자 페브랄은 "그래." 라며 수긍했다.

"그럴 가능성이 높다고 생각해요. 왕국에는 무언가 의도가 있었던 거겠죠."

"헛, 상관없잖아, 그런 건."

오거스가 두터운 팔을 페브랄의 목에 둘렀다.

"나라의 의도가 어쩌느니, 그런 건 모험가랑은 상관없잖아.

우리한테 중요한 건 퀘스트를 제대로 해치우고 그걸로 상금을 왕창 버는 거고. 그렇지?"

오거스의 주장을 듣고 디스는 쓴웃음 지었다.

"그러네. 지금은 떨떠름한 소리나 하지 말고 이 상금을 어떻게 사용할지 생각하자."

"일단 오늘밤에는 회식이려나~."

줄리아가 서글서글하게 이야기한 바로 그때였다. 길드 입구에서 땅딸막한 무언가가 들어왔다. 손에는 언월도, 등에는 대바구니, 흰 천을 감은 얼굴에서 엿보이는 동그란 눈과 두꺼운 눈썹은 사랑스러웠다. 저건 누구냐! 거대 나방의 고치인가! 달걀 괴물인가!

"아니, 저건 인형 옷 형씨잖아."

알아차린 유노가 그런 말을 꺼냈다. 무사시 도련님은 길드 안으로 들어오더니 타박타박 접수처 아가씨에게 다가가서는 무언가를 건넸다. 저건…… 서간?

"아, 배달인가요. 수고하셨어요."

[…………(무사시 도련님, 엄지를 척).]

서간을 건넨 무사시 도련님은 이제 용건이 끝났다는 듯 돌아가려고 했지만, 그리 두지는 않겠다며 유노가 무사시 도련님의 머리 위에 올라탔다.

"여, 오랜만이야. 당신도 남쪽에서 돌아왔구나."

[…………("유, 유노 씨?"라며 놀라고 있다).]

유노의 무게로 키가 살짝 줄어든 무사시 도련님은 손을 바동

바둥 움직였다. 유노는 무사시 도련님에게 올라탄 채로 그의 **빰**부분을 슥슥 쓰다듬었다.

"그때는 도와줘서 고마워. 하마터면 공국군한테 붙잡힐 **뻔했**다고."

[…………("아뇨, 당신이 무사해서 정말로 다행이에요."라며 손으로 툭 두드렸다).]

"아하하. 하지만 지금 생각하면 혼자서 돌아다닌 당신 쪽이 위험했잖아? 아마도 같은 퀘스트를 받은 모양인데, 우리를 찾아와줘서 잘 됐으니까 말이지."

[…………("처, 천만에요."라며 꾸벅꾸벅 머리를 숙인다).]

그런 두 사람의 대화를 다른 파티 멤버들은 어이없다는 표정으로 보고 있었다.

"어떻게 저걸로 대화가 성립되는 걸까……." (디스)

"사랑……일까요." (페브랄)

"어, 페브랄은 줄리아의 가설을 믿게 되었나?" (오거스)

"우후후후." (줄리아)

그렇게 이야기를 주고받는 네 사람에게 서간을 읽던 접수처 아가씨가 말을 걸었다.

"아, 여러분. 마을사람 호위 퀘스트를 받았죠?"

"? 예, 그런데요…… 무슨 일 있었나요?"

디스가 그리 묻자 접수처 아가씨가 싱긋 웃었다.

"왕성에서 또 추가 보수가 있는 모양이에요. 지금 도착한 서간에 적혀 있었는데, '모험가 분들 덕분에 결과적으로 많은 국민들이 목숨을 건졌으니, 그 노고를 치하하고자 왕성에서 자그마한 연회를 열겠사오니 부디 참가해 주시길.' ……이라고 하네요."

"왕성에서 연회?"

디스가 미간을 찌푸렸다. 위험수당까지 지불해 놓고는 연회라니 너무 거창한 대접이었다.

"나는 가고 싶지 않은데."

유노가 무사시 도련님에게 기댄 채로, 노골적으로 싫다는 표정으로 말했다.

"왕성이라면 엄청 딱딱한 분위기일 것 같으니까. 어울리지 않는다는 느낌이 엄청 들 것 같아."

"후후후. 괜찮을까요? 그런 소릴 해 버리면."

그러자 무언가 의미심장을 웃음을 흘린 접수처 아가씨가 자신만만한 태도로 말했다.

"그 연회 개회장소는 왕성 안에 있는 [식당 이시즈카]라고요?"

"""[식당 이시즈카]라고?!"""

"알고 있어? 오거스, 페브랄."

디스가 묻자 두 사람은 고개를 연신 끄덕였다.

"알고 자시고, 성 아래에서는 소문이 자자하다고. 왕성 안에 굉장히 맛있는 밥집이 있다던데?"

"들은 바로는, 소마 왕과 식량 문제 담당대신 폰초 씨가 기획한 성내 식당이라는 모양이더군요. 듣자하니 소마 왕이 있던 세계의 요리가 이 나라 사람들에게 받아들여질지를 조사하기 위해서 만들었다나."

"그래요, 그래요, 그렇다고요!"

어째선지 접수처 아가씨도 잔뜩 신이 나서는 말했다.

"다양한 요리가 있지만 어느 요리도 빠르고, 싸고, 맛있어서 최고예요. 하지만 장소가 왕성 안이라서, 게다가 밤에만 하는 터라 성에서 일이라도 하지 않는 한은 먹으러 갈 수가 없어요. 저도 한 번, 길드장의 시중으로 등성했을 때에 먹어볼 기회가 있었는데…… 츄릅, 그 맛은 잊을 수가 없어요."

침을 닦으며 황홀한 표정을 짓는 접수처 아가씨를 보고 디스는 기겁했다.

"괜찮아? 요리에 뭔가 이상한 성분이라도 들어 있는 게 아닐까?"

"괜찮지 않으려나~. 그야말로 국왕님도 드시는 요리인걸."

줄리아의 그 말을 듣고 유노는 자기 아래에 있는 무사시 도련님에게 물었다.

"인형 옷 형씨도 올 거지? 그 퀘스트에 참가했잖아?"

[…………("어, 아뇨, 저는……." 손을 앞으로 내밀고 고개를 절레절레).]

"뭐야, 오라고―. 안 오면 내용물을 끄집어내 버린다?"

[…………("그, 그만두세요!"라며 팔다리를 바동바동).]

유노에게 잔뜩 시달리는 무사시 도련님. 결국, 유노의 기세에 떠밀리는 형태로 연회 참가를 약속하게 된 것이었다.

그리고 연회 당일 저녁.

왕성 안에 있는, 더는 사용되지 않는 술 창고를 체인점 선술집 느낌으로 개장한 [식당 이시즈카]는 마을사람 호위 퀘스트를 맡았던 모험가들 수십 명으로 북적였다.

이번 연회는 중앙에 늘어선 테이블 위에 한가득 진열된 커다란 접시 위의 요리 중에서 마음에 드는 것을 가져다 먹는, 이른바 뷔페 형식이었다. 모험가들은 진귀하면서도 맛있어 보이는 요리(특히 간장이나 된장 등을 사용한 것)에 앞다투어 모여들었다.

무사시 도련님이 추가된 유노 파티도 줄을 서서, 제각각 요리나 술을 확보하여 자리에 앉았을 때였다. 입구와는 반대쪽에 설치된 단상으로 누군가가 올라갔다.

그것은 붉은 군복으로 몸을 감싼 단발의 소녀였다.

그 소녀를 보고 누군가가 "아니, 공주님?!"이라며 놀라서 소리쳤다.

그 말에 장내가 술렁였다. 단상에 선 사람은 틀림없이, 이 나라 선대 국왕 알베르토의 딸이자 현 국왕(잠정) 소마 카즈야의 약혼자인 리시아 공주였다.

리시아는 인사를 한 뒤, 맑은 목소리로 이야기했다.

"모험가 여러분, 파르남 성에 잘 오셨어요. 저는 현 국왕 소마의 약혼자인 리시아 엘프리덴이라고 합니다. 오늘은 바쁜 탓에 이곳에 오지 못하는 소마를 대신해서 인사를 드리러 왔습니다. 이번 퀘스트를 맡아 주셔서 정말 감사했습니다."

리시아는 다시 한번 머리를 숙였다. 그런 그녀의 모습에 유노는 감탄한 표정을 지었다.

"역시 공주님이네. 같은 또래인데도 굉장히 단아한 느낌이야."

그런 유노의 감상에 무사시 도련님은 노골적으로 시선을 피했다. 최근 전투에서 대군을 이끌고 전선에 나설 정도인 공주를 단아하다고 부를 수 있을지 망설여졌기 때문이었다.

리시아는 포도주가 담긴 잔을 들더니 그것을 머리 위로 올리며 말했다.

"여러분 덕분에 많은 백성을 구할 수 있었습니다. 이곳에 없는 소마, 그리고 구원받은 국민들을 대신해서 감사드립니다. 그럼…… 건배!"

"""건배!"""

리시아의 호령으로 연회의 막이 열렸다. 모험가들은 실컷 술을 마시고 녹말 튀김, 나폴리탄 빵, 해산물 꼬치튀김 등의 이 나라에서는 아직 진귀한 요리에 입맛을 다셨다.

"이 녹말 튀김은 맛있는데! 맥주가 끝없이 들어가잖아!"

오거스가 그리 말하자 페브랄도 수긍했다.

"요랑족이 제조하는 간장을 사용한 모양이네요. 정말 맛있어요."

"문어 꼬치튀김도 맛있어. 자, 디스. 아~앙♪"

"잠깐, 줄리아! 벌써 취했어?!"

그런 식으로 각자가 즐기는 한편에서, 이미 눈빛이 풀린 유노가 무사시 도련님에게 매달려 있었다. 맥주가 든 나무컵을 그의 뺨에 대고 꾹꾹 눌러댔다.

"자, 인형 옷 형씨도 마셔 봐~."

[…………("수, 술은 강요하면 안 돼요!"라며 당황했다).]

"계속 안 마실 거라면, 입으로 직접 마시게 만들어 버릴 거야~."

[…………("천에 스며들 뿐이니까 그만! 제대로 마실 테니까요!")]

그러자 무사시 도련님은 유노에게 등을 돌렸다. 어쩌려는 걸까 싶어서 유노가 의아한 표정으로 보고 있자니, 갑자기 등의 이음매에서 남자 손이 튀어나왔다.

"우억?!"

충격적인 그 광경에 유노는 저도 모르게 몸을 뒤로 젖혔다. 무사시 도련님에서 뻗어 나온 손은 아연실색한 유노에게서 맥주가 든 컵을 받아들더니 무사시 도련님의 몸 안으로 스르륵 들어갔다. 그리고 안에서 무언가 꿀꺽꿀꺽 마시는 소리가 들리는가 싶더니 잠시 후에 텅 빈 컵이 등에서 배출되었다.

"……저기, 지금 그건 대체……."

유노가 그리 묻자 무사시 도련님은 정면으로 빙글 돌더니 그녀의 어깨를 툭 두드렸다.

[…………("환상이에요."라며 고개를 끄덕인다).]

"어? 아니, 하지만 지금……."

[…………("'환상'이에요. 알겠죠?"라며 고개를 기울인다).]

유노로서는 이제 "아, 예……."라는 말밖에 할 수 없었다. 그대로 '환상'도 주고받으며 마시고 먹는 두 사람. 그런 둘의 모습을 리시아가 흘끗흘끗 보고 있었다.

그로부터 20분 뒤.

[……………(무사시 도련님, 갑자기 몸이 기울더니 벌렁 드러 눕는다).]

곁에서 함께 먹고 마시던 유노가 깜짝 놀라서 소리 쳤다.

"아니, 형씨 괜찮아?! 너무 빨리 뻗는 거 아냐?!"

유노가 몸을 흔들었지만 무사시 도련님은 깨어나질 못하는 듯 했다. 그러자,

"잠깐만, 실례할게요."

"예?"

갑자기 들린 목소리에 유노가 고개를 드니, 군복 차림의 소녀 가 무사시 도련님 곁으로 다가와 있었다. 리시아 공주였다. 공 주님이 갑자기 말을 걸었기에 유노는 놀란 나머지 입을 뻐끔뻐 끔했다. 리시아는 무사시 도련님의 입가에 귀를 대더니,

"……활동 한계. 술도 마셨으니까…… 과연."

그리 말하고는, 리시아는 무사시 도련님을 일으켜 세웠다.

"이 사람은 이쪽에서 간호할게. 뒷일은 맡겨 줘."

"아, 예……."

건성으로 대답하는 유노. 리시아는 그런 유노의 얼굴을 지그 시 바라봤다.

"? ……저기…… 제 얼굴에 뭐라도 묻었나요?"

"아니, 아무것도 아냐. 그럼 연회를 즐기도록 해."

리시아는 그리 말하고는 무사시 도련님을 데려갔다.

유노는 어안이 벙벙한 표정으로 두 사람의 뒷모습을 지켜볼 수밖에 없었다.

"어째서 그런 지경이 되면서까지 참가한 거야. 굳이 인형 옷 안에 들어가면서."

성안의 복도를 걸어가며 무사시 도련님의 어깨를 부축한 리시아가 묻자, 무사시 도련님 안에서 남자 목소리가 들렸다.

[어쩔 수 없잖아. 나도 지인 정도는 있으니까.]

"지인이라고 해도, 그 인형의 지인이잖아? 됐으니까 빨리 벗어. 여기라면 아무도 안 보니까."

리시아가 그리 말하자 인형의 등이 크게 열리고 안에서 땀투성이가 된 소마가 나왔다. 인형 옷 안의 더위에 술까지 들어간 탓에 얼굴도 무척 빨갰다. 무사시 도련님 안에서 기어 나온 소마는 그 자리에 주저앉아 축 늘어졌다.

평소의 무사시 도련님은 소마의 능력 【리빙 폴터가이스트】로 원거리 무인조작을 하지만, 오늘은 먹고 마셔야만 하는 자리였기에 본인이 안에 들어가 있었던 것이다.

리시아는 어이없다는 표정으로, 주저앉은 소마를 부축했다.

"자, 쉴 거면 이런 곳이 아니라 집무실 침대에서 쉬어. 인형은 나중에 다른 사람한테 말해서 정리하라고 할 테니까."

"어, 미안해. 그래 주면 고맙겠어."

소마도 리시아의 부축을 받으며 휘청휘청 걸어갔다.

"……그런데 그 아이가 유노? 귀여운 아이였지."

집무실로 가는 도중에 리시아가 그리 묻자 소마는 이리저리 시선을 헤맸다.

"……딱히 켕기는 짓은 안 했는데?"

"어머, 나는 아무것도 안 물었는데?"

째려보는 리시아와, 그런 리시아의 시선을 직시하지 못하는 소마.

내용만 들으면 중년 부부의 대화로 들리지 않을 것도 없었다.

♟ 제6장 ✦ 사자 우리 앞에서

반에서 수도 파르남으로 귀환하고 며칠이 지났다.

나는 지금 파르남 성 지하에 있는 감옥 앞에 있었다. 광원은 촛대의 등불밖에 없어서 어스름했다. 성안에 있다는 사실을 미루어 보면 알 수 있겠지만, 이곳에 들어오는 인간은 신분이 높은 사람이 많았다. 주로 수감되는 것은 정치범이었다.

그런 지하감옥 안에서, 나는 어떤 인물과 철창을 사이에 두고서 마주보고 있었다.

한동안의 침묵 끝에, 나는 감옥 안의 인물에게 말을 걸었다.

"이렇게 직접 얼굴을 마주하는 건 처음이로군. 잠정 국왕인 소마 카즈야다."

"처음 뵙겠습니다. 게오르그 카마인이라고 합니다."

그리 말하며 전 육군대장이자 사자 얼굴을 지닌 수인, 게오르그 카마인은 깊이 머리를 숙였다. 내가 의자에 앉아 있는 것과는 달리 게오르그는 감옥 바닥에 그대로, 전국시대 무장이 높으신 분을 알현할 때처럼 앉아 있었다.

"이번 승전, 정말 축하드립니다."

게오르그는 머리를 숙인 채로 말했다.

게오르그가 이곳에 수감된 것은 우리가 귀환하기 며칠 전이 었다. 그때까지는 거처였던 랜들 성에 근신 중이었을 터니 정보 수집은 하고 있었겠지.

 "머리를 들어라. 그 자세로는 이야길 나누기 힘들어."

 "옛."

 고개를 든 게오르그와 똑바로 마주 봤다.

 그의 몸은 늠름하고 키도 2미터 가까이 되기에, 무릎을 꿇었음에도 의자에 앉은 나와 시선 높이가 거의 같았다. 또한 그가 자아내는 역전의 강자로서 지닌 기풍이 그의 신체를 더욱 커 보이게 했다. 웅대함. 그런 표현이 어울리는 무인이었다.

 '국왕 방송 너머로 이야기를 나누었을 때랑은 비교도 안 되네……'

 게오르그의 분위기에 삼켜지지 않도록 버티는 게 고작이었다. 이 감각은 가이우스가 들이닥쳤을 때와 비슷했다. 꽝장한 관록이 있지만 이래 봬도 삼공 중에는 최연소인 거구나. 카스토르가 160세 정도이고 엑셀은 500세를 넘었으니까.

 "삼공의 겉보기 나이와 실제 연령의 순서, 정반대가 아닌가? 그리고 정신 연령도."

 내가 그리 말하자 게오르그는 유쾌하다는 듯 웃었다.

 "그렇군요. 일반적으로 오래 사는 종족일수록 신체도 정신도 성장이 늦어진다고들 하죠. 장수 종족은 대개 (그 사람의 실제 연령) × (인간족이나 수인족 등의 일반적인 최장수 연령 〈대략 백 살〉) ÷ (그 종족 최장수 연령)이 정신의 연령이라고 합니다."

과연. 이 세계에는 일본에서 말하는 '학은 천 년, 거북은 만 년' 같은 느낌으로, '드래고뉴트는 오백 년, 교룡족은 천 년'이 장수의 상징(이쪽은 실제 그 정도 살기는 하지만)으로 취급된다. 즉 카스토르를 예로 들자면 $160 \times 100 \div 500$으로 아직 32세인가. 그리 생각하면 직선적인 성격도 납득할 수 있나⋯⋯ 아니, 어라? 잠깐만?

  "그런 논리라면 엑셀의 정신 연령은 벌써 50세잖아?"

  "⋯⋯어떠한 일이든 예외는 있습니다."

  "노골적으로 시선 피하지 말고."

  아무래도 두려울 것 따윈 아무것도 없을 듯한 게오르그조차도 엑셀의 나이 이야기를 언급하는 건 주저되는 모양이었다. 기분은 잘 알 수 있었다.

  잠시 그렇게 두서없는 이야기를 나눈 뒤, 나는 진짜 화제를 꺼냈다.

  "⋯⋯당신을 만나서 하고 싶은 이야기나 묻고 싶은 게 잔뜩 있었거든."

  "무엇이온지요."

  "그 전에. 리시아와 만나 주지 않겠나?"

  내가 그리 묻자 게오르그는 조용히 눈을 감았다.

  파르남으로 돌아온 뒤, 리시아는 게오르그와의 면회를 딱 한 번 청했다나.

  그러나 게오르그는 단칼에(정확하게는 수위에게 전언으로 들었지만) 거절했다고 한다.

'이제 곧 왕비가 되실 분이 죄인을 찾으시겠다니 무슨 말도 안 되는 소리인가!' 라고.

리시아는 고지식한 성격이니까 그 말을 무겁게 받아들여, 그 이후로는 면회를 청하지 않았다. 그리고 마음을 달래려는 듯 자신의 일에 몰두했다.

"다부지게 행동하고는 있지만…… 정말 아무렇지도 않은 건 아닐 테지."

"공주님과의 결별은 최종권고 당시에 마쳤습니다. 이제 더 이상 말은 필요치 않습니다."

"머리카락을 자른 그때 말인가?"

"저는 그 행동에서 공주님의 각오를 보았습니다. 인간으로서, 한 사람의 여성으로서 공주님은 훌륭하게 독립하셨습니다. 사라질 이와 관여하시어 그 각오가 흐려지게 만들고 싶지 않습니다."

리시아를 위한 거절인가. 정말이지…… 이 고집불통 부녀 같으니라고.

"저도 여쭙고 싶은 것이 있습니다."

"뭐지?"

"저희를 따라 반역을 저지른 육군과 공군의 사람들은 어찌 되었습니까? 그리고 부정을 저지르고 반란을 일으킨 귀족들의 대우는?"

"육군과 공군 병사들은 아미도니아전의 공적을 바탕으로 죄를 묻지 않기로 했다. 바르가스 가는 내게 반역하기는 했으나

선대 국왕 시대까지의 공이 있지. 죄를 묻는 것은 카스토르, 카를라 둘뿐이다. 바르가스 공령은 폐지했지만 인연을 끊고서 엑셀에게 의탁했던 적남(嫡男) 카를에게 가명을 잇게 하고 붉은 용 성읍만 영유하는 것을 허락했다. 다만 아직 그 아이는 어리기에 부인인 액셀라와 가문 재상 톨먼이 보좌하게 되었지. 카스토르, 카를라 부녀에 관해서는 엑셀이 전공을 반려하면서 애원하였기에 훗날 내가 직접 심판하기로 했다."

게오르그는 눈을 감고 있었다. 대체 어떤 기분으로 듣고 있었을까.

"그리고 부패 귀족들 말인데…… 가명을 폐하고 영지나 재산을 몰수한 뒤에…… 처형했다. 실행범은 공개로, 연좌로 엮인 자는 비공개로."

현행법에서는 [반역죄는 삼족까지 극형]이었다. 게오르그처럼 반역을 일으키기 전에 제대로 인연을 끊었다면 무관계한 친족이 말려들 일도 없었지만, 부패 귀족 대부분은 그것을 게을리했다. 진다고 생각하지 않았을 테지.

게다가 그들은 반역죄 이외에도 부정, 뇌물, 아미도니아와 내통, 각자의 영지에서 저지른 악행(자신의 권력을 믿고 살인이나 부녀자 폭행, 강도 etc) 등, 어쨌든 법을 잔뜩 어겼다.

반역죄뿐인 게오르그나 카스토르에게는 그럼에도 구명 탄원이 들어왔지만, 그들의 경우에는 도리어 끔찍하게 죽이라는 탄원서가 들어왔을 정도였다.

"연좌제라는 건 일가친지를 막지 않았다는 책임을 묻는 거잖아? 삼족이라니 너무 많지 않나?"

"어쩔 수 없습니다. 인간족이나 수인족 같은 경우에는 증손의 얼굴을 볼 수 있을 정도면 상당히 장수한 것이지만, 그 이후 자손의 얼굴을 보더라도 현역인 종족도 있습니다. 그 때문에 처벌이 넓어진 겁니다."

"그렇다고 해도 관계없는 인간이 너무 많이 죽잖아! 하쿠야랑 필사적으로 움직여서 아슬아슬하게 이족까지로 법을 개정했다. 그리고 열세 살 이하의 형 집행은 면제하고 고아원이나 교회에 맡기는 게 고작이었어……."

열 살 이하는 왕국이 경영하는 고아원에 맡기고 열하나~열셋은 교회에 맡겨졌다.

양쪽의 차이는 장래에 결혼해서 가족을 가질 수 있는지 여부였다.

고아원이라면 가능하지만 교회에 맡기면 속세에서 떨어져 결혼도 불가능하다. 또한 연좌된 인간 중에 임산부와 출산 이후 한 달도 안 된 여성이 하나씩 있었기에, 이 또한 교회에 감시를 붙여서 맡겼다. 혹시 장래에 좋지 않은 일을 꾸미려고 한다면 그 시점에서 처리될 것이다. ……지금의 내가 할 수 있는 일은 여기까지였다.

"나는…… 이 연좌제에는 반대야. 죄는 실제로 저지른 사람만 심판받아야 해. 아무리 일가친지라고 해도 죄 없는 인간이 죽는 건 잘못되었어. 게다가 공개 처형도 말이야. 흉악 범죄자를 심판하고 유사한 죄를 저지르지 못하도록 하는 억지력으로 작용하는 사형은 아예 그만둘 순 없어. 바로 그렇기에 그런 사형을 구경거리로 만들고 싶지도 않고, 구경거리라고 생각하는 국민의 의식도 개혁하고 싶어."

"이미 당신의 나라입니다. 원하시는 대로 하셔도 괜찮지 않겠습니까."

"……그렇게 하겠어."

"폐하께서는 사람의 목숨을 빼앗는 것이 괴로우십니까?"

무척 고뇌하는 표정을 지었는지 게오르그가 신경 쓰듯 그리 말했다.

"당연히 괴롭지! 명령 하나로 수도 없는 목숨이 사라진다. 그런 책임감에 짓눌려 버릴 것 같아. 나는 반년 전까지 일반인이었다고?!"

"공주님께 편지를 통해 들었습니다. 하지만 공주님은 소마 폐하야말로 왕 중의 왕이라고 절찬하셨죠. 자신의 모든 것을 다해 폐하를 떠받치고 싶다고."

"리시아는…… 잘 받쳐 주고 있어. 하지만 나는 그런 리시아를 슬프게 만들 결단을 내려야만 해. 당신을…… 죽여야만 하지."

나는 이마에 손을 대고 신음하듯 말했다.

"당신의 계획은 훌륭했어. 할의 아버지…… 그레고른에게 모두 들었어. 부패 귀족을 한곳에 모으고 비자금까지 일망타진한다. 나와 하쿠야가 놓치고 있던 부분까지 채워 준 훌륭한 계획이었지. 하지만…… 그 사실을 공표할 수 없는 이상, 당신은 부패 귀족과 똑같이 취급해야만 해."

공표할 수 없는 이유는 두 가지였다.

첫 번째는 금군과 육군의 전투에서 사망자가 발생했다는 것이었다. 금군 측의 피해가 전함 한 척으로 그친 붉은 용 성읍에서의 전투와는 달리, 랜들 근교 전투에서는 양쪽에서 희생자가 나오고 말았다. 게오르그의 진의를 공표하더라도 유족은 납득하지 못하겠지.

두 번째는 포로로 잡힌 용병의 몸값을 지불하게 된 제므의 감정이 한층 더 악화되리라는 것이었다. 현 단계에서 제므는 용병 계약 중단의 앙갚음으로 패배한 쪽에 용병을 파견해 버렸다는 사실을 후회하는 상태였다.

혹시 나와 게오르그가 뒤로 손을 잡고 있었다는 사실이 알려진다면, 제므는 왕국의 함정에 빠졌다고 생각하겠지. 실제로는 게오르그의 독단이었지만 그리 생각한대도 어쩔 수 없었다. 안 그래도 나쁜 국민감정이 더욱 악화되는 것이다. 그것은 피하고 싶은 사태였다.

그렇기에 현 시점에서는 게오르그의 계략을 공표할 수는 없는 것이었다.

다만 그런 사실을 게오르그도 잘 알면서 한 일이겠지. 모든 것을 알면서, 문자 그대로 무덤까지 가지고 가려는 것이었다. 고집불통. 정말로…… 바보다.

"저기, 정말로 이 길밖에 없었나? 이게 당신이 바란 일인가? 오명까지 뒤집어쓰고 부패 귀족과 동반 자살해서, 그걸로 당신은 만족하는 거냐!"

나는 의자에서 일어서서는 철창을 두들겼다.

"어째서 그렇게까지 서두를 필요가 있었나! 시간을 들여서 부패 귀족을 숙청하는 길도 있었잖아! 카스토르도 그렇다! 당신에게는 무언가 생각이 있을 거라 믿고 마지막까지 당신과의 우의에 따라 반역자가 되었어! 전후에 맡기고 싶은 일이 있었는데, 그 예정이 틀어져 버렸잖아! 그야 한 번에 모든 걸 정리한 건 큰 성과야. 이 나라의 분위기도 좋아졌고, 나나 하쿠야의 주가도 올라가서 정책이 쉽게 통하게 되었지. 하지만, 그렇다고 당신을 잃어서는 의미가 없잖아! 국가에게 인재를 잃는다는 게 얼마나 심한 타격인지 알고는 있나! 부패 귀족과 등가 교환할 게 아니라고!"

"…………."

게오르그는 눈을 감은 채로 묵묵히 듣고 있었다. 나는 다시 한 번 철창을 두드렸다.

"대답해라, 게오르그! 당신은 이걸로 정말 만족하나!"

"……물론입니다."

내 물음에 게오르그는 온화한 말투로 그리 대답했다.

"제 몸과 마찬가지로 앞으로는 늙고 쇠퇴할 뿐일 거라 생각했던 거목의 뿌리에서 새로운 싹이 움트는 것입니다. 그렇다면 그 싹이 건강히 자라나기를 기도할 뿐."

"그 결과 거목이 쓰러지더라도 말인가?"

"왕성한 다음 세대의 힘을 느낄 수 있다는 기쁨. 폐하도 이윽고 알게 되시겠죠."

"……그렇게 될까."

"공주님과 폐하 사이에 자식이 태어날 무렵에는, 틀림없이."

나는 의자에 털썩 주저앉았다.

몸에서 힘이 빠져나가는 묘한 느낌 가운데, 나는 또 하나 신경이 쓰였던 것을 물었다.

"대답해 줘…… 이건 전부 '당신 혼자서 생각한 일'인가?"

"……무슨 의미십니까?"

게오르그는 눈을 뜨고는 그리 물었다. 시치미 떼지 마!

"당신과 나는 지금 이게 첫 대면이야. 그런데도 나에 대한 당신의 신뢰는 이상하게 높아. 이번 계획을 맡기고, 딸처럼 소중하게 생각하는 리시아를 맡기고, 왕국의 미래를 맡기려고 하는 거라고. 아무리 생각해도 이상하잖아. 그 충성심은 어디서 온 거지?"

"……공주님의 편지로 당신의 비범한 재능을 알았다, 그걸로는 납득하지 못하시겠습니까?"

"그래, 안 돼. 문자로 충성심을 품을 수 있겠나. 당신이 목숨을 바친다면, 그건 '엘프리덴 왕가'를 위해서라는 이유뿐이겠지."

지금 와서 생각해보면 '처음부터' 이상했다.

내가 왕위를 물려받았을 때부터 묘하게 나아갈 길이 준비되어 있었다.

갑자기 왕위를 물려받아 국정의 전권을 맡았고, 리시아와의 약혼이라는 대의명분까지 받고, 어느샌가 부패 귀족이 색출되고 있었다.

다시 생각해보면 모든 것이 내가 편하게 일하도록 그리고 편하게 일하도록 움직이고 있었다. 그것이 누군가의 의사에 따른 일이라면…… 그런 일이 가능한 것은 한 사람밖에 없었다.

 "이번 계획은 그 사람의 지시인가?"

 "……대답하지 않겠습니다."

 "대답해줘. 그 사람은, 당신은 대체 뭘 알고 있는 거야?"

 나는 게오르그의 말을 기다렸지만 그는 아무런 이야기도 꺼내려 하지 않았다. 감옥 안은 귀에서 삐— 하고 이명이 들릴 정도로 소리가 사라졌다. ……이래서야 더는 기다려도 소용없나.

 "무슨 일이 일어도 대답해 주지 않겠다는 거로군."

 "언젠가 때가 온다면 그 사람이 이야기하겠지요."

 나는 일어서서는 품속에서 작은 병을 꺼내어 게오르그 앞에 내려놓았다.

 "독주다. 그 형태가 어찌 되었든 나라를 위하여 목숨을 바치려는 남자를 공개처형하는 건 못 참아. 그리고…… 당신을 위해 목숨을 바치려는 자들에게도 이걸 권했다."

 사람을 잘 다루는 게오르그의 능력 때문인지, 육군 장병들 가운데 적잖이 그런 녀석이 나오고 있었다. 전 부장인 베오울프를 포함한 육군 상층부의 몇 명은 자신들에게 게오르그와 같은 형벌을 달라며 요구하고 있었다. 또한 아미도니아와의 전쟁에서 공적을 바탕으로 죄를 추궁당하지 않았던 육군과 공군 장병들 중에서도 대장의 구명을 청하며 왕성 앞에서 자해하려다가 구속되는 사람도 나오는 지경이었다. 정말이지…… 죽고 싶어 안

달 난 녀석들이 말이야.

게오르그는 병을 받아들고는 "감사합니다."라며 표정을 풀었다. 딱딱한 사자 얼굴이 마음씨 좋은 할아버지처럼 보였다. 게오르그는 병뚜껑을 열고는 나를 향해 그것을 치켜들었다.

"폐하. 부디 공주님을 잘 부탁드립니다."

"약속하지. 리시아는 이제 내게는 바꿀 수 없는 가족이야. '가족은 무슨 일이 있어도 지킨다' …… 앞으로 무슨 일이 있어도 이 신념만큼은 변하지 않아."

고독해지는 쓸쓸함을 알고 있기에 가족은 무슨 일이 있어도 지킨다.

설령 그것이 아무리 비효율적인 일일지라도, 말이다.

내 각오를 진심으로 느꼈는지 게오르그는 만족스레 끄덕였다.

"그 말을 듣고 안심했습니다. 엘프리덴 왕국의 영광과, 폐하와 공주님의 행복을 저 세상에서 기도하겠습니다. 그럼…… 안녕히."

그리 말하고 게오르그는 병의 내용물을 단숨에 들이켰다.

이윽고 몸이 기우뚱 기울고, 손에서 떨어진 병이 바닥에 부딪히며 쨍그랑 깨졌다.

이어서 들린 털썩, 하는 소리를 마지막으로 감옥은 또다시 아무런 소리도 없는 공간이 되었다. 옆으로 쓰러진 게오르그의 얼굴은…… 만족스레 웃고 있는 것처럼 보였다.

나는 일어서서는 게오르그의 감옥에서 등을 돌리고 걸어갔다.

터벅, 터벅…….

몇 걸음 나아간 참에 일단 멈춰 서서, 딱 한 번만 돌아봤다.

"……나한테만 떠맡기지 말라고."

나는 다시 앞을 보고 걸어갔다. 더는 돌아보지 않았다.

————다음날, 크리스 타키온의 정보 방송에서 [전 육군대장 게오르그 카마인, 옥중에서 자결] 뉴스가 보도되었다.

우리가 수도 파르남으로 귀환하고 일주일 뒤(8일 뒤)의 오전.

왕성 집무실에서 들리는 것은, 내가 펜을 움직이는 소리와 리시아가 서류를 넘겨주는 소리뿐이었다. 공국의 수도 반에서도 일을 하기는 했지만 수도 파르남으로 귀환한 뒤로도 업무량은 변함이 없다고 할까, 오히려 늘어났다.

삼공 체제가 무너진 지금, 시급하게 군을 재편해야만 하기 때문이었다.

그란 케이오스 제국과 대등한 관계를 구축하고 마왕령의 위협에 대항하기 위한 군비 증강, 즉 [강병]을 이루어야만 한다.

그 강병책이 바로 최종권고 당시 삼공에게 이야기했던 [통일군 구상]이었다.

저쪽 세계의 역사를 보면 군의 위력은 기동력에 기인하는 바가 컸다. 즉, 얼마나 빨리 중요한 장소로 필요한 전력을 보낼 수 있느냐에 달린 것이었다.

지난날 아미도니아 공국과의 대결에서 압승할 수 있었던 이유도 상대보다 먼저 전장에 도착할 수 있었기 때문이었다. 상대보다 하루 빨리 결전 장소에 도착하여, 왕국군은 충분히 휴식한 상태에서 크게 지친 공국군과 싸울 수 있었던 것이다. 만약 동시에 도착했을 경우, 똑같이 피로한 상태에 숫자마저 뒤처졌더라도 더 이상 물러설 데가 없었던 공국군은 끈질기게 버텼겠지. 그 때문에 왕국군은 더욱 고전했을 테고.

그리고 이 기동력을 얻기 위해서는 도로 정비와 동시에 금군과 육해공군 사이의 장벽을 걷어내어, 통일된 의사 아래에서 즉각 전군을 움직일 수 있는 체제를 만들 필요가 있다.

그 체제가 [통일군 구상]이었다. 금군과 육해공군, 그리고 소속은 금군이기는 하지만 귀족의 사병인 귀족군을 해체, 재편해서 하나의 군대 [엘프리덴 방위군](약칭 [국방군])을 만들려는 것이었다.

그렇게 국방군을 조직하는 과정에서 걱정되는 것이 각 군단의 반발인데, 육군과 공군은 이번 소동으로 발언력을 잃었다. 양쪽을 잠정적으로 맡고 있는 그레이브와 톨먼도 협력적이니 문제는 없었다. 그리고 이쪽의 동료가 되었기에 실점이 없는 해군도, 국방군의 총대장으로는 해군대장인 엑셀이 취임하게 되었으니 큰 반발은 없겠지. 엑셀 본인은 총대장으로 천거되는 것을 꺼렸지만, 루드윈이 경험을 쌓을 때까지만 맡아달라고 기한을 붙여서 어찌어찌 납득해주었다.

육해공군은 이걸로 되었고, 성가신 것은 귀족군이었다.

소속은 금군이지만 지휘권은 실제로 지휘하는 귀족 측에 있다보니 무척 다루기 어려운 군대였다.

강력한 야생생물, 마물(마왕령 출현 전에는 던전 안에만 있었다는 모양이지만), 도적과 해적, 산적도 있는 이 세계에서 각 영지에도 일정한 숫자의 경찰력은 필요했다.

그러니까 영지를 가진 귀족에게 사병을 훈련시키고 영내를 안정시키는 것은 의무라고도 할 수 있었다. 다만 이 나라의 경우, 그 숫자가 지나치게 많은 상태였다.

이것은 전전대 국왕의 확장노선이 미친 영향이었다.

당시에는 전장에서 무공을 세우는 것이 입신양명의 최단 루트였다는 모양이라, 귀족들은 영민들을 징병하면서까지 사병을 모았다고 한다. 초짜를 징병해서 전력이 조금 늘어나도 그 때문에 생산력이 떨어져서야 의미가 없는데……. 이후에 선대 알베르토 왕이 확장노선을 전환한 뒤에도 늘어난 귀족군은 그대로 방치되고 있었다.

그렇기에 지금 나는 그런 귀족군을 필요최저한의 경찰력만 남기고 해산시키는 작업에 쫓기고 있었다. 본업이 있는데도 병역을 졌던 사람들은 퇴직금을 주어 해방하고, 국방군으로 편입을 원하는 사람은 심사를 거쳐서 받아들이고 있었다.

그들의 편성은 엑셀, 그레이브, 루드윈 등 군부에서 결정한다고는 하지만, 나도 올라온 편성안을 살펴보고 허가의 도장을 찍어야만 하는 것이었다.

““………….””

작업 중, 나와 리시아 사이에 대화는 없었다. 거북한 분위기. ……아니, 이 분위기는 내가 일방적으로 느끼는 것뿐이겠지. 리시아는 평소 그대로였다.

그날, 게오르그 카마인이 감옥 안에서 자결했다는 이야기를 전했지만 리시아의 안색에는 전혀 변화가 없었다. 무표정한 그대로 그저 작게 "그래……."라고 중얼거렸을 뿐이었다.

평정심을 잃을 거라고 생각하지는 않았다. 나를 책망할 거라고 생각하지는 않았다.

리시아가 그런 여자가 아니라는 사실은 잘 알고 있었다.

하지만 설마 이렇게까지 평상시 그대로 행동할 줄은 몰랐다. 괴로운 표정 정도는 내비칠 거라고 생각했다. 괴롭지 않은 것은 아닐 텐데, 슬프지 않은 것은 아닐 텐데. 평소와 다를 바 없이 행동하는 리시아에게 무어라 말을 걸면 좋을지 알 수 없었다.

이래서야 차라리 원망하는 한마디라도 해주는 편이…….

'어째서 카마인 공을 살려 주지 않은 거야!'

…………. 응. 그러는 편이 낫다니, 전혀 그렇지 않았다.

리시아에게 매도당하는 경우를 상상한 것만으로도 풀이 죽을 뻔했다.

차라리 한 방 얻어맞고 뒤탈 없이 끝난다면……. 아니, 그래서야 오히려 내 쪽이 배려를 받는 거잖아. 정말이지, 난 대체 뭘 하는 거냐. 게오르그에게 호언장담을 해 놓고는 가장 가까운 여자아이의 마음조차 지켜 주지 못하잖아.

"소마."

"어, 왜?"

목소리가 들려 고개를 드니 리시아가 의아하다는 표정을 짓고 있었다.

"펜이 멈췄는데?"

"……아, 미안해."

이러면 안 되지. 좀 더 정신 차려야지.

나는 작업으로 돌아갔다. 지금은 하나하나, 눈앞의 일들을 정리하자.

그런 생각을 하며 일을 하자니 누군가 출입문을 가볍게 노크했다. "들어와."라고 하자 메이드장 세리나가 들어왔다.

"실례하겠습니다. 준비가 갖추어졌으니 와 주셨으면 한답니다."

"알았다."

우리는 작업을 멈춘 후, 국왕의 망토를 걸치고 알현실로 향했다.

오늘은 아미도니아 전쟁 공로자를 포상하는 날이었다.

"그레이브 마그나. 귀공의 충의, 실로 훌륭했다. 그 충의에 보답하고자 랜들 및 주변 영토를 하사한다."

"예! 감사하옵나이다."

"음. 또한 잠정이기는 하나 전 육군대장 게오르그 카마인의 권한을 일부 부여한다. 국방군으로 재편될 때까지, 육군을 잘 맡아 다오."

"예! 반드시 폐하의 기대에 부응하도록 노력하겠습니다."

옥좌에서 일어나서 거창한 말투로 상을 하사하는 내 앞에서, 할의 할아버지인 그레이브 마그나가 크게 엎드렸다. 국왕 방송으로 방송되는 것도 아니니까 이렇게 딱딱한 분위기로 진행하는 건 싫지만, 방 한구석에서 서기관이 내 언행을 일일이 기록하고 있으니 이렇듯 국왕답게 행동할 수밖에 없었다.

이 기록을 읽은 후세의 사람에게 가벼이 여겨져서는 안 된다며 시중인 마르크스가 입에서 단내가 나도록 말했지만…… 솔직히 사후의 평가 따윈 어찌 되든 상관없는데.

아미도니아 공국과의 전쟁에서 엘프리덴 왕국은 영토를 손에 넣지는 않았지만 고액의 배상금을 얻어냈다.

또한 제프로부터는 포로로 삼은 용병의 몸값을 징수할 수 있었고, 부패 귀족의 영지와 재산도 몰수할 수 있었다. 카마인 공령과 바르가스 공령의 해체도 결정되었다. 그런 전과치고는, 장병에 대한 포상은 상당히 소극적으로 그쳤다.

이번에 움직인 병력의 대부분은 육군+공군 병사였다. 그들은 반역 혐의가 걸려 있고 이 싸움은 그것을 불문에 붙이고자 임한 싸움이었기에 포상은 발생하지 않았다.

또한 삼공전에서 눈치만 살피던 금군 소속의 귀족군도 대부분이 아미도니아 전쟁에 참가하지 않았으니 포상도 발생하지 않았다. 구미 당기는 이야기에 늦어 버린 모양새지만 자업자득이겠지.

보상이 필요한 것은 금군 직속군과 해군뿐이었다.

양쪽에 소속된 귀족과 기사 계급에게는 영토가 주어지지만,

이것은 부패 귀족의 소유였던 영토나 해체가 결정된 카마인 공령과 바르가스 공령에서 돌리면 된다. 귀족이나 기사 계급 미만인 사람은 상여금을 주게 되었다.

그리고 오늘, 그중에서도 특히 공적이 있었던 사람들에게 내가 직접 포상을 주기로 했다. 포상 내용은 작위나 영토 등이 일반적이지만, 그밖에 원하는 것이 있다면 왕에게 직접 이야기를 할 수도 있다. 그것이 왕에게 실현 가능한 일이면서 공적과 걸맞은 수준이라면 들어줄 수 있다. 현금이나 왕가 소유의 레어 아이템을 원한다면 그것도 괜찮다.

옛날에는 이 구조를 이용해서 사랑하는 공주를 소망하는 기사나 악덕 귀족 적발을 직언하는 자도 있었다나. 무슨 요구가 튀어나올지 모르는 그런 장소이니, 이번에는 국왕 방송으로 중계하지 않기로 했다.

그리고 이번에 포상이 주어지는 것은 이하의 사람들이었다.

육군에서 전향한 자로서, 아미도니아와의 회전에서는 육군을 지휘했던 그레이브 마그나.

아르토플라에서 아미도니아군의 발목을 붙잡았던 영주 와이스트 가로.

마찬가지로 골도아 계곡에서 아미도니아군의 발목을 붙잡았던 해병대장 주나 도마.

그리고 랜들 근교 전투에서 원군을 이끌고 와 준, 신호의 숲에 사는 다크 엘프의 수장 보던 우드가드였다. 보던 경은 아이샤의 아버지이기도 했다.

본래 신분, 공로 모두 제1위일 터인 해군대장 엑셀 월터는, 이 자리에 있기는 하지만 자신의 공적을 반려하며 바르가스 부녀에게 온정을 청하는 와중이었기에 포상을 하사하지는 않기로 했다.

또한 이상의 다섯 명에게 포상을 내리기 전에, 이제까지 느닷없는 호위로 나를 지켜주던 아이샤에게 정식으로 [동풍의 무사]라는 새로운 관직을 만들어서 하사했다.

이제까지와의 차이점을 들자면, 이전에는 내 개인 자금으로 고용한 용병 같은 취급이었지만 앞으로는 기사로 취급하게 되어 나라에서 봉급이 나오게 되었다.

참고로 [동풍의 무사]의 유래는, 삼국지에 나오는 조조의 호위대장이었던 허저의 별명 [호치(虎痴)]에서 따온 것이었다. 본가는 '호랑이처럼 강하지만 바보'라는 의미이니 '*동풍(東風)'이라는 글자를 맞췄다. ……이 세계에서 한자 표기에 집착해 봐야 의미 없지만.

임명하는 김에 아이샤에게는 성 보물창고에 있던, 물리 및 마법 대미지 경감 술식이 담긴 건틀릿([철벽의 건틀릿]이라 불리는 모양이다)을 하사했다. 사실은 직무 이미지에 맞추는 의미에서라도 방패로 하고 싶었지만, 아이샤는 대검을 양손으로 사용하니까 이쪽으로 했다. 아이샤는 건틀릿을 가슴으로 품어 안으며,

[우우우…… 폐하아…… 가, 감샤합니다!]

……울면서&씹으면서 말했다. ……기뻐해 주는 건 고맙다만

---

* 일본어로 봄바람을 가리키는 동풍과 호치의 발음은 '코치'로 같다.

좀 오버가 지나치지 않아?

　그런 그녀의 태도에 이 자리에 있는 모두가 쓴웃음 지었다.

　"와이스트. 아미도니아 유인 임무, 잘해 주었다. 앞으로도 아르토플라 영주로서 영내의 안정에 힘써 다오. 또한 [베네티노바]가 완성되었을 때에는, 귀공에게 이 도시를 맡기게 될 것이다."

　"예! 재주 없는 몸이옵니다만 최선을 다하겠사옵니다."

　그레이브에 이어서 와이스트의 포상이 끝났다.

　와이스트에게는 새로이 건설 중인 신 해안도시 [베네티노바]의 영주도 겸임시켰다. 본래의 영지가 시골이기는 해도 비옥한 곡창지대이기도 하니 일약 유력귀족으로 도약하는 모양새였다.

　이번 작전을 위해서 가이우스와 율리우스 부자 앞에서 잔챙이 연기를 하는 큰 역할을 완수해 주었다. 그 공에 보답한 것이었다.

　자, 다음은 랜들 근교 전투에 다크 엘프 원군을 보내 준, 아이샤의 아버지 보던 우드가드 차례였다.

　이 원군은 나나 하쿠야도 예상치 못한 존재였다. 다크 엘프족의 높은 전투 능력은 알고 있었지만, 요전의 산사태에서 부흥을 꾀하느라 바쁘기도 할 테고, 애당초 그들은 숲 밖에서 벌어지는 길에 간섭하고 싶어 하지 않으니 협력을 요청해 봐야 소용없다고 생각했던 것이다.

그러나 그런 예상과 달리 그들은 원군을 파견해 주었다.

아무래도 아이샤가 신호의 숲에 머물렀을 때에 독자적으로 원군을 요청해 준 듯했다. 랜들 근교 전투의 상황을 할에게 들었는데, 부패 귀족은 캐논포를 멋대로 꺼내는 등 모양새 따윈 개의치 않는 공격을 선보였다나. 원군이 없었다면 피해가 확대되었을 테지. 이 원군은 정말로 반가운 오산이었다.

나는 보던 경에게 다가가서는 그의 손을 붙잡고 감사했다.

"감사한다. 귀공들도 힘겨운 시기에 용케도 원군을 파견해 주었어."

"아닙니다. 저희는 받은 은혜에 보답한 것에 불과합니다. 그 재해가 벌어졌을 때, 폐하께서 친히 지휘하여 구원해 주신 행동이 저희에게 바깥 세계와의 인연을 떠올리게 만든 것입니다."

"그리 말해 주니 기쁘군. 많은 종족이 손을 맞잡고 함께 세웠다는 이 나라의 원점을 다시금 인식하게 해 주었다. 바람이 있다면 뭐든 말해 다오."

나는 그리 말했지만 보던 경은 고개를 가로저었다.

"저희는 이미 미처 다 갚을 수 없을 만큼의 은혜를 입었습니다. 윤택한 부흥 지원 물자를 받았고, 또한 참전한 전사들도 충분한 보수는 받았습니다. 제가 새로이 바라는 것은 없습니다."

"겸손하게 그러지 말아 다오. 원군은 귀공의 결단이 있었기에 가능했을 테지. 뭣하면 신호의 숲 주위에 나무를 심는 형태로, 숲의 영토를 넓혀도 괜찮아."

"정말 감사한 말씀입니다만, 신호의 숲은 지금 그대로도 충분합니다."

흠…… 이것 참 곤란하네. 나는 보던 경에게 감사를 표하고 싶다. 그러나 다른 어떤 보수를 제시해도 보던 경은 단호히 거절했다.

"정말로 아무런 바람도 없는 건가?"

그리 말하자 갑자기 보던 경은 생각에 잠긴 표정을 지었다. 그리고,

"……그러시다면 폐하께 청이 하나 있습니다."

보던 경은 그런 말을 꺼냈다.

"말해 다오. 내가 할 수 있는 범위의 일이라면 뭐든 이루어 주겠다."

"그렇다면…… 부디 딸을 받아 주시지 않겠습니까?"

"아버님?!"

옥좌 뒤에 서 있던 아이샤가 얼빠진 소리를 질렀다. 딸이라니…… 아이샤 말이야? 보던 경은 싱긋 미소를 지으며 말했다.

"무술과 음식에만 흥미를 보이던 딸이 상당히 눈을 뜬 모양. 그것도 폐하를 연모하였기에 일어난 변화겠지요. 부디 맞아 주시지 않겠습니까."

"보던 경은 신호의 숲 안에 있는 마을의 수장이라는 직함이지만, 실제로는 신호의 숲을 영토로 삼은 귀족으로 대우됩니다. 그의 딸인 아이샤 경이라면 [둘째 정실]로서 맞아들이는 것도 가능합니다."

시중 마르크스가 곧바로 그리 보충했다.

오늘은 볼일이 있어 자리를 비운 재상 하쿠야를 대신해서 이 자리를 관리하고 있었다.

전에도 이야기했는데, 이 나라에서 왕비는 크게 정실과 측실로 구분되며 어느 쪽이든 복수로 가지는 것이 가능했다.

이 나라에서는 본래 정실은 하나이고 나머지는 측실이나 아무런 권한도 없는 첩으로 취급되었지만, 몇 대째인가의 엘프리덴 국왕이 "사랑하는 사람을 첩이라 부르고 싶지 않다."라는 이야기를 꺼냈다나. ……정열적인 사람이었을 테지.

그래서 그때까지의 측실은 정실(원래의 정실을 [첫째 정실], 이후는 [둘째~], [셋째~] 같은 형태로 구분)로, 첩은 측실로 격상시켜 오늘에 이르렀다.

하는 김에 정실과 측실의 차이에 대해서도 설명할까.

정실이 되려면 귀족이나 기사 계급 이상의 가문일 필요가 있고, 그 밖의 여성을 정실로 맞이하고 싶은 경우에는 일단 귀족 및 기사 계급 이상의 가문에서 양자로 들일 필요가 있었다. 그러나 측실로 맞이하는 경우에는 그런 수단은 필요가 없었다.

그리고 정실이 낳은 자식은 왕위계승권을 가지고 있다. 왕위계승 순위는 태어난 순서가 아니라 첫째 정실이 낳은 아이부터 순서대로 (나이 차이가 너무 벌어질 경우에는 정실의 순위를 바꾸어서 조정한다는 모양이다) 붙이는 방식이었다.

반대로 측실은 어떤 신분이든 (그야말로 노예나 창부라도) 가능한 반면, 그들이 낳은 자식에게는 왕위계승권이 발생하지 않는다. 다만 왕족이기에 인척 관계를 맺고 싶은 귀족 및 기사는 사위나 며느리로 맞아들이고 싶어 하기에 보물덩어리임에는 틀림없었다. 권한이 없는 만큼 정실보다도 책임은 가벼워서 어느 정도는 자유로이 행동하는 것이 허락되기에, 권력 따위에는 흥미가 없는 시정의 여성들이 동경하는 것은 오히려 이쪽인 경우도 있다.

그런데…… 아이샤를 둘째 정실로 삼으라, 이건가.

"그게 보던 경에게는 포상이 되나?"

"아비로서는 복잡한 심정입니다만…… 저 녀석도 그리 바라는 모양이니 이루어 주고 싶다 생각하는 것도 부모의 마음입니다. 게다가 신호의 숲에 사는 백성이 바깥 세계로 시선을 향하기 시작한 이 시기에, 수장의 딸을 왕가에 시집을 보낸다는 의의는 클 거라 생각합니다. 신호의 숲과 왕가의 인연만이 아니라 인간족과 다크 엘프족의 인연의 상징이 되겠지요."

딸을 위한 것만이 아니라 정치적인 배려도 있다는 건가.

이쪽으로서도 여기서 신호의 숲과의 인연을 강화해 두면, 랜들 근교 전투에서 무위를 선보인 다크 엘프족의 정예 궁병을 전력으로 끌어들일 수도 있겠지.

아니, 그런 실리를 제외하더라도, 말이다.

아이샤는 귀엽다. 맞아들이고 싶은지를 따지자면…… 맞아들이고 싶다.

내게 조금 지나치게 충성을 맹세하는 느낌도 있지만, 그만큼 호의도 직설적으로 전해졌다. 살짝 먹이로 길들여 버린 느낌도 있지만 말이지.

왕비로서 정치적인 역할을 기대할 수는 없겠지만, 아이샤에게는 그것을 채우고도 남을 만큼의 무용이 있다. 아내로 곁에 있어 준다면 든든한 여성이었다.

'……하지만 정말로 괜찮을까?'

나는 옥좌로 돌아와서는 옆에 선 리시아를 봤다.

리시아와의 관계도 약혼자(임시)라고 해서 얼버무렸다.

하지만 아미도니아 공국과의 전쟁을 경험하고서 생각이 바뀌었다. 내 선택으로 사라진 생명이 있었다. 나는 이미 일반인으로 돌아갈 수 없을 정도의 업을 쌓고 말았다. 이제 와서 왕 역할을 그만둘 수도, 이 나라를 내팽개칠 수도 없다.

리시아와의 관계에 있어서도 그렇다. 만난 날부터 오늘에 이르기까지, 수많은 간난고초를 함께 뛰어넘었다. 약혼을 파기할 수도 없거니와 하고 싶지도 않다. 리시아가 왕비가 되어 준다면 나는 국왕이 되는 것을 받아들일 수 있다.

'……그렇다고 해도 이건 다른 문제잖아.'

국왕이 될 각오를 다졌다고는 해도 왕비를 여럿 두는 일에는 저항감이 있었다.

리시아랑 마르크스, 게다가 주나 씨가 누차 그것이 일반적이라고 이야기했지만, 여전히 현대 일본의 윤리관이 남은 몸으로서는 대답을 주저하고 만다.

……아아, 딱히 여러 여성을 사랑하는 것이 불성실한 행동이라든지 그런 거창한 생각을 하는 건 아니었다.

이 자리에서 즉답하는 것이 리시아에게는 미안한 일이라고 느끼는 것뿐이었다.

'바람둥이 같기도 하고…….'

그런 생각을 하고 있노라니 리시아가 이쪽을 봤다. 그리고 말이 없어진 나를 보고 리시아는 조금 어이없다는 듯 말했다.

"소마, 아이샤를 맞아들여."

"맞아들이라니…… 리시아는 그걸로 괜찮겠어?"

"나한테는 거부권 따윈 없지만, 아이샤네라면 괜찮다고 전부터 말했잖아. 그보다도 맞아들이지 않는 쪽이 더 귀찮아질걸."

"귀찮아진다고?"

"소마는 왕이야. 내정이나 외교의 일환으로 대귀족의 딸이나 다른 나라의 공주를 맞아들여야만 하는 상황이 올지도 몰라. 그 때를 위해서 상위 정실을 잘 아는 사람으로 두고 싶어."

실리적인 부분을 강조하는 리시아.

"아니…… 하지만…… 말이지…….'

그럼에도 머뭇거리는 나를 보고 리시아는 한숨을 내쉬었다.

"소마는 나라를 건 결단은 가능하면서 여성 관계는 우유부단하구나."

"으윽…….'

"아이 참, 정말이지…… 아이샤."

"아, 예!"

갑자기 이름이 불려, 호위 위치에서 조마조마해하며 일의 행방을 지켜보던 아이샤가 몸을 움찔했다. 그런 아이샤에게 리시아는 손가락을 척 내질렀다.

"첫째 정실 자리를 양보할 생각은 없어. 둘째 정실이라도 괜찮아? 괜찮다면 나는 아무 말도 않고, 오히려 환영할게."

"아, 예! 그걸로 폐하 곁에 있을 수 있다면!"

아이샤의 그런 대답에 리시아는 고개를 끄덕이더니 내 눈을 똑바로 보고 말했다.

"준비는 해 줬어. 그러니까…… 제대로 해."

"……예."

뭘까. 이 시점에서 이미 장래의 파워 밸런스가 보이는 기분이었다.

리시아가 여기까지 '의지'를 보여주었다. 아무리 그래도 이 이상 한심한 모습을 드러낼 수는 없다. 나는 아이샤에게 다가갔다. 전장에서는 두려울 자 없는 아이샤의 눈동자가 지금은 불안스레 흔들리고 있었다.

아, 정말이지. 그런 표정 짓지 말라고.

"아이샤."

"아, 예!"

"저기…… 나한테 시집 와 주겠어?"

"읏! 예! 물론입지요!"

무슨 선술집이냐, 그런 태클은 집어삼켰다. 아, 정말. 부끄러워서 얼굴이 뜨거웠다.

나는 싱긋 웃는 표정 안에서 아비로서의 복잡한 심정이 스미어 나오는 보던 경 쪽으로 몸을 돌렸다. 그리고 일부터 국왕다운 말투가 아니라 손윗사람을 대하는 말투를 사용했다.

"……이렇게 되었습니다. 언젠가 정식으로 인사를 드리겠습니다. 장인어른."

"예. 기다리고 있겠습니다. 사위님."

이리하여 아이샤는 두 번째 약혼자가 되었다.

둘째 정실 후보가 정해지고 "간신히 걱정거리를 덜었다."라며 마르크스가 안도한 표정을 짓고 있었다. 마르크스는 선선대 국왕의 후계자 분쟁에서 시작된 왕족 부족 상황에 위기감을 품고 있었던 것이다.

그러니까 리시아와의 정식 결혼도 아직임에도 번번이 "아내를 늘려라, 아이를 만들어라."라고 말했다.

속도위반도 만만세인 듯했다.

그건 제쳐 놓고…… 그렇게 되면 기껏 신설한 [동풍의 무사] 직책을 어떻게 한담. 아무리 그래도 왕비에게 전속 경호원 같은 짓을 시키는 건 좀 그런데. 그리 말하자,

"맡겨 주시길! 설령 아내가 될지라도 폐하의 신변은 제가 지켜 드리겠습니다!"

아이샤가 만면의 미소와 함께 그리 말했기에 그대로 두기로 했다.

내 입장에서야 아이샤는 강하니 그것도 있을 법한가 생각했지만, 좀 전까지 들떠 있던 마르크스가 돌변해서는 머리를 부여잡았다. 기껏 결정된 둘째 정실 후보가 위험과 마주하는 일을 원하는 거니까 말이다.

새로이 늘어난 걱정의 씨앗에, 참으로 애석하시겠습니다, 그

런 말밖에 할 수 없었다.

"…………."

그런 우리의 모습을 주나 씨가 조금 쓸쓸해하는 미소로 보고 있었다는 사실을, 이때의 우리는 깨닫지 못했다.

'……주나. 당신…….'

단 한 사람, 엑셀을 제외하고…….

이래저래 큰일이었던 보던 경 포상이 끝나고, 마지막은 주나 씨 차례였다.

나는 치하의 말을 건넨 뒤에 "무언가 바라는 건 없는가."라고 물었다.

다만 묻기는 했지만 주나 씨의 대답은 잘 알고 있었다. 아마도 자신의 공적은 모두 조모인 엑셀에게 넘겨주었으면 한다고 애원하겠지.

카스토르, 카를라 부녀를 구하고자 하는 엑셀에게는 가능한 한 많은 공적이 필요했다. 주나 씨는 다정한 사람이다. 그런 엑셀의 생각을 헤아렸을 테지.

주나 씨는 내 눈을 똑바로 보고, 입을 열었다.

"폐하, 제 공은……."

"잠깐 괜찮을까요."

주나 씨의 말을 가로막듯 엑셀이 끼어들었다.

"갑작스러운 무례를 용서해 주시길. 발언을 허가해 주셨으면 합니다만."

"? ……허가하지."

"감사합니다."

엑셀은 꾸벅 인사를 하고는 천천히 이야기를 시작했다.

"폐하께서도 아시다시피 주나 도마는 제 손녀입니다. 그러나 주나의 부친인 제 자식은, 저희 도시인 라군 시티의 상가인 도마 가에 데릴사위로 들어갔습니다. 즉, 주나는 평민 출신입니다."

그런 사정은 주나 씨가 엑셀과의 인연에 대해서 밝혔을 때에 이미 들었다. 그런데 왜 지금 이 타이밍에, 주나 씨의 낮은 신분에 대해서 언급한 거지?

엑셀은 말을 이었다.

"손녀이기에 제 곁에서 군무에 종사하고 있었습니다만, 주나는 어디까지나 평민 가문의 아이. 귀족의 집안 사정과는 전혀 관계가 없습니다."

"……귀공은 무슨 말이 하고 싶은 거지?"

그러자 엑셀은 내가 아니라 주나 씨를 향해 말했다.

"저를 위해 공을 사용할 생각일 테지만, 그럴 필요는 없습니다."

"대모님, 하오나……."

점점 말이 격해지려는 주나 씨를 보고 엑셀은 조용히 고개를 가로저었다.

"괜찮아. 당신은 바르가스 가와는 관계가 없는 사람. 만난 적도 없는 상대를 위해서 네 공적을 사용해선 안 돼. 그 공적은 당신 자신을 위해 사용하렴."

"대모님……."

"사위와 손녀를 위해서 다른 손녀의 행복을 희생할 수는 없어. 우리는 걱정하지 않아도 괜찮으니까 당신은, 당신의 바람을 이루어 줘."

엑셀의 다정한 눈빛을 받고 주나 씨는 시선을 내리깔더니 잠시 갈등에 잠기는 모습이었다. 그러나 이윽고 눈을 뜨고는 한 걸음 앞으로 내디뎠다.

"폐하. 부탁이 있습니다."

"……무엇인가."

"가능하다면 저도, 공주님이나 아이샤 씨와 함께…… 앞으로도 당신의 곁에서 노래하고 싶습니다."

그건…… 명확하게 주나 씨도 아내로 삼으라는 거구나.

"폐하. 주나 도마 경이라면 측실로서 맞아들이게 됩니다. 혹시 정실로 맞아들이고자 하신다면 우선은 어딘가의 귀족이나 기사 계급 이상인 가문에 양녀로 들일 필요가 있습니다."

마르크스가 기뻐하는 표정으로 그리 말했다. 왕비 후보가 늘어나다니 바라마지 않던 일이겠지. 리시아를 보니 '승낙'이라는 느낌으로 고개를 끄덕였다. 하지만…….

"미안하지만. 그럴 수는 없어."

나는 단호하게 거절했다. 내 말에 리시아는 눈을 부릅뜨고 엑셀은 "어째서……."라며 매달리는 듯한 눈빛을 보냈다. 주나 씨는 고개를 숙여 버려서 표정을 볼 수는 없었다.

무거운 분위기가 되었지만…… 이야기는 마지막까지 들어 줬으면 좋겠는데.

"지금은 무리야. 주나 씨는 국왕 방송을 사용한 음악 방송 제작 계획 [프로젝트 로렐라이]의 주축인 [프리마 로렐라이]라고. 국민들의 인기도 높아. 그런 주나 씨와의 약혼을 발표해 봐. 수도에서 폭동이 일어날걸."

내가 그리 말하자 모두 일제히 납득했다는 듯한 표정을 지었다.

국민 의회가 '국왕 방송에 주나 씨를 좀 더 내보내라.'고 요청한 것도 기억이 선명했다. [연인이 있다는 사실이 발표된 아이돌의 블로그가 그야말로 폭발]. 저쪽 세계에서는 자주 있었던 일인데 지금 상황에서는 도시나 파르남 성이 그야말로 터져 버리겠지.

질투의 불꽃으로 나라가 불탄다…… 그저 농담이 아니라고. 그러니까,

"조금만, 기다려 주지 않겠어요?"

"!"

고개를 든 주나 씨에게, 나는 참 복잡한 기분을 느끼면서 말했다.

"방송 제작에는 주나 씨가 가진 [프리마 로렐라이]로서의 힘이 필요해요. 그러니까 지금 한동안은 [국민 모두의 가수]로 있어 줘요. 지금보다도 가수가 모이고 노선을 계승할 수 있는 인재가 육성되었을 때에는, 반드시 맞아들이겠어요."

내가 그리 말하자 주나 씨는 눈가를 훔치고는,

"……그날을 손꼽아 기다릴게요. 폐하."

그리 말하고는 순진무구한 소녀 같은 미소를 띠었다.

♔ 막간 이야기 2 ✦ 그때의 검은 옷

엘프리덴 왕국의 잠정 국왕 소마가 새로운 왕비 후보를 맞이한 그날, 다른 장소에서는 두 인물이 국왕 방송을 사용하여 회의를 진행하고 있었다.

엘프리덴 왕국 재상 하쿠야 쿠온민은 책상 위에 세워둔 간이 수신 장치에 비치는 그란 케이오스 제국 황제 마리아의 여동생 잔느 유포리아에게 이야기했다.

"감도 양호. 보내주신 간이 수신 장치에 문제는 없는 것 같군요. 감사합니다, 잔느 경. 굳이 그리폰 기병을 통해 보내 주시다니."

[소마 님이 말씀하신 핫라인의 중요성은 언니께서도 이해해 주셨어요. 이게 있으면 왕국과 제국은 언제든 연계할 수 있어요. 서두르는 건 당연하겠죠.]

화면 속의 잔느가 싱긋 미소 지었다.

아미도니아에서 회담을 한 뒤, 잔느는 제국으로 돌아가서는 황제 마리아에게 소마가 제안한 [엘프리덴 왕국과의 비밀 동맹], [두 나라 사이의 핫라인 설치], [서로의 나라에 상주하는 특명 전권 대사를 파견하는 것과 상주 장소인 대사관 설치]에 관해서 보고했다.

마리아라면 이 제안을 거절하지는 않으리라 생각했는데, 아니나 다를까 마리아는 이 제안을 쾌히 받아들였다. 정확하게는 침대 위에서 데굴데굴 구르며 웃었다.

[그런 언니는 처음 봤어요. 어지간히도 기뻤나 봐요.]

"기뻤다……고요?"

[자신과 가치관을 공유할 수 있다…… 말하자면 이해자를 얻은 셈이니까요. 제국에도 거의 없어요. 언니의 이해자라고 할 수 있을 법한 존재는.]

"과연."

지리적으로는 대륙의 서쪽과 동쪽, 사상적으로는 이상을 앞세운 자와 현실에 기반을 둔 자. 대극(對極)의 위치에 있는 것처럼 보이는 소마와 마리아가 어째선지 서로를 이해하고 있다.

확실히 재미있을지도 모르겠다, 하쿠야도 그리 생각했다.

[이렇게 되었으니, 서둘러서 언니와 소마 님의 방송 회담을 실현시키고 싶네요.]

"지금은 일이 바빠서 서로 시간을 맞출 수가 없으니까요. 언젠가 상황이 좀 진정되었을 때에 회담 시간을 마련하기로 하죠."

[예, 반드시.]

그 후로 잠시 세상 이야기(서로의 주군에 대한 불평도 포함)를 나눈 뒤, 잔느는 [그런데 아까부터 신경 쓰이는 게 있는데요.]라며 하쿠야에게 물었다.

[하쿠야 경 등 뒤에 많은 서적이 보이는데, 어디에 계신 건가요?]

"······아아, 반에서 배상금 담보로 빌린 서적입니다. 반환하기 전에 필사하고 싶은 것도 많으니까요. 조금 전까지 분류 작업을 하던 참입니다."

[재상이 직접 정리를 하신다고요?]

"물론 다른 사람의 손길도 빌립니다만, 반 정도는 취미입니다. 좋아하거든요, 서적을 정리하는 걸. 분류해서 정리하고, 가끔 신경이 쓰이는 책을 넘겨보기도 하고. 그렇게 해서 마지막에는 정돈된 책장을 보고 기쁨에 잠기는 겁니다. 책은 인류의 지혜. 나라의 흐름 그 자체. 그게 눈앞의 책장에 가득하고 언제든지 읽을 수 있다고 생각하면 정말이지······."

[············.]

수다스레 이야기하는 하쿠야를 보고 잔느는 눈을 동그랗게 떴다.

왕국이 자랑하는 검은 옷의 재상 하쿠야라면, 소마가 찾아낸 인재 중 하나이자 아미도니아 공왕 가이우스 8세를 권모술수로 농락한 인물로서 이름이 알려져 있었다. 직접 만난 적도 있는 잔느의 인상도 날카로운 사람이라는 것이었다.

그러나 책에 관해서 이야기하는 하쿠야는 소년 같은 눈빛이었다. 그 갭에 잔느는 조금 두근거렸다.

[······책을 좋아하나요?]

그런 질문에 하쿠야는 정신을 차렸다. 금세 평소의 날카로운 표정을 되찾았지만 귀만큼은 살짝 붉게 물들어 있었다.

"······실례했습니다. 서적에는 조금 열중하는 편이라······."

[후후, 의외의 일변을 봐 버린 것 같네요.]

"의외입니까. 스스로는 재상보다도 사서 쪽이 더 잘 맞는다고 생각합니다만."

원래 하쿠야가 소마를 알현할 수 있었던 것도 그의 숙부가,

[나이도 충분히 먹었으니 책만 읽지 말고 사회에 도움을 주고 오너라!]

그러면서 재능 찾기 이벤트의 [지식의 재능] 부문에 멋대로 응모했기 때문이었다.

거기서 우승하여 소마를 알현하고, 그 젊은 왕과의 만남 이후 그에게 끌렸다.

소마라면 멸망으로 치닫고 있는 이 나라를 다시 세울 수 있을 지도 모른다고 생각해 책벌레를 그만두고 임관을 했더니, 어느 샌가 재상까지 되어 있었다.

사실 하쿠야는 소마의 패업에 힘이 되겠다고 생각했지만, 소마나 당시 재상이었던 마르크스의 조언자 역할 정도면 충분하다고 생각했다. 그러나 막상 마르크스는 자신보다도 재상에 걸 맞은 자라며 그를 천거하고 만 것이었다. 덕분에 최근에는 좋아하는 책을 좀처럼 읽을 수도 없는, 무척 바쁜 나날이 계속되고 있었다.

[흠…… 그렇다면 재국 서고의 사서장 자리를 준비한다면, 우리 나라로 와 주시겠나요? 아마도 왕국의 서고보다도 장서량은 더 위일 거라 생각하는데.]

"아아. 그건 매력적이로군요."

[안 되나요?]

"관직에 오르기 전의 저였다면 두말할 것 없이 뛰어갔을 테죠."

지금은 이렇게 바쁜 나날도 나쁘지 않다, 하쿠야는 그리 생각하고 있었다.

예전의 하쿠야에게 역사란 서적 안에 있는 것이었다. 그러나지금은 자신들이 만들어 가는 것이라 느꼈다. 이 나라의 시대를앞으로 움직이려는 소마를 모시고 있자니 자신도 역사의 등장인물이 된 것 같다는 생각이 들었다. 나쁘지 않은 감각이었다.

"지금은 폐하와, 그리고 다른 이들과 함께 시대를 움직이고싶다. 그렇게 생각하고 있습니다. 그리고 언젠가 후진을 양성하고 은퇴하여, 이 시대를 기록하는 역사가가 되고 싶군요."

[마음 편히 은거하는 건가요…… 지금 같은 시대에는 호사스러운 삶일지도 모르겠어요.]

잔느의 말이 옳으리라. 그렇게 마음 편히 은거하기에는 이 시대가 너무도 힘겨웠다.

북쪽에서는 마왕령의 위협이 점점 밀어닥치고, 각각의 나라가 저마다의 생각을 가지고서 동맹하거나 적대하는 상태였다.

하쿠야가 그렇게 은거하기 위해서는 그것들을 모두 정리해야만 할 것이다. 그것이 가능할지는, 하쿠야의 지식을 가지고서도 알 수 없었다.

[그럼 다음번 회담을 기대할게요. 하쿠야 경.]

"예. 또 만나도록 하죠. 잔느 경."

잔느 쪽에서 통신이 끊어졌다. 후우…… 한숨을 내쉬고 하쿠야는 일어섰다.

쌓여 있는 아미도니아의 서적으로 손을 뻗었다.

아미도니아에 있었을 때에는 사람의 관심을 받은 적이 없었던 귀중한 서적들은 수복이 필요할 정도로 상해 있었다. 하쿠야가 보호하지 않았다면 지하에서 소멸해 버리는 서적도 있었으리라.

한숨을 내쉬며 하쿠야는 책 한 권으로 손을 뻗었다. 그러자,

"재상님."

방 한구석에 검은 옷의 남자가 무릎을 꿇고 있었다. 얼굴도 검은 천으로 덮여 있어서, 문이 닫힌 어스름한 방 안에서는 어둠 속으로 녹아드는 것처럼 보였다. 하쿠야는 그 남자에게 물었다.

"경과는?"

"순조롭습니다. 하지만……."

말끝을 흐리는 남자의 태도에 하쿠야는 미간을 찌푸렸다.

"무슨 일이 있었습니까?'

"그게…… 아무래도 지나치게 잘 진척되는 느낌이 듭니다. 마치 저희와는 또 다른 누군가의 의사가 작용하고 있는 것처럼……."

"그렇습니까."

하쿠야는 남자를 물리고는 손에 든 책을 팔락팔락 넘겼다.

아미도니아의 서고에 있는 서적류를 배상금 담보로 받았을 때, 하쿠야에게는 어떤 기대가 있었다. 그것은 아미도니아의

호적이나 권리 관계에 대한 서적이 방치되어 있을지도 모른다는 가능성이었다. 수도의 서고에는 대개 그런 부류의 서적이 포함되어 있는 법이니까. 그런 부류의 서적을 수중에 넣는다는 것은 그 나라의 심장을 움켜쥐는 것이나 마찬가지였다.

책을 담보로 삼자고 소마에게 진언한 것도, 아미도니아 왕가는 무투파인 탓에 그 중요성을 인식 못 하지는 않을까 기대한 것이었다.

그러나 하쿠야의 기대와는 달리, 몰수된 서적 가운데 그런 부류의 책은 단 한 권밖에 없었다. 그 한 권이 지금 하쿠야가 손에 들고 있는, 이번 연도분 아미도니아 왕가의 계보에 대해 적힌 책이었다.

팔락팔락 넘겨 보자 마지막 페이지에 무언가 접힌 종이가 끼워져 있었다.

하쿠야가 그 종이를 펼쳐 보니 그곳에는 [눈 주위가 검고 귀가 동그란 작은 동물이 혀를 내밀고 있는 그림]이 그려져 있었다.

그것을 보고 하쿠야는 눈을 끔뻑거린 뒤 크크크 웃었다.

"과연. 아미도니아에도 인재가 없는 건 아니로군요."

"왜 그러시나요, 선생님."

갑자기 들린 목소리에 돌아보니 토모에가 어리둥절한 표정으로 서 있었다. 하쿠야는 방심한 모습을 보였다는 사실이 부끄러워 헛기침을 하며 태도를 가다듬었다.

"음, 여동생님. 알아차리지 못해 죄송합니다."

"아뇨, 지금 막 온 걸요. 이야기가 끝난 모양이라 들어왔는데…… 즐거워하고 계셨죠? 뭘 보고 계셨나요?"

"아아, 이거 말인가요? '

하쿠야는 작은 동물이 그려져 있는 종이를 토모에에게 보여줬다. 토모에는 그림을 얼굴에 가져다 댔다가 뗐다가 천장에 비쳐봤다가, 그렇게 들여다본 뒤에 고개를 갸웃거렸다.

"이 동물 그림이 재미있나요? 귀엽기는 하지만."

"여기에 그려져 있는 건 브론즈 라쿤이라는 동물입니다."

종이를 받아들고 하쿠야는 토모에의 머리를 쓰다듬으며 말했다.

"흔히 사람을 속인다고 하는 동물이지요."

♚ 제8장 ✦ 죄와 벌

―――――대륙력 1546년 11월 초순, 심야

엘프리덴 왕국 안에 있는 어느 귀족령.

그곳의 영주인 대귀족의 저택에서 어둠 속의 밀담을 나누는 열두 그림자가 있었다.

"그대들은 이 소집을 어떻게 보나?"

"무수한 귀족 가운데서 우리 열네 가문이 소집된 거다. 아마도…… 국왕 측도 알아차렸을 테지."

"우리 주위를 검은 옷의 개가 냄새를 맡으면서 돌아다닌다는 보고도 있었지."

"그렇다면 이번 소집의 목적은……."

"본보기, 겠군."

"본보기? 함정이 아닌 건가?"

남자 하나가 얼빠진 소리를 내자 다른 남자가 메마른 웃음을 터뜨렸다.

"후후후. 우리는 부정부패를 저지르고 반역한 귀족들과는 달리 꼬리를 드러내지 않았어. 죄를 규탄할 여지가 없는 이상, 저

왕이든 검은 옷이든 심판할 수는 없다는 말이야."

"과연…… 바로 그렇기에 본보기란 말인가."

"그렇지. 미래는 자신에게 있다고, 그렇게 우리를 견제하고 싶은 거겠지."

"삼공 중에 두 사람이 쓰러졌고, 이번 싸움에 참가할 수 없었던 귀족들은 발언력을 잃었다. 이걸로 우리를 잠재울 수 있다면 그 왕을 노릴 수 있는 사람은 사라지지."

"흥…… 모두 저 왕의 생각대로인가. 아니, 검은 옷인가?"

"그거야 누구의 생각이든 상관없어. ……하지만 그건 반대로 보면 우리를 상대로 그 왕은 그 정도 수단밖에 쓸 수 없다는 의미야."

"크크크, 바로 그렇지. 그렇기에 지금은 잠자코 때를 기다릴 시기겠지. 저 왕의 분노를 사지 않도록, 처벌할 명분을 주지 않도록 행동할 필요가 있어. 아니, 오히려 왕이 하는 일이 협력적인 모습마저 보여야 할 거다."

"화가 치미는 일이야."

기생오라비 같은 남자의 말에 또 다른 남자가 기분 나쁘다는 듯 툭 내뱉었다.

"뭐…… 그렇게나 오래 가지는 않겠지. 장해가 사라지면 저 애송이 왕은 지금 이상으로 빠른 페이스로 혁신적인 정책을 벌일 거야. 지나치게 빠른 변혁은 반발하는 자를 만들지. 우리는 그자들을 뒤에서 지원하면 돼. 그자들을 처분하면 할수록 저 왕에게 폭군이라는 이미지가 정착되고 그것이 새로운 반발을 낳지."

남자의 말에 다른 남자들이 감탄한 표정으로 고개를 끄덕였다.

"과연. 오래 이어지지는 않는다는 거군요."

"그렇지. 그때 저 왕을 실각시키고 우리가 움직이기 편한 인물을 수장으로 두면 그만이다."

"그리 된다면 우리는 알베르토 왕 시절 같은 치세를 되찾을 수 있다는 거로군요."

"지금은 저 왕에게 기세가 있어. 그 기세에 삼켜지지 않고 넘어가기 위해서라도 지금은 왕의 지시에 따를 수밖에 없겠지. 그러나 언젠가 때가 오면……."

방 안에 남자들의 어두운 웃음소리가 울렸다. 그리고 남자 하나가 의문을 나타냈다.

"그런데 제베나 가와 사라센 가는 어떻게 하지? 당주가 바뀌었잖아?"

"내버려 둬. 왕의 노여움을 사서 가문을 지키지 못한다고 해도 그건 녀석들 가문의 이야기야. 우리가 이러쿵저러쿵할 일도 아니지."

"당연하지. 그럼 여러분, 지금 결정된 방침을 유지하도록."

"음. 우리의 시대로 돌아가기 위해."

""우리의 시대로 돌아가기 위해.""

그러나 그들은 깨닫지 못했다.

그들을 계속 지켜보고 있는 어둠 속의 존재를.

◇ ◇ ◇

화창한 날의 오후. 나는 오늘도 소마의 정무를 돕고 있었다.

"그럼 리시아. 이 서류를 하쿠야한테 건네줘."

"알았어."

소마에게서 서류를 받아들고 집무실을 나서려고 하자,

"……리시아."

소마가 불러 세웠다. 무슨 일일까 싶어서 돌아보니 소마는 내게 무언가를 말하려는 모양이었지만 미처 목소리로 나오지는 않았다. 말하고 싶은 건 있지만 표현할 방법을 찾지 못했는지, 입을 열려다가 망설이기를 반복할 뿐이었다.

"왜 그래?"

"아…… 아니, 그게…… 아무것도 아냐."

"그래…… 그럼 갈게."

나는 소마를 남겨놓고 집무실을 나왔다. 문을 닫은 참에 무심코 한숨이 나왔다.

아마도 소마는 카마인 공 일로 내게 부담감을 느끼는 거겠지.

'정말이지…… 소마가 책임을 느낄 일이 아닌데…….'

카마인 공이 옥중에서 자결했다는 소식을 듣고도 나는 흐트러지지 않았다.

아버지로서도 스승으로서도 따랐던 인물이 죽었음에도 내 마음은 묘하게 냉정해서 그 사실에 스스로도 놀랐다. 슬프지 않은 건 아니었다. 오히려 가슴이 찢어질 것 같았다.

그럼에도 나는 평소 그대로의 나로 있을 수 있었다. 그건 틀림없이…… 이렇게 되지는 않을까, 그런 예상이 있었기 때문이라고 생각한다.

카마인 공이라면 틀림없이, 이 나라에 만연한 어둠을 전부 받아들이고 자신과 함께 없애 버리는 길을 선택하리라고. 그리고 소마도 그 각오를 받아들일 수밖에 없을 거라고.

게오르그 카마인과 소마 카즈야.

게오르그 카마인은 내가 경애하던 큰 인물이다. 강하고 품격이 높은, 내게는 목표로 하는 저 높은 곳에 있는 무인이었다. 존경했고 그런 사람이 되었으면 좋겠다고 생각했다.

그리고 소마는…… 내가 스스로의 의지로 떠받치겠노라 다짐한 상대다.

사랑이네 연심이네, 그런 것들과 그다지 인연이 없는 삶을 살았던 나로서는, 소마에 대한 이 마음이 어떤 것인지 분명하게는 알 수 없었다. 왕족이니까 결혼에 꿈을 가지지도 않았으니.

하지만 제2의 약혼자가 되어 만면의 미소를 짓는 아이샤나 '반드시 (왕비로) 맞아들이겠어요.' 라는 말에 웃음을 짓는 주나 씨의 얼굴을 봤더니 아주 조금 가슴이 아팠다. ……알고 있다. 이것이 아마도 그런 감정이겠지.

그런 감정을 품을 정도로, 나는 소마에게 끌리고 있었다.

내가 소중하게 생각하는 두 남성이 정한 일이다. 설령 괴롭더라도 슬프더라도, 그것을 받아들이지 않는다면 두 사람의 각오를 마주할 낯이 없다. 나는 두 사람의 결단을 믿기로 했다.

그러니까 카마인 공이 죽었다는 소식을 듣고도 소마에게 원망을 털어놓는다든지 그러지 않았다.

우리 사이가 악화되는 상황을 카마인 공은 바라지 않을 테지. 그러니까 평소 그대로 당당하게 소마 곁에 있는 것이 카마인 공에 대한 애도가 된다. 그리 생각했다.

나는 앞으로도 소마를 믿는다.

소마가 설령 어떤 결단을 내린다고 해도 나는 그 결단을 받아들이고 옆에 선다. 오늘은 바르가스 공과 카를라를 재판하는 날이다. 친구로서 카를라를 도와주고 싶다는 생각은 변함이 없지만, 나는 소마가 어떤 결단을 내리더라도 그것을 받아들일 각오였다.

그것이 설령 어떤 슬픈 결말일지라도.

……그런데도.

'있잖아, 소마. 어째서 그렇게나 [괴로워하는 표정]을 짓는 거야?'

파르남 성의 홀은 지금 이상한 분위기로 뒤덮여 있었다.

지금부터 이 장소에서 카스토르, 카를라 부녀에 대한 처벌이 내려지기 때문이었다.

지난번 싸움에서 큰 공을 세운 월터 공의 애원으로, 두 사람을 소마가 직접 심판할 권리를 법원으로부터 받은 것이었다. 국왕이 법원에 참견하는 것은 칭찬받을 행위가 아니지만, 월터 공이 전공을 반려하면서까지 바라는 일이었기에 억지로 밀어붙이는 형태가 된 것이었다.

이것으로 소마는 두 사람을 직접 심판할 수 있다.

기본적인 인원 배치는 [알현실] 때와 거의 같았다.

소마는 상석에 설치된, 옥좌는 아니지만 그럭저럭 멋들어진 의자에 앉고 그의 좌우로 나와 아이샤가 서 있었다. 아이샤의 호위 위치가 그때까지의 비스듬히 뒤쪽이 아니라 바로 옆이 된 것은 정실후보가 되었기에 생긴 변화였다. 필연적으로 모두의 주목이 모이기도 해서 아이샤도 긴장한 모양이었다.

그리고 내려다본 바닥에는 전 공군대장 카스토르 바르가스와 그의 딸 카를라가 손을 뒤로 묶인 상태로 무릎을 꿇고 있었다. 두 사람 모두 일이 여기에 이르자 각오를 다졌는지 등줄기를 꼿꼿이 펴고 있었다.

그런 두 사람을 사이에 두고 재상 하쿠야와 월터 공이 마주 보는 듯한 모양새로 서 있었다. 하쿠야는 두 사람의 죄에 구형을 청하는 입장이고, 월터 공은 카스토르와 카를라 부녀를 변호하는 입장이었다. 통상적인 재판에서는 심문 측과 변호 측이 죄의 유무를 다투지만 이번 경우에는 두 사람의 죄는 이미 확정되어 있었다.

그렇기에 죄를 묻는 입장인 하쿠야가 우선 구형을 하고, 변호 측인 월터 공이 변호를 하여 감형을 청한다는 스타일이 되었다. 변호가 인정된다면 감형되겠지만 인정되지 않는다면 그대로 하쿠야의 구형이 확정된다. 그렇기에, 무죄는 없다.

그리고 그런 재판을 방청하는 듯한 위치에 긴 테이블이 가로 놓여 있고, 그곳에는 귀족 열네 명이 일렬로 나란히 앉아 있었다. 소마의 입장에선 그들에게는 재판할 때에 의견을 청하게 되어 있다고 들었다. 인선 자체는 무작위라고 들었지만…… 정말일까. 귀족들은 무언가 소곤소곤 이야기를 나누는 모양인데.

'뭔가 계획되어 있어도 놀라지 않아. 소마가 생각한 재판인걸…….'

이제까지 국왕이 법원에서 재판권을 위임받은 사례는, 많다고는 못 해도 이따금 있었다. 다만 그 경우, 국왕은 독단으로 다짜고짜 판결을 내리는 것이 보통이지 이렇듯 재판 형식으로 국왕이 판단하려고 하는 일은 전대미문이었다. 이례로 가득한 재판 형태. 무슨 일이 벌어질지 나로서는 전혀 예상할 수 없었다.

"그럼 카스토르, 카를라 두 사람의 재판을 진행할까."

소마가 조용한 목소리로 그리 선언하자 우선 하쿠야가 두 사람의 죄상을 낭독했다.

"전 공군대장 카스토르 바르가스, 그리고 그의 딸 카를라는 폐하의 왕위가 정식으로 선양된 것임에도 불구하고, 이에 반발하여 최종권고마저도 뿌리치고 금군을 상대로 검을 겨눴다. 이것은 [반역죄]가 적용되는 사안입니다. 따라서 형은 [영지와 사유재산 몰수 및 극형(사형)]이 타당하리라 생각합니다."

예상했던 대로 하쿠야는 두 사람의 사형을 청했다.

……당연하구나. 반역죄는 삼족 이내의 친족까지 연좌하여 사형당할 정도의 중죄다.

그래도 바르가스 공이 월터 공의 진언을 받아들여 제대로 친족과의 연을 끊었기에 최소한의 인원으로 그친 것이었다.

또한 월터 공의 전공을 바탕으로, 인연을 끊은 데다가 월터 가에 맡겨졌던 카를라의 어린 동생 카를이, 비록 영지는 붉은 용성읍 및 그 주변뿐이라고는 해도 바르가스 가의 가문을 잇는 것도 결정되었다. 그 보좌로는 카를라, 카를의 어머니이자 엑셀의 딸인 액셀라가 붙게 되었다.

하쿠야의 구형이 끝나고 이어서 월터 공이 두 사람의 감형을 청하고자 변호에 나섰다.

그리고 사전 협의로 "두 사람의 구명을 위하여 자신의 목, 혹은 라군 시티를 제외한 엑셀 공령을 내놓겠다."라는 월터 공의 제안은 각하되었다. 목은 논외이고, 삼공령을 전부 없애버리면 소마에 대한 귀족들의 경계심을 부채질하고 말기 때문이었다.

"카스토르, 카를라 두 사람이 폐하께 반항한 것은 어리석은 행위입니다. 그러나 그것은 결코 자신이 빼앗고자 한 것이 아니었습니다. 선대 국왕 알베르토 경에 대한 충성심, 또한 육군대장이었던 게오르그 카마인과의 우의가 길을 그르치게 만든 것입니다. 물론 폐하의 왕위는 알베르토 경으로부터 정식으로 선양받은 것이고 그에 의심을 품다니 가신으로서는 있을 수 없는 행위임은 사실입니다.

하오나 갑작스러운 왕위 교대극은 카스토르만이 아니라 다양한 사람에게 혼란을 부른 측면도 있었을 테죠. 또한 카를라도 딸로서 카스토르를 따른 것에 불과합니다. 양쪽 모두 야심 따윈 없었던 겁니다. 다행히도 붉은 용 성읍의 전투에서는 영민과 금군에 사망자가 나오지 않았습니다. 부디 두 사람의 목숨만이라도 살려 주실 수 없으실까요?"

절을 하며 죄의 감경을 청하는 월터 공.

그런 월터 공의 말을, 소마는 그저 가만히 듣고 있었다.

그의 얼굴은 무엇을 생각하는 건지 읽어낼 수가 없을 만큼 완전히 무표정했다. 아마도 일부러 감정이 겉으로 드러나지 않도록 억누르고 있는 거라 생각한다.

구형하는 측과 변호 측의 의견을 모두 듣고, 소마는 입을 열었다.

"카스토르. 무언가 해명할 말은 있나?"

"없다."

바르가스 공은 단호하게 잘라 말했다.

"패배한 장수에게 더 이상 할 말은 없다. 이 목, 베어 다오."

"……그런가."

"단 하나. 싸움을 일으킨 건 나다. 카를라는 내 명령에 따른 것에 불과해. 그 죄도 벌도 모두 내가 지겠다. 고문을 하든 효수를 하든 상관없다. 그러니까 부디 카를라의 목숨만은 살려 주지 않겠나."

"아버님."

바르가스 공은 여전히 묶인 채로, 땅에 닿을 듯이 머리를 숙였다. 긍지 높은 카스토르의 그런 모습에 딸인 카를라마저 놀라서 눈을 크게 떴다.

그러나 소마는 무표정 그대로 한숨을 내쉬었다.

"그때, 공군 부대를 이끌고 있던 건 카를라였다고 들었다. 그런 인물의 죄를 묻지 않을 수는 없겠지. 반기를 들면 이렇게 된다는 것 정도야 알고 있었을 터."

"윽……."

입가를 악무는 바르가스 공. 하지만 그 이상은 아무 말도 할 수 없는 듯했다. 소마는 이번에는 카를라 쪽을 봤다.

"카를라. 너는 뭔가 해명할 말은 있나?"

"……없습니다."

카를라는 힘없이 고개를 가로저었다.

"그것뿐인가? 따로 할 말도 없는 건가."

"……그렇다면 하나만, 저 자신의 어리석음을 사죄하겠습니다. 리시…… 공주님께서 개입하려 해 주셨음에도 어리석게도 우리는 전혀 들으려 하지 않았습니다."

그리 말하고 카를라는 머리를 숙였다. 카를라는 감옥 안에서, 중재를 받아들여 우리의 짐이 되고 싶지는 않다고 했다. 아마 지금도 그때와 같은 심경이겠지.

"용서를 청하거나 그러지는 않을 건가?"

"않겠습니다. 뜻대로 심판하시길."

"……그런가."

소마는 두 사람에게서 시선을 떼고는 그 후방에 있는 귀족들을 향해 말했다.

"그럼 모여 준 제군의 의견도 듣고 싶군. 이 자들은 무모하게도 현 국왕인 내게 반기를 들었다. 이 어리석은 자들을 귀공들은 어찌 심판하는 것이 적절하다고 생각하는가? 모쪼록 기탄없는 의견을 들려줬으면 한다."

내 눈으로 봐도 조금 무섭게 느껴질 만한 눈빛으로 그런 소리를 하는 소마를 보고, 나는 한순간 무언가 켕기는 듯한 기분을 느꼈다. 지금 그 말투는 이미 출구를 정해 놓은 것 같았다. 의견을 듣고 싶다 그러면서,

[이 반역자들을 단죄하는 것에 설마 반대하는 녀석은 없겠지.]

그리 위협하는 듯한, 그런 말투였다. 마치 이 재판을 보고 있는 귀족들을 견제하는 것처럼……. 누구의 어떤 의견에도 귀를 기울이며 그것이 올바르다고 생각했다면 채용한다는, 평소의 소마와는 정반대인 방법이었다.

그리 생각하고 귀족들은 보니, 안 좋은 소문이 돌거나 유사시에는 관망만 하던 가문이 대부분이라는 사실을 깨달았다. 어쩌면 소마는 카를라 부녀를 본보기로 삼아서 그들에게 충성을 맹세케 하려는 걸까.

[네놈들도 이렇게 되고 싶지 않다면 나를 따라라.]

그렇게 힘을 드러내는 듯한, 그런 인상을 받았다.

그러자 귀족들 중 하나가 일어서서는 소리 높여 말했다.

"폐하! 그래서는 죄는 이미 정해진 것 같은 표현이 아닙니까!"

소리를 높인 것은 늠름한 얼굴의 청년이었다. 나이는 할버트와 같은 정도일까. 다만 할버트 같은 거친 느낌은 없고 성실해 보이는 호청년이었다.

"이 자는?"

"사라센 가 당주, 필트리 사라센입니다."

소마가 묻자 하쿠야가 그리 소개했다. 필트리는 말했다.

"이곳은 죄의 경중을 묻기 위한 장소라 압니다. 이런, 폐하의 의사를 억지로 밀어붙이는 듯한 상황이라면 심판하는 의미도 없습니다!"

"앗하하! 잘 말했다, 사라센 가 젊은이!"

그리고 또 한 사람, 일어서는 귀족이 있었다. 회색 머리카락을 뒤로 넘기고 그 머리카락과 같은 색깔의 수염을 기른, 나이가 든 편임에도 기골이 장대한 남자였다.

하쿠야는 눈을 가늘게 뜨고서 그 인물의 이름을 불렀다.

"제베나 가 당주. 오렌 제베나 경."

"검은 옷 재상이여. 거기 계시는 바르가스 공은 우리가 태어나기도 더 전, 실로 백 년 동안 이 나라를 지켜오셨다. 정신적인 미숙함은 있을지언정 이 나라를 생각하는 마음은 변함이 없을 터. 애당초 이번에 폐하께 칼을 겨눈 것도, 사욕을 위한 것이 아니라 게오르그 카마인과의 우의에 따르고자 각오하여 벌인 일이겠지."

"우의를 위해서니까 반역은 어쩔 수 없었다고?"

하쿠야가 찌릿 노려보자 오엔은 "아니 아니."라며 고개를 가로저었다.

"그런 게 아니라. 소마 폐하의 왕위는 정식으로 선양받은 것인 이상, 바르가스 공이 짧은 생각으로 행동했다고 할 수밖에 없겠지. 그 죄도 용서해 달라는 게 아니잖나. 하지만 이미 바르가스 공은 지위도, 명예도, 영지도 재산도 잃었네. 그런데다가 부녀의 목숨마저 빼앗으려고 하는 건 너무도 무거운 처벌이 아닐까?"

"반역자를 용서하라, 그리 말씀하시는 것인지?"

"늙어 버린 나로서는 말이지. 아깝다는 거야. 바르가스 공은 아직 앞으로 이삼백 년은 현역으로 지휘를 맡으실 수 있는 분이야. 지금 이 나라에 바르가스 공 이상으로 공군을 지휘할 수 있는 사람이 과연 있을까."

오엔의 말에 용기를 얻었는지 필트리도 더욱 격하게 말했다.

"폐하! 폐하께서는 '재능 있는 자라면 쓰겠다'고 말씀하지 않으셨습니까! 얻기 힘든 재능을 이대로 잃겠다는 것입니까! 제게는 친우를 마지막까지 믿고 폐하께 엄니를 드러낸 바르가스 공이, 어느 쪽에도 붙지 않는 입장으로 방관하고만 있던 저희 귀족보다 뒤처진다고는 도저히 생각되지 않습니다! 부디 월터 공의 청대로 감형을 부탁드립니다."

두 사람의 말을 듣고 소마는 잠시 눈을 감은 뒤…… 명령했다.

"……데려가라."

갑자기 병사에게 포위된 두 사람은 홀에서 끌려 나갔다. 그때에 아연실색한 표정 그대로 묵묵히 병사들을 따르는 오엔과, 끌려 나가면서도 계속 "폐하! 재고해 주시길!"이라며 외치는 필트리의 모습이 대조적이었다.

두 사람이 끌려 나간 뒤, 홀은 기분 나쁜 적막으로 가득했다.

모두가 숨을 삼키고 아무런 말도 할 수 없는 이 분위기를 깬 것은 소마였다.

"그래서, 다른 사람의 의견은?"

그 후로 귀족들의 의견은 모두 "두 사람에게 사형을."이었다.

"법은 법입니다."

"이것을 용서한다면 가신에게 본보기가 되지 않습니다."

"폐하께 거스르는 어리석은 자 따윈 앞으로도 도움이 되지 않을 터."

······그런 식으로 그럴싸한 말로 포장되기는 했지만 본심은 '아까 두 사람처럼 국왕의 노여움을 사고 싶지 않다' 고 생각하는 것이 훤히 보였다.

'···········.'

나로서는······ 알 수 없게 되었다. 확실히 지금 이 자리에 남은 귀족들은 소마를 두려워하여 묘한 음모를 품기는 힘들어졌을 테지.

하지만 아까 끌려 나간 두 사람과 지금 이 자리에 남아 있는 열두 명. 과연 어느 쪽이 이 나라에게, 소마에게 유익한 인물일까.

'······아니. 망설이지 말자. 소마를 믿기로 했잖아.'

나는 내 허벅지를 꼬집었다. 내 안의 갈등을 필사적으로 억누르자니 소마가 작게 '이건······ 할 수밖에 없겠구나.' 라고 중얼거리는 게 들렸다. 소마?

"모두의 의견은 잘 알았다."

소마는 일어서서 오른손을 높이 들었다. 소마의 동작을 보고 월터 공은 눈을 부릅뜨고, 귀족들은 숨을 삼키고, 카스토르와 카를라 부녀는 체념한 듯 머리를 숙였다.

그리고 소마는 그 손을 휘두르는 것과 동시에, 짧게 명령했다.

"쳐라."

다음 순간, 칼날이 바람을 가르는 소리가 들리고 피가 흩날렸다. 그리고,

──────열두 개의 목이 떨어졌다.

내가 국왕으로서 어찌 행동해야 하는지 참고로 삼는 서적, [군주론].

마키아벨리의 [군주론]은 '악마의 책' 이라고 불리며, 세상에 나온 뒤로 수백 년 동안 교회로부터 공격받았다. 특히 공격의 대상이 된 것은,

[제8장 악랄한 행위로 군주의 지위에 오른 자들]과,

[제17장 두려움의 사는 것과 사랑받는 것, 과연 어느 쪽이 나은가]에 있는 기술이었다.

제8장에서는 "지극히 정당한 군주일지라도 나라를 잃기도 하고, 악랄한 수단을 사용하여 나라를 빼앗았으면서도 그 후에 반역도 없이 평온하게 평생을 보낸 인물이 있는 것은 어째서인가."라는 것을 테마로 논하였는데, 그 안에서 마키아벨리는

"그것은 잔학의 사용법이 능숙했기 때문이다."라고 적었다.

또한 제17장에서는 "인간은 이기적인 생물이기에 누군가 하나를 상처 입히라고 명령을 받는다면 두려워하는 인간보다 사랑하는 인간을 선택한다."라고 논하며, "군주는 사랑받는 것보다도 두려움을 사는 편이 낫다."라고 이야기했다. 그리고 "군주가 군을 이끌 때에는 냉혹하다는 평판은 처음부터 신경 쓸 필요는 없다."라고도 하였고, "카르타고의 명장 한니발이 싸움의 승패와 상관없이 부하에게 반역을 당하지 않았던 것은, 그의 비인도적인 냉혹함에 원인이 있다."라고 하였다.

박애를 주창하는 교회는 이런 서술을 비난하여 "도덕으로 나라를 다스려야 할 군주에게 잔학 행위를 추천하다니 무슨 소리인가!"라며 화를 내고 [군주론]을 금서로 지정해 버린 것이었다.

그리고 악마의 책으로서의 이미지가 정착해 버리기도 했기에 그 내용을 음미하지도 않고 그저 과격한 말만이 주목받아 "[군주론]은 잔학 행위를 긍정한다."라느니 "[군주론]에는 자신을 거스르는 자는 모두 죽이라고 적혀 있다." 같은 오해가 활개를 치고 만 것이다.

이런 풍조는 재평가된 지금에서도 이따금 볼 수 있는 모습이었다.

그러나 이 자리에서 확실하게 말해 두고 싶은 것은, '마키아벨리는 잔학의 내용을 상세하게 적은 것이 아니다.'라는 사실이다.

제8장에서 "잔학을 제대로 사용하는 방법은, 단숨에 소모하

고 그 후에는 되풀이하지 않는 것이다."라고는 했지만, 그 내용에 대해서는 역사적인 사례를 언급했을 뿐이지 마키아벨리 본인이 "이것이다!"라는 사용법을 기재하지는 않았다.

제17장의 경우에도 그러했다. "한니발의 활약도 그의 비인도적인 냉혹함에 기반한다."라고는 했지만, 그 '냉혹'의 내용에 대해서는 언급하지 않았다.

그럼 마키아벨리가 말하는 '군주가 한 번으로 확실히 끝을 내고 그 후에는 되풀이해선 안 되는 잔학', 혹은 군주가 짊어져야 하는 '냉혹'이란 무엇일까.

우선 마키아벨리는 제17장 안에서 "군주는 두려움을 사더라도 원한을 사서는 안 된다."라고 하였으며, 원한을 사지 않기 위해서는 "백성의 재산이나 부녀자에게 손을 대어서는 안 된다."라고 하였다. 그리고 같은 부분에서 "어떻게든 누군가의 피를 보는 행동에 나서야만 하는 경우에는, 그래야할 동기가 있을 때에만 해야 한다."라고도 하였다. 이것은,

[군주는 대의명분이 있어도 부하나 백성의 재산이나 부녀자에게 손을 대어서는 안 되며 살상은 대의명분이 있는 경우에만 허용된다.(혹은 대의가 없는 살상은 허용되지 않는다.)]

이렇게 바꿔 말할 수도 있겠지.

즉, 마키아벨리가 말하는 '잔학의 사용법'이란 '대의명분이 있는 살상'에 한정되는 것이다. 그럼 그 '대의명분이 있는 살상'은 어디까지 허용되는가. 교회가 비판한 것처럼 '적은 모두 죽여라.'라고 하는 것일까.

그 해석이 나뉜다는 사실은 충분히 잘 알고 있지만, 내 의견을 말하자면 '아니다' 라고 생각한다.

왜냐면 [군주론]의 제20장에서 마키아벨리 본인이 이렇게 말하고 있기 때문이다.

【정권 초기에 의심스럽게 보였던 인물이 처음부터 신뢰하던 인물보다 충성심이 두텁고 도움이 되는 경우가 있다.】

처음에 적대했던 사람도 이윽고 생활이 곤궁해지면 누군가를 의지해야만 할 터이기에 회유도 쉬워진다. 그리고 회유한 뒤에는 자신의 악평을 지우고자 필사적으로 일하기 마련이니, 처음부터 적대하지도 않고 무사히 지내는 사람보다는 훨씬 도움이 된다고 하는 것이다.

일본의 역사로 따지자면 오다 노부나가를 섬긴 맹장 시바타 카츠이에를 예시로 들면 쉽게 알 수 있겠지.

노부나가의 동생이 형을 배반했을 때, 카츠이에는 처음에는 동생의 진영에 있었지만 이후에 항복하여 가신이 되었다. 그 이후 카츠이에는 노부나가 아래에서 무공을 거듭하여 으뜸가는 충신이 되었다. 그러나 혹시 그의 역할이 부족하다고 보았다면, 마찬가지로 항복한 장수였던 하야시 히데사다처럼 오다 가에서 축출당했을지도 모른다. 그렇기에 카츠이에는 계속 자신의 역할을 다하려고 한 측면도 있었을 테지.

다시 [군주론]으로 돌아가면, 다시 말해 마키아벨리가 말하는

'잔학' 이란 '적대한 자는 반드시 죽인다.' 같은 이야기가 아니었던 것이다.

그렇다면 그가 말하는 '잔학' 이란 대체 무엇인가?

그것은 마키아벨리가 '잔학의 올바른 사용법' 의 실례로 든 것을 보고 추론할 수밖에 없겠지.

아가토클레스는 시라쿠사가 카르타고에게 공격당했을 때, 시라쿠사의 원로원이나 유력 시민을 속여서 불시에 치고, 그것으로 자신의 권력 기반을 굳힌 뒤에 카르타고의 공격을 물리쳤다.

올리베로토는 고향인 페르모의 통치권을 빼앗기 위하여 후견인이었던 숙부와 유력 시민을 쳐서 불과 1년 만에 페르모를 손에 넣었다.

또한 마키아벨리가 이상적인 군주로 삼았던 체자레 보르자는 화해한 상대를 모살하고 권력 기반을 굳혔다. 그 상대 중에는 방금 언급했던 올리베로토도 있었다.

마키아벨리는 이 행위에 긍정적이었다. 그리고 이 세 가지 예시를 통해서 볼 수 있는 것은, '잔학을 휘두를 대상이 진영을 따지자면 아군 측이었다.' 라는 점이다.

진영을 따지자면 아군이지만 자신의 정책을 방해할 원로원.

자신이 군주로 올라서기에는 방해가 될 것 같은 친족.

그리고 화해한 동료였지만 언제 뒤를 칠지도 모르는 자들.

그렇게 방해되는 동료, 좀 더 말하자면 '아군 진영에서 후에 적이 될 존재' 야말로 마키아벨리가 잔학의 창끝을 향한 대상으로 생각했던 것이다.

이것은 제17장의 '냉혹'에 대해서도 해당되는 이야기다.

　한니발은 비인도적인 냉혹함으로 부하에게 경외를 샀는데, 그 '냉혹'의 내용을 추측하려면 대비되는 예시로 언급된 스키피오의 사례를 보면 알 수 있다. 스키피오도 명장이었지만 부하가 모반을 일으키거나 백성이 반란을 일으키거나 했다. 이유는 그가 온후한 성격이었기에 무법을 저지른 가신을 단죄할 수 없었기 때문이라고 적혀 있다.

　즉, 그 반대로 취급되는 한니발은 '동료를 제대로 단죄할 수 있었기에 부하에게 경외를 사서, 싸움의 승패와 상관없이 가신들의 모반이 벌어지지 않았다.'라는 이야기다.

　마키아벨리가 제창한 '제대로 된 잔학의 사용법'을 사용할 상대가 바로 동료 가운데 적이 될 존재하고 생각하고, [군주론]의 다른 주장인 "인근 국가가 전쟁을 벌일 경우, 반드시 어느 쪽에 붙을지 단언한다.", "그때, 중립을 선택한다면 대부분 실패한다." 따위를 고려하면 마키아벨리의 밑바탕에 있는 사상이 얼추 보일 것이다. 즉,

【유리한 쪽에 붙는 박쥐 녀석을 신용하지 마라.】

　……라는 이야기다.

　권모술수가 소용돌이치는 난세의 이탈리아에서 외교관 생활을 했던 마키아벨리.

　사태를 크게 벌이고 싶지 않기 때문에 어영부영 처리하여 그

런 자들을 내버려 둔 것이 나중에 큰 화근으로 이어진 사례를 수도 없이 보았을 것이다. 그렇기에 '잔학' 이라는 말을 들을지라도 그 병폐를 단번에 뿌리 뽑아야만 한다고 주장하는 것이다.

  이것이 내가 귀족 열두 명의 목을 벤 이유였다.

  목을 벤 귀족들의 뒤에는 십여 명의 온몸이 시커먼 남자들이 서 있었다.

  그들은 얼굴을 검은 천으로 덮고 닌자 복장과 비슷한 검은 옷을 입고 있었다. 손에는 핏방울이 떨어지는 검을 붙잡고 있으니 그들이 귀족들의 목을 베었음은 명백했다.

  갑작스러운 난입자, 그리고 갑작스러운 흉행에 그 자리에 있던 대부분의 인간이 숨을 삼켰다. 안색이 바뀌지 않는 것은 나를 제외하면 하쿠야 정도였다.

  "엇?! 소마!"

  "폐하! 네놈들은 누구냐!"

  리시아와 아이샤가 나를 지키듯 검을 들고 앞으로 나왔지만 나는 그런 두 사람의 어깨에 손을 툭 올려놓았다.

  "괜찮아. 그들은 내 [부하]야."

  "부하라니……, 어……?"

  리시아가 곤혹스러워하는 표정을 짓고 있자니, 검은 옷의 남자들 중에서 하나가 다가왔다. 다른 남자들이 몰개성적인 검은 옷을 입은 것과는 달리 이 인물만큼은 검게 칠한 갑옷을 입고 있었다. 키도 2미터 가까이 되어 갑옷 위도로 알 수 있을 만큼 억센 체격이었다. 목부터 아래쪽만 보면 그야말로 [암흑기사]라는 느낌의 풍채였지만 얼굴은 '검은 호랑이 마스크'를 뒤집어쓰고 있었다. 검은 호랑이 마스크는 내 앞에 무릎을 꿇고 머리를 숙였다.

"두령. 임무, 완료하였습니다."

풍채에 어울리는 중저음으로, 검은 호랑이 마스크는 그리 보고했다.

"앗?! 그 목소리…… 아야."

리시아가 무언가 말하려고 했지만 나는 그녀의 어깨에 올린 손에 힘을 실었다.

리시아는 놀란 표정으로 이쪽을 봤지만 내가 고개를 가로젓자…… 무언가를 알아차렸을 테지. 묵묵히 검을 집어넣었다. 슬쩍 엑셀 쪽을 보니 그녀 역시도 대부분의 사정을 헤아린 거겠지. 미소에 살짝 분노가 어리어 있었다.

'이건 어떻게 된 것인지…… 반드시 제대로 설명을 들을 거니까.'

넌지시 그리 말하는 것 같았다. 미인이 화를 내면 박력이 굉장하구나. 나는 등줄기가 서늘해지는 것을 느끼며, 여전히 계속 경계 중인 아이샤의 어깨를 툭툭 두드렸다.

"아이샤도 검을 집어넣어."

"하, 하지만……."

"그의 이름은 [카게토라]. 내 직속 첩보부대 [검은 고양이]의

리더야."

내가 그리 말하자 [검은 고양이] 구성원들은 똑같은 동작으로 검을 자신들 앞으로 들었다.

아미도니아 공국의 수도 반에서 제국의 첩보원에게 제대로 당했기에 그에 대항하고자 최근에 조직한, 첩보 공작 활동을 전문으로 하는 내 직속 부대였다.

좀 더 정확하게 말하자면, 하쿠야가 소수로 거느리고 있던 첩보원을 대폭적으로 증원, 정예화하고 리더로 뛰어난 지휘 능력을 가진 카게토라를 영입하여 내 직속 부대로 재편한 것이었다.

그들은 의문점이 많은 부대였다. 구성원의 정체도 불명. 얼마 전에 막 조직된 부대임에도 어째서 이렇게나 제대로 연계하며 움직일 수 있는지도 불명.

특히 의문인 것은 카게토라의 정체였다. 이렇게나 의문으로 가득한 부대를 자신의 수족처럼 지휘하는 모습은 마치 역전의 명장 같았지만, 이런 인물이 지금의 왕국에 있었을까. 대체 누구일까—. 그 정체는 아무도 모른다.

"……저기, 소마. 카게토라는……."

"그의 정체는 아무도 몰라. 알겠지?"

"아, 그래……."

리시아는 무어라 형용할 수 없는 표정을 지으며 연신 고개를 끄덕였다. 나는 곧바로 카게토라와 검은 고양이 부대를 향해 명령했다.

"귀족들의 시체를 정리한 뒤, 그들의 저택 근처에 대기 중인

금군 부대에 연락. 저택으로 진입해서 증거품을 압수토록 전해라. 저항한다면 진압하라."

"예."

검은 고양이 부대는 귀족의 시체를 정리하고는 곧바로 떠났다.

카게토라도 마지막으로 딱 한 번 리시아 쪽을 본 뒤, 홀에서 나갔다. 그들을 배웅한 뒤에, 리시아가 살짝 날카로운 시선을 보냈다.

"……제대로 설명해 줄 거지."

"알았어. 하지만 어디부터 설명해야 할지……."

"우선은 어째서 귀족들을 베었는지, 그것부터 가르쳐 줘."

"뭐, 거기서부터 해야겠지……."

나는 천천히 이번 흉행의 이유를 이야기했다.

"저 열두 가문을 베어야만 하는 이유 말인데, 저 녀석들은 아미도니아와도 이어져 있었어. 하쿠야와 게오르그가 각자 독자적으로 조사해서 확인한 거야."

"아미도니아와 내통했다는 거야?"

"정확하지는 않으려나. '와도' 라고 그랬잖아. 저 녀석들은 아미도니아와도, 부패 귀족과도, '우리 쪽과도' 이어져 있었거든."

"어? 그게 무슨……."

"문어발이었던 거야. 유리한 쪽으로 붙겠다고."

저 귀족들은 항상 세력을 떨치는 쪽에 순종하는 의견을 내세워 난을 피했다.

왕국이 쇠퇴한다면 아미도니아 공국과 뒤로 내통하고, 내란이 벌어지면 부정부패를 저지른 귀족을 지원하며 자신들은 관계없는 척하고, 전후에 내 발언력이 강해졌다고 생각하고는 충신인 척 꼬리를 휘두른다. 그렇게 해서 자신의 안전을 확보해 두고, 뒤로는 불만을 가진 자들을 부추겼던 것이다. 자신들의 보신과 이익만을 생각해서.

"저항 세력과 물자나 인원을 거래해서 이익을 올리고, 저항 세력이 힘을 잃으면 자신들이 처부수어 공을 세운다. 자신들에게 의심의 눈길이 향한다면 다른 장소에서 불만을 가진 자들을 부채질하여 반항하게 만들어 자신들에게 추궁의 눈길이 미치지 않도록 한다. ……리시아의 아버지 치세에는 그런 걸 되풀이했던 모양이야."

"세상에……."

부친의 치세 아래에 있던 당시 왕국의 이면을 알고 리시아는 말을 잃었다.

"그러다보니 성가신 건, 녀석들은 자신들이 직접 반항하는 게 아니라 이쪽이 우세할 때에는 마치 충신처럼 행동하니까 처벌하기가 어렵다는 점이야. 이쪽에 힘이 있을 때는 제대로 일을 하니까 말이지. 정권 유지에 자신이 있다든지 온후하다든지 가신을 믿으려고 생각해버리는 군주일수록, 녀석들의 계략에 걸려들게 돼. '자신이 안정적인 정권을 구축한다면 괜찮겠지. 굳이 동료를 줄일 필요도 없다.' 라고 생각하니까."

"하지만…… 소마는 베어 버린 거지?"

"나는 자신의 정권이 안정된 형태가 되리라고는 생각하지 않으니까. 오히려 언젠가 반드시 운명의 기로에 서지는 않을까 생각해. 그때에 저 녀석들 같은 문어발은 반드시 해가 되지. 리시랑 아이샤랑 주나 씨처럼 내게 소중한 사람이 다친 뒤에서야 '그때 처단했어야 되는데.' 라며 후회하고 싶지 않아. 그렇게 된다면 아마도 나는 미쳐 버릴 테지. 바로 그러니까 지금 이때에 그 싹을 잘라버리는 길을 선택했어."

마키아벨리는 [군주론]에서 이렇게 말한다.

【운명은 인간이 얼마나 사려 깊게 행동하든 그 흐름을 바꿀 수는 없는 존재이지만, 적어도 그 가운데 절반은 그 사람의 손에 달려 있다고 생각해야 한다.】

인간사 영고성쇠(榮枯盛衰)는 그 사람의 행동이 시대에 기반하여 행동하는지로 결정된다.

하지만 그것은 후세가 되어야 알 수 있는 것이다. 오다 노부나가, 나폴레옹…… 시대의 총아인 영웅도 시대에 맞지 않는다면 멸망하고 만다. 이것을 마키아벨리는 [운명의 급변]이라고 말한다. 그리고 운명의 급변을 막을 수는 없지만, 운명의 급변에 대비하여 사전에 준비해 두면 그 흐름을 완만하게 만들 수 있을 거라고.

중요한 것은 사태를 낙관시하지 않고 쓸 수 있는 수단은 쓸 수 있을 때 모두 쓴다는 과감함을 지니는 것이다. 이에 마키아벨리는 [운명은 여신(여성)이니까 그녀를 정복하고 싶다면 때려서 복종시켜야 한다.]라는, 페미니스트가 듣는다면 격노할 법한 표현을 사용했다. 표현은 제쳐 놓고, 나는 미래의 화근을 남기지 않도록 이 자리에서 귀족 열두 명을 베어 버리는 결단을 내린 것이었다.

내 이야기를 듣고 리시아는 이윽고 천천히 고개를 끄덕였다.

"소마의 생각은 이해했어. 물러나도록 한 사라센 가와 제베나 가는 어떻게 되는 거야?"

"그건 제가 설명드리겠습니다."

하쿠야가 그리 말하며 앞으로 나섰다.

"사라센 가과 제베나 가는 선대가 다른 열두 가문과 행동을 함께했습니다만, 그들의 사망과 함께 인연이 끊어졌습니다. 현 당주인 필트리 경은 문무에 뛰어난 호청년, 오엔 경은 근엄하고 올곧은 열혈한입니다. 그들이라면 표리부동하지 않고 폐하를 잘 따르겠죠. 그건 홀에서 끌려 나갈 때의 모습을 보면 아실 수 있으실 겁니다."

"……제대로 처형할 사람을 선별했구나."

"그렇습니다. 처형된 자들은 두드리면 먼지가 나올 자들입니다. 지금쯤이면 수도에 있는 저택으로 진입해서 증거품을 몰수하고 있을 겁니다. 단죄와 증거품 몰수 순서가 반대가 된 것은 칭찬할 수 없는 일입니다만, 부디 이해해 주시길."

그리 말하고 하쿠야는 리시아에게 머리를 숙였다.

아마도 나를 도와주려는 거겠지. 내가 시기와 의심만으로 열두 귀족의 처형을 지시한 게 아니라고 이야기하여, 리시아와의 관계가 틀어지지 않도록 배려해 준 것이다. 그건 리시아도 잘 알고 있는 모양이라 그 이상은 추궁하지 않았다.

"하지만 열두 가문 쪽은 알겠는데, 혹시 다른 두 가문이 소마를 따르는 듯한 소리를 했다면 어떻게 했을 건데? 같이 베어 버렸을 거야?"

리시아의 물음에 하쿠야는 고개를 가로저었다.

"그럴 경우, 제가 두 사람을 도발해서 화를 내게 만드는 수단을 사용했을 겁니다. 뭐, 다른 열두 가문처럼 폐하께 알랑거릴 것 같았다면 앞으로 중용할 수는 없을 테지만."

"거기까지 생각했구나……."

리시아가 기가 막힌다는 눈빛으로 이쪽을 바라봤다.

아니, 이런 식으로 사람의 마음을 날카롭게 파고드는 계획은 하쿠야 담당이라고. 나는 그렇게까지 성격이 나쁘지는 않을…… 터. 시선을 피하는 나를 보고 리시아는 포기했다는 듯한숨을 내쉬었다.

"그래서, 카를라 부녀 쪽은 어떻게 할 생각인데?"

"……그건 지금부터 이야기할 거야."

나는 묶여 있는 카스토르 앞에 섰다. 카르토르는 일련의 일을 보고 멍한 표정을 짓고 있었다. 자신을 향해 휘둘러진다고 생각했던 칼날이 전혀 다른 자들에게 휘둘러진 것이었다. 곤혹스러워하는 것도 당연하겠지.

"카스토르 바르가스. 최종권고를 걷어찬 이상, 네게는 [반역죄]가 적용되었다."

내가 그리 말하자 카스토르는 머리를 숙였다.

"……알고 있다."

카스토르는 조금 전보다 더욱 깊이, 바닥에 이마가 닿을 정도까지 머리를 숙였다.

"그러니까, 부탁한다. 모든 죄는 내게 있다. 그러니까 카를라만큼은 살려 다오."

"그걸 정하는 건 네가 아냐."

나는 차가운 목소리로 말했다.

"판결을 내리겠다. 귀공의 반역죄 적용은 명백. ……그러나 조금 전에 필트리와 오엔이 말한 대로, 백 년 동안 이 나라의 방어에 노력한 공적은 인정하겠다. 또한 이미 관직, 영지, 재산, 바르가스 가의 이름은 빼앗겼다. 따라서 목숨만큼은 구제하겠다."

나는 조용히 행방을 지켜보던 엑셀을 향해 말했다.

"카스토르의 신병은 엑셀에게 맡기겠다. 다만, 카스토르의 구 바르가스 공령 출입은 금지한다. 바르가스 가를 이은 자식 카를과 그의 어머니 액셀라와의 접촉도. 엑셀, 귀공의 사위가 저지른 일이다. 제대로 감시해라."

"웃! ……예. 확실하게 받들겠사옵니다."

엑셀은 눈물을 흘리며 깊이 허리를 숙였다.

얼굴을 들었을 때 엑셀의 입이 작게 "감사합니다."라고 움직이는 것이 보였다. 나는 그것에 아무런 반응도 보이지 않고 이어서 카를라 앞에 섰다.

"카를라. 너도 같은 죄다. 게다가 네게는 카스토르처럼 '백 년 동안 나라를 지켰다.' 같은 공적도 없어. 안타깝지만 감형할 거리가 보이질 않아."

"……알고 있습니다."

"자, 잠깐만! 그렇다면 나를 죽여 줘! 카를라는 내 지시로 당신에게 칼날을 겨눈 거야! 그러니까 내 공적은 카를라에게……."

"끌고 가라."

땅에 머리를 비벼대며 애원하는 카스토르를, 위사들에게 명령하여 홀에서 끌고 나가도록 했다. 이곳에서 끌려 나갈 때까지 "내가 대신하겠다!"라며 소리쳤지만 그걸 들어줄 이유도 없었다.

홀이 조용해진 참에, 나는 계속 말했다.

"네 반역죄는 명백. 그러나 주범인 카스토르를 살려두고 딸을 죽이는 건 경우가 아니지. 따라서 목숨만큼은 살려 주겠지만, 너는 노예 신분으로 전락시키겠다. 소유자는 왕가, 즉 나와 리시아로 한다."

이 세계에서 사형 다음으로 무거운 처벌은 범죄 노예로 강제 노동형에 처하는 것이었다. 종신형 같은 것이 아니었다. 범죄 노예로 전락한 자는 특별 사면이라도 없는 한 탄광 같은 가혹한 장소에서 강제노동을 계속 시킨다. 다만 카를라의 경우, 왕가 소유로 지정했으니 탄광 같은 곳으로 보내지는 않고, 왕가에 절대 복종하는 잡역꾼으로 취급하게 되겠지.

"……예."

노예가 되라는 내 명령에도 카를라는 힘없이 고개를 끄덕였다.

엑셀이 무언가 말하려는 모양이었지만, 꾹 참았다. 죽는 것보다는 낫다고 판단했을 테지. 하쿠야는 눈을 감고, 아이샤는 이 자리의 분위기에 당황하여 떨고 있었다. 그리고 리시아는 표정 변화 없이 가만히 내가 하는 일을 지켜보고 있었다.

"그럼 지시를 내리겠는데, 우선 처음으로 네게 명령하고 싶은 것이 있다."

"……뜻하시는 대로."

나는 고개를 숙인 카를라 옆까지 다가가서는 귀에 대고, 그녀에게만 들릴 정도의 작은 목소리로 '어느 명령'을 내렸다. 카를라는 눈을 크게 떴다.

나는 자신의 귀를 의심했다.

("여차하면 나를 죽여라.")

소마는 내 귓가에 대고 작게 이런 명령을 내렸다.

놀라서 눈을 부릅뜬 나를 향해 소마는 진지한 표정으로 고개를 끄덕였다.

("물론 지금이 아냐. 혹시 내가 폭군이 되었을 때, 나를 막는 역할을 네게 맡기고 싶어. 네 무력이라면 나 같은 건 간단히 죽

일 수 있겠지?")

폭군이 된다면 죽여라…… 갑자기 대체 무슨 소리야?!

나는 목소리가 커지지 않도록 되물었다.

("어째서 그런 말씀을…… 그것도 저 같은 것에게 하시는 겁니까?!")

("다른 사람들은 못 할지도 모르니까.")

그리 말하고 소마는 곤란하다는 듯이 웃었다.

("어느샌가 내 주위에는 소중히 생각하는 사람들이 늘어났어. 최근에 리시아 말고도 약혼자가 생기기도 했고. 저기 있는 아이샤도 그래.")

모르는 사이에 저기 있는 다크 엘프와도 약혼을 했나. 리시아는 받아들인 걸까? 뭐, 저 아이의 성격이라면 딱 잘라서 결론을 내렸을 테지만…….

("그건…… 축하드립니다?")

("고마워. ……소중한 사람이 늘어난다는 것 자체는 좋은 일이지만, 혹시라도 언젠가 내가 권력에 취해 폭군이 된다고 생각하면…… 무섭더라고. 혹시 그렇게 되었을 때, 다른 사람들이 나를 제대로 막아 줄까 싶어서.")

("리시아라면 막을 수 있겠죠. 성격이 올곧으니.")

("그럴까? 그야 주지육림이라든지 일반 시민 학살 같은 명령을 내린다면 얼마든지 내게 쓴소리를 할 테지만, 이번처럼 제대로 된 대의명분이 준비된 경우에는 어떨까? 숙청이라는 건 하나하나는 그렇게 큰 문제로 보이지 않아. 그러나 횟수를 거듭하

면 언젠가 돌이킬 수 없는 일이 되지. 그리 되었을 때, 다른 사람들은 나를 내칠 수 있을까?")

그건…… 아무래도 무리였다.

("제가 할 말은 아니지만…… 리시아는 당신에게 홀딱 반했어요. 당신이 지옥으로 떨어질 때는, 틀림없이 함께 떨어지겠죠.")

리시아는 고지식하고 한결같은 여자애다. 아마도 어떤 일이 있을지라도 최후의 순간까지 소마를 따를 것이다. 소마도 고개를 끄덕였다.

("그렇지? 아이샤도 비슷할 테고…… 주나 씨는 어떨까? 어쨌든 내 주위에는 나와 함께 불행해지려는 녀석이 많아. 그건 싫거든. 폭정 끝에 혁명이 일어나서, 나만 처형되는 게 아니라 다른 사람들도 처형되는 것 따위. 나는 저들은 마리 앙투아네트처럼 만들고 싶지는 않아.")

마리…… 누구지? 의아해하는 나를 보고 소마는 진지한 표정으로 말했다.

("그러니까 너에게는 내 소중한 녀석들이 나와 함께 불행해지기 전에, 내 숨통을 끊는 역할을 맡겼으면 해.")

("……저는 노예입니다. 주인을 죽인다면 목걸이가 저를 죽일 텐데요?")

("그래. 그러니까 결행할 때에는 함께 죽을 걸 각오해 줘. 그리고 혹시 내가 무사히 왕위를 다음 세대로 물려줄 수 있을 때가 오면, 노예 신분에서 해방해 줄게.")

이 남자는…… 아무렇지도 않게 터무니없는 소리를 한다.

소마는 내게, 자신이 폭군이 되었을 때에 스스로에게 휘두를 칼날이 되라고 하는 것이다. 자신을 죽이고 내게도 죽으라고. 그런 나를 노예로 곁에 두어 스스로가 폭군으로 전락하지 않도록 하는 억지력으로 삼으려는 것이다.

("정말로…… 인정사정없네요.")

("내가 이러는 건 소중한 사람을 상대할 때뿐이야.")

("당신 자신에게, 말이에요. 그거라도 의미가 통하지만.")

아미도니아와의 회전 당시에도 생각했지만, 이 남자는 스스로를 너무도 소홀히 생각한다.

좀 더 자신을 소중히 생각하지 않는다면 주위에 있는 사람도 마음고생이 끊이질 않겠지.

'리시아, 너도 참 성가신 인물한테 반했구나…….'

그렇구나. 친구의 사랑을 슬프게 만드는 미래에서 멀어지도록 하기 위해서라도, 나는 억지력이 되어 지켜보기로 하자. 나는 자세를 바로하고 깊이 머리를 숙였다.

"그 명령, 확실하게 받들었습니다. 그 명령을 실행하는 날까지, 그 명령을 실행하는 날이 오지 않기를 바라며 분골쇄신의 각오로 일하겠습니다."

내 대답에 소마는 만족스레 고개를 끄덕였다. 그리고,

"지금 현재, 왕성에 노예 전용 업무는 없어. 일단 메이드 부대에 배속하겠……지만…… 어어…… 자세한 이야기는 거기 '메이드장' 한테 듣도록 해."

그리 명령했는데, 마지막에는 어째 말꼬리를 흐렸다.

무슨 일일까 싶어서 소마의 시선을 따라갔더니, 스무 살 정도의 미인 메이드가 무척 싱글거리는 표정으로 서 있었다.

그녀가 뭔가 이상한 걸까 생각하다가, 리시아가 진심으로 딱하다는 표정으로 이쪽을 보고 있다는 사실을 깨달았다.

…………어?

카스토르, 카를라 부녀의 재판이 끝나고 나, 소마, 아이샤가 함께 집무실로 돌아가는 도중, 갑자기 앞을 걷는 소마의 몸이 휘청거렸다.

"소마!"

"폐하!"

나와 아이샤가 부축하려고 하자 소마는 벽에 한손을 대며,

"괜찮아. 잠깐 휘청거린 것뿐이야."

그리 말하고는 다른 한 손으로 우리를 제지했다.

"하지만……."

"괜찮다니까. ……잠시만 혼자 있게 해 줘."

그리 말하고는 혼자서 집무실 안으로 들어갔다.

흘끗 들여다본 소마의 옆얼굴은 새파래서 척 보기에도 상태가 나빠 보였다. 그 자리에 남겨진 모양새가 된 나는, 마찬가지로 남겨져서 멍하니 있는 아이샤에게 이야기를 건넸다.

"조금 전까지는 아무렇지도 않았는데 갑자기 무슨 일일까?"

"저도 모르겠어요. ……하지만."

"하지만?"

"첫 출진에서 돌아온 병사처럼 보였어요. 처음으로…… 사람을 죽인."

"그거, 열두 귀족을 처형했다는 사실을 마음 아파한다는 이야기야?"

하지만 그건 소마가 필요하다고 생각했으니까 한 일이잖아?

그렇다면 후회할 필요는 없을 터. 게다가 소마는 앞서 아미도니아 공국과의 전쟁에서 첫 출진을 경험했다. 아미도니아 공왕이었던 가이우스 8세를 물리치고 전후에는 부정을 저지른 귀족들을 처형했다. 처음일 리가 없었다.

그리 지적했지만 아이샤는 고개를 가로저었다.

"이건 어디까지나 제 상상이지만, 가이우스 때에는 치지 않으면 이쪽이 당하는 상황이었어요. 부정부패를 저지른 귀족들은 명확한 반역 의사가 있었고요. 하지만 그 귀족들 열두 명의 경우에는, 곧바로 폐하를 해하려던 게 아니었어요. 살려 두는 게 해악이라는 걸 알아도 그들을 친 자신의 판단은 정말로 정당했을지. 마음속으로 완전히 매듭을 짓지는 못한 게 아닐까요."

아이샤는 그리 말하고 걱정스레 집무실 문을 바라보았다.

'매듭을 짓지는 못했다……인가.'

……그렇겠지. 아이샤의 견해는 올바르다고 생각한다.

소마가 있던 세계는 평화로웠다고 들었다. 전쟁도 한동안 없었다나.

그런 세계 출신이니까 소마는 사람의 죽음이 발생하는 것을 극단적으로 싫어했다. 그렇다고 해서 희생 없이 모든 것이 잘 될 거라 생각할 정도로 낙관적이지도 않았다. 그러니까 소마가 취하는 정책은 항상 어떻게든 최소한의 희생으로 최대한의 성과를 거둘 수 있을지를 고려했다.

　그건 한 나라를 맡은 입장으로서는 당연한 마음가짐이었다. 하지만 소마 자신의 마음은, 최저한의 희생을 허용할 수 있을 만큼 뻔뻔스럽지는 않은 거겠지.

　"저기, 아이샤. 그런 병사들은 어떻게 도와주는 거야?"

　"그렇군요……. 저도 군에 소속되었던 경험은 없으니까 자세히는 모르겠지만…… 잘 듣는 건 '잊게 만드는' 걸까요."

　"잊게 만든다?"

　"상관이나 연장자가 술이나 여자를 통해서 발산시킨다고 들었어요. 이런 건 시간이 해결해 주는 걸 기다릴 수밖에 없으니까, 너무 생각에 잠겨서 마음이 꺾이지 않도록."

　술, 아니면……인가. 그렇다면…….

　재판이 개시된 것은 오후. 지금은 이미 완전히 밤이었다.

　등불도 없이 캄캄한 집무실 안에서 나는 홀로 침대에 누워 있었다.

　할 일은 산더미처럼 있었다. 하지만 오늘만큼은 땡땡이칠 수 있도록 하쿠야에게 부탁해 두었다. 전혀 의욕이 생기질 않는 것이었다. 하쿠야도 그것을 승낙해 주었다. 차라리 자 버리고 싶다. 하지만 그런 생각과는 달리 머리는 각성 상태 그대로였다.

조금이라도 머리를 움직이려고 하면 조금 전의 처형이 올발랐는지를 생각하고 만다.

열두 귀족을 처형한 것은 장기적으로는 옳은 일처럼 여겨진다. 살려 뒀다가 그것 때문에 그 녀석들이 뿌려놓은 재앙으로 누군가가 상처 입는다면 나는 틀림없이 후회하겠지. 뭐, 지금은 죽인 것을 후회하지 않도록 필사적으로 가슴속에 억누르고 있는 상태지만.

【잔혹한 행위는 단숨에 한다.】
【군주는 냉혹하다는 평가를 신경 쓸 필요는 없다.】
【멸망하지 않도록 일부러 싸우는 길을 선택한다.】
【멸망할 때가 되어 그때 해 뒀어야 했다고 후회해 봐야 늦다.】

마키아벨리의 말을 머릿속으로 곱씹었다. 그저 핑계를 찾는 것뿐이지만.

후회할 바에는 소중한 사람들이 상처 입지 않는 쪽을 선택한 것이다. 자신을 그리 납득시키고 내린 결단이었을 텐데, 그럼에도 여전히 헤매고 마는 자신의 마음이 원망스러웠다.

그러고 있자니 갑자기 입구의 문이 열렸다. 얼굴을 움직여서 확인하지 리시아와 아이샤가 서 있었다. 여러모로 외설스러운 복장으로.

"윽?!"

두 사람이 몸에 걸친 것은 무릎 위쪽까지 오는 길이의 얇은 목욕 가운 같은 옷이었다.

두 사람 모두 옷 밑에는 아무것도 걸치지 않았는지, 겹친 옷깃에서 엿보이는 가슴 계곡이나 아래쪽으로 뻗은 허벅지가 요염했다. 열려 있는 문으로 비쳐드는 복도의 불빛으로 두 사람의 보디라인 음영이 강조되어 무척 선정적이었다. 아이샤는 큰 키와 훌륭한 스타일이 눈에 띄었고, 리시아는 리시아대로 균형 잡힌 몸매가 아름다웠다.

너무나도 예상 밖의 광경에 잠시 빠져들고 말았다. ……솔직히 이렇게까지 기분이 가라앉은 상태가 아니었다면 단숨에 이성이 날아갔을지도 모른다.

다만 지금 내 심경으로는 질 나쁜 장난으로밖에 보이지 않았다.

"……무슨 생각이야."

스스로도 놀랄 정도로 무서운 목소리가 나왔다. 아니, 그럴 게 아니잖아. 나도.

이래서는 엉뚱한 화풀이잖아. 나는 가능한 한 온화한 말투로 고쳐 말했다.

"혼자 있게 해 달라고 그랬을 텐데."

"그렇게 된 소마를 내버려 둘 수는 없잖아."

리시아는 개의치 않고, 내가 누워 있는 침대 가장자리에 걸터

앉았다. 아이샤도 "시, 실례할게요."라며 리시아와는 반대쪽에 살며시 앉았다. 좌우 어느 쪽으로 고개를 돌려도 미소녀의 엉덩이가 있었다. 나는 팔로 눈을 가리며 위를 향할 수밖에 없었다.

"대체 뭐야…… 뭘 하고 싶은 건데……."

"그건…… 그러니까…… 잊게 해 주고 싶다, 라고 할까……."

"어?"

"어쨌든! 우리를 마음대로 해도 되니까!"

"여, 여하튼 이런 건 처음이니까, 잘 부탁드립니다, 폐하!"

마음대로 하라느니 잘 부탁드린다느니, 둘이서 대체 무슨 소리야?!

"그러니까…… 지금은 그럴 기분이 아니라니까."

"으으으, 주나 경도 있었으면 좋았을 텐데요."

아이샤가 안타깝다는 듯이 그리 말했다. 아니, 주나 씨는 지금 해군에서 이쪽으로 적을 옮기는 수속으로 바쁘니까 말이지. 하아…… 뭐, 됐어. 두 사람도 나를 걱정해서 이러는 걸 테니. 그런 생각을 하자니 리시아가 꾸물꾸물하기 시작했다.

"저기, 소마……."

"왜?"

"추우니까 일단 이불 안으로 들어가도 돼?"

떠는 거였나…… 이제 곧 겨울이니 그런 차림새로는 춥겠지. 애당초 제대로 옷을 입으면 그만이잖아, 그리 말하는 것보다도 빨리 두 사람은 이불 안으로 들어왔다. 싱글 사이즈 침대라

서 셋이 눕기에는 상당히 좁은 터라, 필연적으로 두 사람은 내게 밀착하게 되었다. 두 사람의 심장 고동이 느껴질 정도였다.

"후우. 따뜻하네."

"그렇군요. 이대로 잠들어 버리겠어요."

"내 방 겸 집무실인데……."

두 사람의 그런 의견에는 쓴웃음을 지을 수밖에 없었다. 하지만, 뭐…… 역시 따뜻했다.

불안한 기분이 조금씩 녹아내리는 것 같았다. 사람의 온기란 위대하다.

누군가가 곁에 있어 준다는 것만으로도 마음이 가벼워진다.

보호받고 있다, 그리 실감할 수 있었다. 지키고 싶다, 그런 생각이 들었다.

"둘 다."

"응?" "왜 그러세요?"

"고마워."

내가 그리 말하자 두 사람은 내 양쪽 옆에서 싱긋 미소 지었다.

그리고 피곤하기도 했는지 우리는 금세 잠에 빠졌다.

이곳은 이전에 왕성 안에 설치한 탁아소.

주로 메이드 등 왕성 안에서 일하는 사람들의 자식을 맡기는 장소였다.

"임금님—, 놀자—."

"임금님, 목말 태워 줘—."

"……."

카펫 위에 앉아 있자니 동글동글해서 귀여운 세 살 정도 늑대 귀 남자아이와 인간족 여자아이가 내게 달라붙었다. 그리고 두 사람과 같은 나이 정도의 고양이 귀 여자아이가 내 무릎 위를 점 령하고는 잠들어 있었다. 엉덩이에서 뻗은 고양이 꼬리가 살랑 살랑 움직였다.

"으~응, 일어설 수가 없으니까 너희 마음대로 올라와."

""응!""

달라붙은 두 사람은 영차영차 내 등을 오르기 시작했다. 음, 정말로 사랑스럽네. 어깨에 올라타서는 얼굴을 치덕치덕 만지 는 것에도 익숙해졌다.

"후후후, 폐하는 정말로 어린아이들에게 인기가 있으시네요."

내가 사랑하는 여동생 토모에의 친어머니인 토모코 씨가, 아이들의 세탁물을 개면서 흐뭇하게 보고 있었다.

토모에는 반쯤 억지로 여동생으로 맞이한 만큼, 토모코 씨에게는 이곳에 상주하는 보모를 맡기고 있었다. 참고로 지금 살짝 침이 묻은 손으로 얼굴을 만지는 늑대 귀 남자아이는 그녀의 장남(토모에의 친동생)인 로우 군이었다.

"오라버님. 이 아이들을 상대해 주시는 건 기쁘지만, 괜찮으세요? 또 언니한테 혼이 나는 게⋯⋯."

라이노사우루스 등의 생물과 교섭하는 일도 없이, 공부 시간 이외에는 이곳에서 어머니를 돕고 있는 토모에가 아이들을 달래며 그리 말했다. 생각해보면 토모에는 아직 열 살인데 말이지. 참 착실한 아이였다.

"괜찮아. 지금은 이제 일도 바쁘지 않으니까. 게다가 제대로 집무실에【리빙 폴터가이스트】를 남겨서 일을 시키고 있으니까."

"그런가요. 그럼 잔뜩 놀 수 있겠네요. 잘 됐네, 로우 군."

"응!"

로우 군이 손을 번쩍 들었다. 귀엽네ㅡ.

아이는 무척 좋아한다. 자그마한 걸음마로 아장아장 걷는 모습은 계속 보고 있을 수도 있다.

이거, 보호욕이 자극되는데. 조부모가 건재하던 무렵에는 근처 보육원에서 낭독회를 돕기도 했으니까 말이지ㅡ. 그렇게 한동안 아이들과 놀고 있자니,

"굉장한 모습이네요. 주인님."

그런 목소리에 돌아보니 카를라가 서 있었다. 메이드복 차림이었다.

"아니, 지금의 카를라가 그런 말을 해도 말이지."

"……그도 그러네요."

카를라는 어깨를 푹 떨어뜨렸다. 그건 그렇고 이렇게 보니…….

"메이드복이 무시무시하게 안 어울리네."

"그런 말씀 하지 마세요…… 스스로도 그렇게 생각해요."

원래 카를라는 드래고뉴트라서 평범한 인간과 비교하면 옵션이 많았다.

꼬리가 있고, 용 날개가 있고, 자그마한 뿔이 나 있다. 게다가 메이드복까지 입으니, 그건 이제는 속성이 과도해서 개성이 난반사되는 느낌이었다.

"게다가 그 메이드복, 치마 부분이 무지막지하게 짧은 거 같은데?"

"보, 보지 마세요."

그리 말하며 카를라는 치맛자락 앞쪽을 눌렀다.

성의 메이드들은 다들 긴 치마의 클래시컬한 메이드복을 입고 있는데, 현재 카를라가 입은 것은 지금 당장 메이드 카페의 홀에 나올 법한, 길이가 무릎 위쪽까지밖에 안 되고 둥실 퍼지는 드레스 타입이었다. 멋진 스타일이 두드러졌다.

"으으…… 메이드장이…… 이걸 입으라고……."

"아아. 역시 세리나 작품인가."

메이드장 세리나는 메이드로서는 유능하지만 귀여운 여자아이 한정으로 가학적인 습성이 있으니까 말이지. 이런 부끄러운 복장을 입히고 여자아이가 수치심을 참는 모습을 보는 게 좋다나. 게다가 그 아이가 오기를 부릴수록 괴롭히는 보람이 있다는지, 리시아가 카를라는 완전히 스트라이크인 듯했다. 전에 리시아가 아련한 눈빛으로 이야기했다. 아아.

"그건 그렇고…… 일주일 정도만인가? 메이드 연수는 끝났나?"

"여, 연수…… 으, ……아……."

연수라고 말한 순간, 카를라는 머리를 부여잡고 웅크려 버렸다. 아니, 정말로 무슨 일이 있었는데. 메이드 부대에 전속되기 위해서 필요 기술 연수를 받은 것뿐이잖아?

"채, ……채찍으로……."

"채찍?!"

"채찍으로…… 얻어맞았어요……."

"그렇게나 하드해?!"

"게다가 그 채찍이 마법이 부여된 특별한 제품이라, 맞아도 몸에 상처 하나 안 나지만…… 아픔과 쾌감이 반반씩 느껴지는 거예요."

뭐야, 그 채찍?! 벌칙이라기보다 조교용 아이템이잖아?

"메이드장이 말하길, '쾌락에 함락되기에는 통증이 방해를 하고, 통증에 견디려고 하면 쾌감이 옆구리를 간질인다' 라는 모양이에요. 노예로 전락한 메이드라고는 해도, 도움이 되지 않는 건 싫으니까 메이드 업무도 제대로 배울 생각이었는

데…… 그 채찍만큼은 무서워요. 차라리 쾌락에 함락된다면 편해질 수 있을 텐데…….”

“메이드 부대는 주인의 개예요. 암퇘지 따윈 필요 없으니까.”

“히익?!”

돌아보니 세리나가 환한 미소로 서 있었다. 그보다도, 전장에서도 두려워하지 않고 돌진하는 카를라가 저렇게나 겁먹은 목소리를 내다니…… 얼마나 무서워하는 거야.

“왜 그러시나요? 폐하.”

“……아니, 아무것도 아냐.”

미안하지만 창끝이 이쪽으로 향하지 않는다면 모르는 척하기로 하자. 괜찮아, 카를라. 죽지는 않겠지. ……정신적으로는 어떨지 모르겠지만.

“자, 카를라 씨. 집무실에 있는 폐하의 침대 정리를 시켰을 텐데요?”

“아니, 그게…… 얼굴을 아는 남성의 시트를 회수하다니, 아무리 그래도 그건 부끄러운데요…….”

“무슨 소릴 하는 건가요. 당신도 메이드라면 언젠가는 폐하와 공주님께서 【자율규제】에 매진하여 【자율규제】를 【자율규제】해서 【자율규제】가 된 침대도 태연한 얼굴로 정리해야만 해요.”

“그, 그건 제발 좀 봐주셨으면 하는데요?!”

카를라가 새빨간 얼굴로 그리 말했……지만, 어라? 어쩐지 나랑 리시아도 간접적으로 창피를 당한 거 아냐? 지금 굉장히 거북했는데.

게다가 토모에가 어머니한테 "【자율규제】라니 뭔가요?"라고 질문해서 곤란하게 만들고 있었다. 어린아이 앞에서 정조 교육에 그다지 좋지 않을 법한 소리는 하지 말라고…….

그런 생각을 하자니 세리나는 고개를 갸웃거렸다.

"그런데 폐하. 폐하는 괜찮으신가요?"

"어?"

"아니, 폐하 후방에서 이쪽으로 달려오는 사람이 보입니다만."

세리나가 싱글거리며 말했기에 돌아보니,

"이런."

나는 등에 타고 있던 아이들을 내려놓고 서둘러서 달려가려던 참에…… 목덜미를 꽉 붙잡혔다.

"으억."

"앗하하! 찾았습니다, 폐하아아!"

돌아보니 회색 머리카락을 올백으로 넘기고, 머리카락과 같은 색깔의 수염을 기른 기골 장대한 노인이 후덥지근한 미소로 서 있었다. 카스토르와 카를라 부녀를 재판할 때, 내 위압에 굴복하지 않고 두 사람을 옹호한 이들 중 하나, 제베나 가 당주 오엔 제베나였다.

그 재판 이후로는 내 교육 담당 겸 조언자(겸 무술 사범)로 등용했다. 참고로 괄호 부분에 대해서는 뒤에 설명하겠다.

아, 참고로 두 사람을 옹호한 또 다른 인물 쪽, 사라센 가 당주 필트리 사라센 말인데, 선대 사라센 가 당주(그에게는 부친)의 악행을 설명했더니,

[세상에…… 아버지가 그런 짓을 했다니. 그저 면목 없을 따름입니다. 이렇게 된 이상 이 목숨, 폐하를 위해서 분골쇄신하겠습니다. 어떤 위험한 곳이라도 따르겠습니다.]

진지한 청년 귀족의 겉모습 그대로인 사고로 그리 말했기에, 바라는 대로 무척 위험한 임무를 주었다. [그란 케이오스 제국 내에 설치되는, 엘프리덴 왕국 대사관 특별대사(주 그란 케이오스 제국대사)]라는 임무, 말이다. 아직 실험단계라서 치외법권 같은 게 어디까지 적용될지 알 수 없으니까 말이지.

다시 오엔 이야기로 돌아가자.

오엔은 윗사람을 상대로도 서슴없이 정론을 말할 수 있는 사람이었다.

본인 말로는 '이런 늙은이에게 아낄 목숨 따윈 없습니다. 얼마 남지 않은 여생 정도는 솔직하게 살아야지요!' 라나. 얼마 남지 않았다니, 죽여도 죽지 않을 것 같은데……. 이렇게 군주에게 직언할 수 있는 인간을 곁에 둔다면 내가 길을 그르칠 위험도 줄어들겠지. 여차할 때는 카를라에게 나를 치라고 명령했다지만, 가능하다면 죽지 않고 은퇴를 맞이하고 싶으니까.

뭐, 그런 연유로 오엔을 교육 담당으로 등용했는데…….

"앗하하, 폐하! 정무로 바쁘지 않으시다면 말씀해 주십시오! 자 자, 오늘 훈련을 시작합시다!"

"……."

아무래도 오엔이 생각하는 교육에는 [체육]도 포함되어 있는 모양이라, 정무가 바쁘지 않을 때면 곧바로 나를 단련시키려 드는 것이었다. 붙잡히면 끝내는 러닝, 무기 휘두르기, 모의전까지 신입 병사에게 부여되는 메뉴를 모조리 수행하게 된다.

"아니, 훈련이라면 아이샤랑 했으니까……."

"무슨 말씀이십니까! 신호의 숲 공주님은 폐하께 너무 무르지 않습니까! 인형 조작 훈련밖에 안 하셨을 테죠!"

"목소리가 커. ……하지만 인형을 사용하는 편이 더 잘 싸울 수 있으니까."

"인형을 쓸 수 없는 상황이 오면 어쩌시려는 겁니까. 폐하의 생명은 이 나라의 생명 그 자체입니다. 가령 자객이 습격했을 때, 폐하께서 단 몇 합, 최저한 1합이라도 좋으니까 적의 공격을 막아 낼 수 있다면, 호위 병사는 때를 맞출 수 있습니다. 그 1합이 우리 나라의 멸망을 떨쳐 내고, 그 1합이 우리 나라의 영광으로 이어지는 겁니다."

으…… 정론뿐이라 아무 말도 할 수가 없었다. 어깨를 떨어뜨리는 나를, 세리나에게 목덜미를 붙잡힌 카를라가 조금 측은하다는 시선으로 보고 있었다.

"주인님도, 큰일이시네요……."

"너도 말이지—."

"자 자, 폐하! 훈련장으로 가십시다!"

"카를라 씨도요. 빨리 침대 정리를 해 주세요."

그렇게 나와 카를라는 서로 다른 방향으로 끌려가는 것이었다.

─────그리고 며칠 뒤. 아미도니아 공국에서 난이 터졌다는 보고가 들어왔다.

"역시 오라버니는 이기질 못 했네."

공국의 수도 반과 무척 가까운 도시에 있는 어느 여관의 한 방에서, 아미도니아 제1공녀 로로아가 마침 그 자리에 있던 두 인물을 향해 말했다. 그중에 하나, 전 재무대신 콜베르는 고개를 가로저었다.

"이 나라는 이미 완전히 패하여 다시 일어날 수 없게 되는 지경에 이르렀습니다. 요전 교섭은 어떻게든 이 이상의 피해를 막을 수 있을지 고민한 결과였습니다. 율리우스 님을 책망하는 것은 너무하다고 생각합니다."

율리우스는 차가운 인상이지만, 콜베르의 재무처리 능력을 높이 사고 나이도 가깝기도 하여 우의 관계를 맺고 있었다. 콜베르로서는 주군이자 친구인 율리우스를 나쁘게 말할 수는 없었던 것이다. 그런 콜베르의 태도에 로로아는 쓴웃음 지었다.

"그러기는 해도, 배상금을 빼앗긴다면 괴로운 건 거리의 아재, 아지매들이야. 공국의 수도라고 케도 일개 도시에 불과해. 주위도 생산 능력이 높지도 않고. 일단 왕국한테 넘기고 전후 책임 추궁을 회피했으면 됐을 거 아이가? 우리는 아직 완전히 패배한 기 아이니까, 영토만 그대로 해뒀으면 왕국도 제국도 그 이상 강하게 말하진 않았을 끼다. 이 상황을 넘어갈 수만 있다면 다음으로 사용할 수단도 있었을 텐데."

태연하게 그런 소리를 하는 로로아를 보고, 이곳에 있는 또 하나의 인물인 세바스찬이 어깨를 으쓱였다.

"모두가 그리 간단하게 결론을 내리지는 못하겠지요. 사람은 이해득실만으로 움직이는 존재가 아니니까요. 저마다의 생각이라는 게 있는 법입니다. 율리우스 님께도, 로로아 님께도…… 그리고 분명히 그 엘프리덴 왕국의 젊은 왕에게도."

"내나 소마한테도?"

"예. 가이우스 님, 율리우스 님께는 아미도니아 공국의 기풍이 무엇보다도 중요한 것처럼, 로로아 님께는 공국에 사는 아재, 아지매들의 미소가 중요한 거겠죠? 그건 이해득실로 내칠 수 있는 것입니까?"

"……안 되재."

확실히 그것은 이해득실을 따지지 않고서 지키고 싶구나, 로로아는 그리 생각했다. 그 소마에게도 이해득실을 따지지 않고 받아들이는 그런 생각이라는 게 있을까.

"세바스찬은 소마랑 만나 봤재? 방송으로 보기에는 머리가 돌아가는 재밌는 녀석이라는 느낌이었는데, 직접 만나보니 어떻대?"

"그렇군요…… 외모는 평범한 청년이었지만, 다른 사람의 의견에 순순히 귀를 기울일 줄 알고, 무엇보다도 가족을 무척 소중하게 생각하는 분이란 느낌이었습니다."

"우리 아버지랑은 정반대의 국왕이네. ……하지만 그렇다면 아직 '기회'가 있다."

그리 말하고 로로아는 가볍게 움켜쥔 양손을 빙글빙글 돌렸다. 내기나 주사위놀이를 할 때, 주사위를 던질 때의 동작이었다.

"길이 나올지 흉이 나올지. 반반이라고 생각하지만, 듣기로는 그렇게 나쁜 내기가 아일지도 모르겠네. 내 일생일대의 큰 모험 상대로 어울려."

"공주님…… 정말로 괜찮으시겠습니까?"

콜베르가 걱정스러운 표정을 지었지만 로로아는 진지한 표정으로 말했다.

"할 수밖에 없다. 남쪽은 헬먼 영감이 막아줄 테지만…… 북쪽이 아무래도 수상쩍다. 루나리아 정교황국의 군대가 국경선 근처까지 와가 있다는 정보가 있다."

이 대륙에서는 성룡 산맥에 있다는 마더 드래곤을 모시는 [모룡 신앙]과 인기를 양분하는 [루나리아 정교]. 그 종교의 총본산인 루나리아 정교황국은 독자적인 가치관을 지닌 성가신 종교 국가였다. 그로기 상태인 이 나라를 보고 무언가 계략을 시도할지도 모른다.

로로아는 일어서더니 두 사람을 향해 손뼉을 짝짝 두드렸다.

"자, 지금부터 오라버니도, 정교황국도, 소마도 전부 멋대로 굴게 두지는 않겠어. 가장 마지막에 웃는 건 우리야!"

로로아는 자신만만하게 소박한 가슴을 폈다. 그리고,

'그라고 소마, 당신도 같이 웃어 주는 기라. 뭐, 당신의 경우

에는 우리랑은 달리 쓴웃음이겠지만!'

로로아는 장난을 떠올린 어린아이 같은 표정으로 웃었다.

후기

이번 [현실주의 용사의 왕국 재건기 Ⅲ]을 구입해 주신 여러분, 감사합니다. 도조마루입니다. 이번 후기는 1페이지입니다만, 그럼 무엇을 쓸까요.

그럼 이번 Ⅲ권의 내용에 대해서 조금 건드려 볼까요. 아, 스포일러가 포함되어 있으니 후기부터 읽고 계신 분들은 먼저 본편부터 읽은 다음에 봐 주시길.

자, 이번 권에는 인터넷 연재시에 【전후(戰後)편】으로 구분한 부분 가운데 4분의 3 정도가 수록되어 있습니다. 앞 권에서 점령한 아미도니아 공국의 수도 반을 어떻게 할지, 또한 자신에게 반역을 꾀한 사람들을 어떻게 할지. 그런 부분이로군요. 이번 권은 특히 본 소설의 좋은 면도 나쁜 면도 모두 드러나 버렸다고 생각하기에, 독자 여러분께서 어떻게 평가하실지 생각하니 이 후기를 적고 있는 현재도 위가 찌릿찌릿하는 느낌입니다. 찬반 양론이 있었던 그 소논문 비스무리한 부분도 제대로 수록되어 있으니까요.

자, 다음 권은 시리어스 브레이커라고도 할 그 아이가 본격적으로 이야기에 개입합니다. 그리고 인터넷 연재 당시에는 시간이 뒤집혔던 부분을 시계열 순으로 고치는 것도 계획하고 있사

오니, 다음 권에서도 또 어울려 주신다면 다행입니다.

　마지막으로, 이번에도 멋진 그림을 그려주신 후유유키 님, 담당 분, 교정 분, 그리고 이런 저를 받쳐 주시는 독자 여러분께 최대한의 감사를. 이상, 도조마루였습니다.

현실주의 용사의 왕국 재건기 3

2018년 04월 25일 제1판 인쇄
2018년 07월 12일 2쇄 발행

지음 도조마루 | **일러스트** 후유유키 | **옮김** 손종근

펴낸이 임광순 | **제작 디자인팀장** 오태철
편집부 황건수 · 신채윤 · 이병건 · 이홍재 · 김호민
디자인팀 박진아 · 박창조 · 한혜빈 | **국제팀** 노석진 · 엄태진

펴낸곳 영상출판미디어(주)
등록번호 제 2002-000003호
주소 21311 인천광역시 부평구 평천로 132 (청천동)
전화 032-505-2973(代) | **FAX** 032-505-2982

ISBN 979-11-319-7987-7
ISBN 979-11-319-7219-9 (세트)

노블엔진(NOVEL ENGINE)은 영상출판미디어(주)의 라이트노벨 및 관련서적 브랜드입니다.

도조마루
작품리스트

◆

현실주의 용사의 왕국 재건기 1~3

NOVEL
NE
ENGINE

청춘의 상상, 시동을 걸어라!

인류 존속을 위협하는 위기.
파란은 언제나 《무능영애》와 함께──.

어새신즈 프라이드
~암살교사와 야계항로~

6

"선생님이 이 로션 좀 발라 주셔야겠어요."
여름방학. 쿠퍼는 3대 공작 가문의 당주들 그리
고 그 영애들과 함께 바다에 와 있었다. 소녀들
의 수영복에 눈이 부시는 프라이빗 비치. 하지
만 이 바로 앞은 야계이다. 또한 공작들의 진짜
목적지는 야계로부터의 침공을 막기 위해 설치
된 『성』이었으니.
"휴양은 끝이다. 프란돌에 미증유의 위기가 닥
치고 있어."
누군가에게 점거된 성의 탈환── 이 어려운 임
무를 완수하기 위해 신분계급의 정점에 선 자들
이 집결한 것이었다. 한편 메리다와 쿠퍼는 뮬
과 세르주로부터 『혁신파』에 관한 정보를 캐내
는 과제도 비밀리에 수행해야 하는데……

아마기 케이 지음 | **니노모토니노** 일러스트 | **2018년 5월 출간**
청춘의 상상, 시동을 걸어라!